Les silences de Dieu

Gilbert Sinoué

Les silences
de Dieu

ROMAN

Albin Michel

© Éditions Albin Michel S.A., 2003
22, rue Huyghens, 75014 Paris
www.albin-michel.fr
ISBN 2-226-13743-2

Toute ressemblance avec des personnes existantes ou ayant existé serait pure coïncidence.

Dieu

1

« ELLE DESCENDIT les marches qui menaient au rez-de-chaussée aussi vite que son grand âge le lui permettait.

Arrivée au pied de l'escalier, elle tâtonna quelques secondes pour trouver l'interrupteur. Jamais elle n'avait mis aussi longtemps pour atteindre le petit bouton fluorescent. Une éternité.

Enfin, la lumière inonda le salon.

– Qui est là ? interrogea-t-elle d'une voix qui se voulait ferme, mais qui masquait mal son inquiétude.

Pas un bruit.

– Qui est là ?

Le ton était moins sûr. Le timbre vacillait.

Elle fit quelques pas.

C'est alors qu'elle le vit.

Un homme était allongé sur le sol près de la porte d'entrée. Elle pouvait entendre son souffle.

En s'approchant, elle réprima un frisson : l'air glacé de la nuit avait envahi la pièce. Pourtant, elle avait fermé toutes les fenêtres avant d'aller se coucher. Elle en était certaine.

À présent, deux ou trois mètres la séparaient du mourant ; car nul doute, l'homme se mourait. Elle bredouilla :

– Que... que faites-vous ici ?

Et aussitôt prit conscience de l'incongruité de sa question.

Il avait la gorge tranchée juste au-dessous de la pomme d'Adam. Son sang s'échappait par jets discontinus, formant une flaque amarante sur le tapis.

Surmontant son effroi et sa répugnance, elle s'agenouilla auprès de lui. La plaie était profonde.

Il dut ressentir sa présence. Ses lèvres s'animèrent. Il essaya d'articuler un mot sans y parvenir.

Mais que diable faisait-elle là, agenouillée bêtement ?

Elle se précipita vers le téléphone... »

Clarissa Gray cessa de dicter et s'avança vers la fenêtre qui ouvrait sur la mer.

Dans le lointain se profilait la silhouette vert-de-gris de la petite île de Lindisfarne. L'île sainte. Depuis près de vingt ans qu'elle vivait en Écosse, ici, à Lamlash, cette vision la rassurait. Elle figurait l'ordre, la sérénité, la certitude que tout était bien à sa place.

– C'est fini pour aujourd'hui, lança-t-elle à l'intention de la jeune fille assise derrière l'ordinateur portable. J'ai perdu le fil de l'histoire.

Elle jeta un coup d'œil à sa montre :

– D'ailleurs, il n'est pas loin de 18 heures. Vous allez être en retard.

– Oh ! N'ayez crainte, Mrs Gray, il n'y a guère que cinq miles entre ici et Brodick. Si je rate le ferry de 19 heures, je pourrai toujours attraper le prochain. Mon vélo a des ailes.

Elle sauvegarda son travail et éteignit l'ordinateur :

– Mrs Gray, m'autorisez-vous un avis ?

– Je sais : la scène ne vous semble pas plausible.

– Pas du tout. Bien au contraire.

– Mais... ?

On pouvait percevoir une pointe d'appréhension dans sa voix.

– C'est incroyable. Vous êtes l'un des auteurs de romans policiers les plus lus. Vos pièces de théâtre sont jouées dans le monde entier. Vous avez publié plus d'une cinquantaine d'ouvrages. Combien en avez-vous vendu ? Cent, deux cents millions d'exemplaires ?

– Et... ?

– Et malgré cet immense succès, je vous sens toujours aussi anxieuse. Pourquoi ?

– Parce que je suis une angoissée-née. Ma gorge se noue pour tout et rien. La seule éventualité d'un soufflé qui risque de retomber me met dans tous mes états.

Elle écarta les bras d'un air fataliste :

– On ne se change pas. Pas à 73 ans en tout cas. J'ajouterai, ma petite Kathleen, que vous ne feriez pas cette remarque si vous saviez ce qu'est la création. Pardonnez ce poncif : elle prend sa source dans l'angoisse, grandit dans l'incertitude et s'achève dans le doute. Je suis sûre que Dieu lui-même est passé par ces états d'âme ; ce qui expliquerait qu'au septième jour il ait éprouvé le besoin de se reposer.

– Dieu avait une excuse : c'était son premier essai. Alors que vous, avec la notoriété qui est la vôtre, votre expérience...

– L'expérience ? Malgré vos 21 ans, vous devriez savoir qu'un même fait ne reproduit jamais les mêmes conséquences. Pour l'écriture, c'est la même chose.

Elle trottina jusqu'à la crédence en bois d'acajou appuyée contre un mur du salon. Des verres, une carafe de sherry ainsi qu'une bouteille de Glen Mhor, un scotch pur malt, y étaient posés. Elle hésita entre les deux alcools, et finalement opta pour le sherry :

– Je vous sers ?

Kathleen refusa d'un geste.

– L'évolution des mots est une chose bien mystérieuse, observa Mrs Gray en se versant une rasade. Allez comprendre pourquoi xérès, qui se prononce en espagnol *kherès*, est devenu en français xérès, alors que l'anglais a entendu sherry. Bizarre, non ?

Elle se laissa tomber dans le fauteuil à fleurs qui faisait face au secrétaire et soupira :

– Les mots. Mystère des mots...

Il était troublant le tableau qu'offraient ces deux personnages. D'un côté la jeunesse, de l'autre la flétrissure ; une vie à l'instant de l'aube, l'autre enveloppée de crépuscule.

Comme prise d'une inspiration subite, Kathleen demanda :

– Vous ne m'avez jamais dit, Mrs Gray. Pourquoi cet exil ?

– De quoi parlez-vous ?

– De votre présence ici, à Arran, sur cette île perdue d'Écosse.

Une ombre passa dans le regard gris-bleu de la romancière :

– C'est une longue histoire et pas très intéressante.

– Je suis indiscrète.

– On l'est toujours à votre âge. Néanmoins je vais vous répondre d'un mot : « superfétation ».

– Je vous demande pardon ?

– Je tiens cette expression de feu mon époux, brillant biologiste et assommant compagnon qui adorait ponctuer ses phrases de termes rares. Dans un langage plus commun, c'est un phénomène propre à certaines espèces animales dont les femelles sont aptes à se faire couvrir une nouvelle fois, quelques jours avant de mettre bas. En conclusion : c'est la conception d'un second fœtus, alors que le premier est déjà dans le ventre de la mère.

Kathleen fit des yeux ronds :

– Je ne vois pas très bien le rapport avec votre venue sur l'île.

– Par extension, superfétation signifie : « Qui s'ajoute inutilement à une chose utile. » Le superflu, si vous préférez. Dans mon cas, il s'agissait d'un trop-plein. En approchant de la cinquantaine, j'ai pris conscience de l'incongruité de ma vie et de son absurdité. Auteur reconnu et célébré, je passais le plus clair de mon existence à répondre à des sollicitations en tout genre, à m'épuiser d'un dîner à l'autre, à écouter des billevesées à propos de mes livres. En bref, je me suis vue cernée par ceux que j'appelle des « chronophages » ; des êtres et des actes inutiles qui vous mangent une semaine en cinq minutes. Une alternative s'est aussitôt imposée à moi : ou je poursuivais cette course effrénée au risque de laisser dévorer ma dernière tranche de vie, ou je mettais un terme à cette... superfétation.

Elle but une gorgée de sherry et conclut :

– Et me voilà ici, « sur cette petite île perdue d'Écosse ».

– Je vois... Vous avez fui en quelque sorte.

– Non, ma chère. J'ai fait face. Je ne me suis pas laissé dévorer. Ce n'est pas la même chose.

Il y eut un temps de silence, puis Kathleen se leva :

– Quand voulez-vous reprendre ? Demain, même heure ?

– Disons après-demain ou plus tard dans la semaine. Je ne sais pas. J'ai besoin de réfléchir sur le cas de Murray. Je crains que le lecteur ne le suspecte trop vite.

– D'accord. Les vacances d'été ont commencé, j'ai donc tout mon temps.

– N'aviez-vous pas l'intention de passer une semaine à Barcelone ?

– Si. Vous savez ma passion pour l'architecture et pour l'Art nouveau en particulier. Je voulais voir de près l'œuvre de Gaudí. Mais *dear* George tient absolument à m'accompagner et je n'ai pas très envie de me retrouver avec lui au-delà de quarante-huit heures.

– *Dear* George. Vous voulez parler de votre petit ami, je présume ? Des problèmes ?

– Oh ! Rien de grave. Des difficultés de compréhension.

Rappelez-vous, je suis écossaise, il est anglais. Je suis catholique, il est protestant. Ça veut tout dire...

– Je vois. Cependant vous êtes amoureuse. Une femme amoureuse est généralement plus indulgente... Même à l'égard d'un Anglais.

Les lèvres de Kathleen affichèrent un sourire malicieux :

– Suis-je ou ne suis-je pas amoureuse ? Telle est la question. Mais il n'y a pas que cela. George ne vit qu'à travers sa passion pour les études, les maths en particulier. À ses yeux, le plus grand amour ne sera jamais aussi stimulant qu'une table de logarithmes. Et vous ? Des projets de voyage ?

Mrs Gray laissa échapper un petit rire :

– Quitter mon île ? Quitter l'Écosse, pour me retrouver assiégée par une meute de gens en sueur, les oreilles assourdies par le cliquetis des appareils photo nippons ? Oh non ! J'aime trop ce pays pour aller voir ailleurs. Éventuellement, j'irai faire un peu de marche dans les Highlands.

– Les Highlands, vos chers Highlands. Décidément, vous ne pouvez pas vous en passer.

– Ma chère, n'oubliez pas que ma mère était une Highlander, pure et dure.

Kathleen glissa l'ordinateur dans sa housse.

– J'y vais. Dès cette nuit, j'aurai fini d'imprimer ces dernières pages. Souhaitez-vous que je vous les poste, ou pouvez-vous attendre jusqu'à notre prochain rendez-vous ?

– Non. Je préférerais me relire au plus vite. Vous savez comment je suis.

– Comptez sur moi. Vous les recevrez après-demain au plus tard.

Une fois seule, Clarissa Gray quitta le fauteuil et se dirigea vers la bibliothèque qui occupait un pan de mur. Après un temps d'hésitation, elle tendit la main vers un ouvrage, réprimant aussitôt un cri de douleur. Dieu qu'elle avait mal ! *Arthropathie chronique d'allure dégénérative.* C'est en ces termes barbares que, deux ans auparavant, le médecin l'avait informée de sa maladie avant de s'enquérir : « Vous n'êtes pas une adepte de l'ordinateur, je présume ? – Non, avait répondu Clarissa. J'ai toujours écrit à la main. Pourquoi ? » Il avait hésité quelques secondes avant de répondre : « Je crains hélas qu'il ne vous faille prendre quelques cours d'informatique. Bientôt vous serez dans l'incapacité de tenir un crayon. Ou alors, au prix de douleurs intolérables. Pourquoi l'informatique ? Parce que vous pourrez toujours utiliser un ou deux doigts, même déformés, pour appuyer sur la touche d'un clavier. L'action nécessite moins d'effort au niveau des phalanges. Vous pourriez aussi dicter vos romans. À mon avis, ce serait encore ce qu'il y a de plus simple. Plus d'un écrivain, et non des moins talentueux – tel votre illustre confrère Peter Cheney – utilisèrent et utilisent encore cette méthode. »

Clarissa était restée sans voix. Dicter ses romans ? Elle qui ne supportait pas l'ombre d'une présence à ses côtés lorsqu'elle écrivait ! Elle qui estimait qu'écrire est déjà un acte suffisamment impudique pour ne pas avoir de surcroît à le partager avec un témoin ! Ce médecin était fou. « Il doit bien exister une autre solution ? Ne me dites pas que la médecine est impuissante. – La médecine ne possède, hélas, pas d'autres armes que les anti-inflammatoires, les cortisoniques et une panoplie d'antalgiques. » Alors qu'elle allait protester, il précisa : « La chirurgie. Elle pourrait vous soulager. Néanmoins, mon devoir est de vous mettre en garde : la réussite n'est pas certaine. – Va pour l'intervention ! » avait répliqué Clarissa sans hésiter. Et ce fut un ratage complet qui n'avait fait qu'accélérer la progression du mal. La romancière avait pourtant continué à lutter contre ses limites physiques, pied à pied, pour éviter l'ingérence d'un intrus dans sa création littéraire. Sur les conseils de son vieil et unique ami, le professeur William Maclean, elle acheta un enregistreur de poche. Mais dicter à une machine sans âme lui parut très vite inhumain. S'entendre parler dans le vide, dans une maison vide... De quoi devenir folle.

Maclean, toujours lui, vint une fois de plus à son secours et lui présenta Kathleen Ferguson, une de ses étudiantes : « Elle est charmante, vous verrez. Et pas bête du tout. Avec elle, vous serez à l'aise. » Si les débuts furent tout de même laborieux, elle devait reconnaître aujourd'hui que, non seulement elle s'était faite à ce nouveau procédé d'écriture, mais qu'elle aurait du mal à revenir à ses habitudes premières. La connivence instaurée entre Kathleen et elle lui avait instillé un sang neuf.

Au prix d'un nouvel effort, Clarissa parvint à refermer ses doigts sur le livre et regagna sa place dans le fauteuil. Wystan Ashebery... *Meurtre à Lamber House.*

Voilà bien longtemps qu'elle ne s'était laissée aller à lire un roman policier. Elle trouvait cette nouvelle génération d'écrivains dépourvue d'imagination et surtout de perspicacité. Dès les premières pages, l'identité de l'assassin sautait aux yeux. Enfantin. Non, si elle s'était décidée à acheter Ashebery, c'était uniquement à cause de cette critique parue une semaine auparavant dans la *Stornoway Gazette* où l'on comparait l'auteur à la grande... Clarissa Gray.

Elle mit ses lunettes, se cala confortablement et entama sa lecture. Une heure plus tard, l'enchantement espéré n'était toujours pas au rendez-vous. Oser comparer cette écriture à la sienne ? Cette énigme sans mystère, ces personnages falots aux héros de Clarissa Gray ? Oser mettre en parallèle cet avorton de détective et le grand Archie Rhodenbarr ? Allons ! Pour avancer de pareils rapprochements, le critique de la *Stornoway Gazette* devait être aussi dénué de talent que ce Wystan Ashebery.

Une moue désabusée anima les lèvres de la vieille dame.

La pendule sonna huit coups. Il était temps qu'elle prépare son repas. Elle se leva, se resservit une deuxième rasade de sherry et se dirigea vers la cuisine...

Assise dans son lit, la nuque appuyée contre deux gros coussins moelleux, elle relut à voix haute le sonnet de John Keats. La beauté à l'état pur. Ah ! si seulement elle avait pu se laisser aller à son autre passion : la poésie. Mais ses lecteurs l'auraient-ils suivie ? Prendre un pseudonyme ? Elle y avait songé : Mary Westmacott. L'idée était séduisante. Nombre d'auteurs ne s'étaient-ils pas livrés à ce stratagème ? Mais Clarissa estimait que c'était trop facile. Gagner ses galons en prenant l'ennemi à revers ? Pouah ! Elle n'en aurait tiré aucune satisfaction.

Elle serait poétesse dans une autre vie.

Elle posa le recueil sur sa table de chevet, éteignit la

lumière et remonta l'édredon jusqu'à hauteur de son menton.

Tomorrow is another day...

Elle ferma les paupières et se concentra sur l'image de Scarlett O'Hara...

Le bruit d'une porte qui claque résonna tout à coup dans le silence. Elle sursauta.

Le réveil indiquait 1 heure 45.

Un cambrioleur ? Chez elle ? Était-ce possible ? Elle avait dû rêver.

Elle attendit, prenant soin d'éviter le moindre mouvement comme si elle craignait de faire peur à l'intrus.

Le bruit de porte retentit à nouveau, avec plus de violence cette fois.

Plus de doute possible. Il y avait quelqu'un dans la maison.

Le cœur affolé, elle enfila sa robe de chambre et sortit avec précaution. Elle marqua un temps d'arrêt, puis descendit les marches qui menaient au rez-de-chaussée aussi vite que son grand âge le lui permettait.

Au pied de l'escalier, elle tâtonna quelques secondes pour atteindre l'interrupteur. Était-ce le tremblement de sa main ? Elle ne se souvenait pas avoir mis aussi longtemps à trouver le petit bouton fluorescent. Une éternité.

Enfin, la lumière inonda le salon.

– Qui est là ? interrogea-t-elle d'une voix qui se voulait ferme, mais qui masquait mal son inquiétude.

Le silence. Pas un bruit, sinon le va-et-vient lancinant des vagues et la rumeur ténue du vent.

– Qui est là ?

Le ton était moins assuré.

Elle fit quelques pas. Hésitante.

C'est alors qu'elle le vit.

Un homme étendu sur le sol tout près de la porte d'entrée. Maintenant, elle pouvait entendre son souffle.

En s'approchant, elle réprima un frisson : de l'air glacé avait envahi la pièce. Pourtant, elle avait fermé toutes les fenêtres avant de monter dans sa chambre, elle en était certaine.

Elle bredouilla :

– Que... que faites-vous ici ?

Et aussitôt prit conscience de l'incongruité de sa question.

L'homme avait la gorge tranchée juste en dessous de la pomme d'Adam et son sang s'échappait par jets discontinus formant une flaque amarante sur le tapis.

Elle vit dans un brouillard qu'il avait le crâne presque chauve, le visage hâve, des yeux globuleux et le front court traversé d'une vieille balafre, longue de plusieurs centimètres.

Surmontant son effroi et sa répugnance, elle s'agenouilla près de lui. Il dut prendre conscience de sa présence, car ses lèvres s'animèrent. Il essaya d'articuler un son, sans y parvenir.

Mais que faisait-elle là, agenouillée bêtement ? Vite ! Appeler une ambulance. Elle voulut se relever, mais la main de l'homme saisit son poignet. Ce ne fut pas le contact de cette main qui l'affola, mais son incroyable force. Jamais elle n'aurait pu imaginer qu'un être aux portes de la mort pût posséder tant d'énergie.

Les lèvres de l'agonisant bougèrent à nouveau. Son visage exprimait maintenant une prière. Non. Une supplique.

Elle bafouilla :

– Je... restez calme. Je vais téléphoner. Une ambulance...

Elle chercha à se libérer ; cette fois encore il la retint. Un noyé. Il avait le réflexe des noyés qui tentent de s'accrocher même à la crête des vagues.

Elle insista :

– Je vous en prie.

En guise de réponse, il déplaça sa main libre vers la poche de son veston et en extirpa un petit rectangle cartonné qu'il lui tendit d'un geste implorant. Elle s'en empara sans plus chercher à comprendre.

Alors seulement il relâcha son étreinte et elle put se précipiter vers le téléphone.

2

– **P**UISQUE je vous dis que j'ai un cadavre dans mon salon ! Vous devez me croire !

Elle entendit à l'autre bout du fil un échange de voix étouffées. On la fit patienter encore, puis :

– Très bien, Mrs Gray. Calmez-vous. Nous arrivons.

Elle raccrocha, furieuse. Pourquoi diable cet imbécile de Stuart se montrait-il sceptique ?

Elle demeura tétanisée près du combiné sans oser retourner vers le cadavre. Ce qui venait de se produire dépassait son entendement. Passe encore qu'un inconnu débarque chez elle en pleine nuit pour rendre l'âme ; mais cette scène, elle l'avait décrite la veille ! Elle l'avait dictée à Kathleen dans ses moindres détails. Devenait-elle folle ? Elle qui n'avait jamais été sensible à ces histoires de prémonition, voilà qu'on semblait lui signifier de la manière la plus péremptoire qu'elle avait eu tort de ne pas y accorder foi.

Il fallait qu'elle se serve un remontant si elle ne voulait pas défaillir.

Elle se versa un quart de verre de Glen Mhor qu'elle

but pratiquement d'un trait et se laissa envahir par les effluves familiers des Hautes-Terres, les fumées de tourbe, l'arôme de bois vert ; ce qui eut pour don d'apaiser un peu le sentiment de panique qui s'était emparé d'elle. Vaguement ragaillardie, elle marcha vers la cuisine, s'installa sur un tabouret, mains posées sur les cuisses, et guetta l'arrivée de la police.

Lorsque la sonnette de la porte d'entrée résonna, on eût dit un hululement de fin du monde.

La porte d'entrée...

Elle se figea.

Non ! Ce n'était pas possible !

Il n'y avait plus de corps. Plus de cadavre !

Plus aucune trace de sang sur ce coin de tapis qui, quelques minutes auparavant, en était encore poisseux.

La sonnette se fit plus insistante. Elle ne l'entendait pas. Elle n'entendait plus rien, ne voyait plus rien que ce tapis nu, immaculé, qui faisait injure à son bon sens.

Au troisième coup, elle sortit de son état cataleptique et se décida à ouvrir.

L'inspecteur Thomas Stuart grommela quelque chose d'inintelligible et entra, suivi de l'agent Wishart :

– Alors... Où est-il ?

Devant son mutisme, il réitéra sa question.

Toujours pas de réaction.

– Mrs Gray ! Tout va bien ? Vous n'êtes pas blessée ?

Elle se contenta de secouer la tête.

– Alors, reprit Stuart en l'observant du haut de son mètre quatre-vingt-dix, où est la victime ?

Clarissa indiqua le tapis, la mine cassée :

– Ici. Là.

L'inspecteur fronça les sourcils.

– Mrs Gray, vous n'avez pas très bien saisi ma question : où est la victime ?

En guise de réponse, la romancière pivota sur les talons et s'effondra sur le divan du salon. On eût dit une marionnette larguée de ses fils.

– Mrs Gray, s'inquiéta l'agent Wishart, vous êtes sûre que tout va bien ? Voulez-vous que j'appelle un médecin ?

Elle fit non, soulignant son refus d'un geste mou.

Thomas Stuart ordonna à son subalterne :

– Inspectez toutes les pièces. Fouillez chaque recoin.

Il enchaîna pour Clarissa :

– Pourriez-vous m'expliquer ce qui se passe ? Vous avez bien signalé un meurtre, n'est-ce pas ?

Elle acquiesça.

– Parfait. Qui dit meurtre dit cadavre. Alors ? Est-il dans votre chambre ? Dans la cave ?

Il faillit ajouter : « Dans votre lit ? », et se retint in extremis.

Elle répondit du bout des lèvres par la négative.

– La cuisine ?

– Je vous ai tout dit au téléphone. Il était là ! Je l'ai vu. C'était un homme d'une quarantaine d'années, presque chauve, les yeux globuleux. Une balafre sillonnait son front. Il avait la gorge tranchée et du sang coulait de sa blessure. Il était bien là !

Stuart fouilla dans ses poches et saisit un calepin sur lequel il nota :

– Un homme d'une quarantaine d'années, une balafre, le crâne chauve...

Il repartit vers l'entrée, mit un genou à terre, fit passer la paume de sa main sur la surface du tapis, le souleva, l'examina sous toutes les coutures, et revint sur ses pas.

– Pardonnez-moi, Mrs Gray. Je ne vois pas la moindre trace de sang.

Il interrogea plus pour la forme que pour se conforter :

– Êtes-vous vraiment sûre que le corps était bien à cet endroit ?

Son œil scrutateur accrocha au passage le verre presque vide qui trônait sur la table basse.

Il le souleva et flaira le contenu.

Elle avait bu. Et du scotch en plus.

L'agent Wishart réapparut sur le seuil du salon :

– Il n'y a rien. J'ai tout vérifié.

L'inspecteur lui fit un signe entendu de la main que l'on pouvait traduire par « Laissez tomber ».

Se penchant vers Clarissa, il murmura sur le ton d'un adulte qui s'adresse à un enfant :

– Vous n'êtes pas très sage, savez-vous ?

Il désigna le fond de Glen Mhor :

– Avez-vous dîné au moins ? Vous savez bien qu'il ne faut pas boire d'alcool le ventre vide.

– Vous pensez que je suis ivre ? Si c'est le cas, laissez-moi vous dire que non seulement vous faites fausse route, inspecteur Stuart, mais que je trouve votre insinuation incroyablement injurieuse !

– Loin de moi l'idée de me montrer discourtois, Mrs Gray. Reconnaissez quand même que cette affaire est plutôt – il chercha le mot – étrange. Vous nous appelez, terrifiée, vous nous dites qu'un homme est dans votre salon, qu'il agonise. Et que trouvons-nous ?

– Je vous répète que je l'ai vu !

– Très bien. Mettons que je ne demande qu'à vous croire : proposez-moi une explication. Je vous écoute.

– Une explication ? Vous pensez bien que si j'en avais une, je ne me serais pas privée de vous la soumettre. Je n'y comprends rien. C'est un cauchemar. Une histoire de fou !

– Je ne vous le fais pas dire.

Il questionna, faussement désinvolte :

– Qu'écrivez-vous actuellement ? Avez-vous un nouveau roman en chantier ?

Elle confirma.

– Une histoire de meurtre, je suppose ?

– Évidemment. Je ne sais rien écrire d'autre.

Elle surprit son regard qui louchait sur le roman d'Ashebery.

– Non, inspecteur ! Je ne suis pas victime de mon imagination ! Je ne suis pas en plein délire créatif, je n'ai jamais construit mes livres en fonction de fantasmes incongrus. Je ne « joue » pas mes scénarios pour tester leur efficacité.

Elle scanda les mots :

– Il y avait bien un inconnu qui agonisait chez moi ! Il avait bien la gorge tranchée ! Et je ne suis pas ivre.

– Cet homme serait donc venu à pied. Nous n'avons aperçu aucun véhicule devant la maison.

– Si vous le dites.

L'inspecteur lança à son subalterne :

– Wishart ! Par acquit de conscience, faites le tour du périmètre et attendez-moi dans la voiture. Je n'en aurai pas pour longtemps.

Désignant un fauteuil, il demanda l'autorisation de s'asseoir.

Avec son torse et ses épaules de rugbyman, sa mâchoire carrée, Stuart faisait penser à un taureau prêt à fondre. Il avait l'air d'autant plus imposant que sa silhouette faisait un parfait contraste avec celle de la romancière. Clarissa ne devait pas mesurer plus d'un mètre soixante-cinq. Frêle, mince, trop mince. Le cheveu court, tout blanc. Le visage labouré de rides. Une apparence de fragilité vite effacée dès que l'on croisait le regard gris-bleu. La lueur vive et résolue qui s'en dégageait interdisait que l'on sous-estimât la force du personnage.

– Mrs Gray, nous nous connaissons depuis bientôt dix ans. Lorsque j'ai été nommé à Lamlash, je n'imaginais pas une seconde que j'aurais la chance de vous rencontrer. Dois-je vous répéter combien je vous admire ? Vous le savez. Vous étiez, vous êtes toujours, mon écrivain favori. Il n'est pas un seul de vos romans...

– Allons, inspecteur, je vous en prie ! Droit au but. N'essayez pas de me ménager. Ce n'est pas parce que vous avez vingt ans de moins qu'il faut me prendre pour un vénérable vieillard. Soyez direct. Nous gagnerons du temps.

Il continua sans se décontenancer :

– Je n'essaye ni de vous ménager ni de vous agresser. Je me fais seulement du souci pour vous. Vous ne pouvez pas continuer à vivre dans cette solitude. Recroquevillée dans cette maison, observant le monde comme une sentinelle du haut d'un chemin de ronde. Ce n'est pas bien. Il y va de votre santé.

– Mentale... J'ai compris. Inutile de développer.

Elle le fixa :

– Au risque de vous détromper, laissez-moi vous dire ceci : je vis la vie que j'ai choisie. Elle me comble. J'ai recouvré ma sérénité le jour où j'ai rompu avec les fâcheux. Sachez aussi que – pour reprendre vos termes – je n'observe pas le monde comme une sentinelle pour la bonne raison que le monde ne m'intéresse plus. M'a-t-il jamais intéressée d'ailleurs ? (Elle se ravisa :) Si. Passionnément. Mais c'était il y a bien longtemps. Ai-je été claire ?

– Très claire. À présent, vous conviendrez que je ne peux rien faire de plus qu'établir un rapport. J'aurai besoin de votre déposition. Quand vous aurez une minute, soyez assez aimable pour passer au commissariat.

– Vous croulez sous des tonnes de paperasses. À quoi sert d'en rajouter ? Laissez tomber.

– Désolé. C'est la règle. (Il se leva.) Je compte sur vous. Je vous en prie, Mrs Gray, prenez soin de vous.

La porte claqua. Elle se retrouva seule dans le salon.

Déjà 3 heures.

Qu'est-ce qui avait bien pu lui arriver ? Se pourrait-il qu'avec l'âge son esprit se soit fragilisé ? Consacrer sa vie à imaginer des scènes de meurtre et des meurtriers ne serait donc pas sans conséquences ?

Elle examina son poignet, à l'endroit où l'homme avait refermé ses doigts.

Une vision doublée d'une sensation physique ? Elle avait

bien senti la pression sur sa peau. La fermeté de la prise. Peut-être devrait-elle consulter le docteur Bothwell. Qui sait ? Il saurait peut-être fournir une explication « scientifique » à cette affaire. Elle s'extirpa du divan et remonta vers sa chambre à coucher.

La douceur de l'édredon la rassura un peu. Elle éteignit la lumière. Dormir. Elle devait dormir. Elle verrait plus clair demain.

Paupières closes, elle se força à concentrer son esprit sur des images agréables... Des chevaux lancés au galop sur la lande de Culloden ; le scintillement des lochs prisonniers des Hautes-Terres. Le vert émeraude des espaces ; les champs de tourbe bercés par les vents. En vain. Le souvenir de l'homme occupait trop de place. La plaie béante ne cessait de se vider de son sang. Et cette expression ! Quelle désespérance transpirait d'elle ! Désespérance et terreur.

Tout à coup elle s'assit. Le petit rectangle cartonné !

Elle revoyait nettement le geste. Alors qu'elle tentait de se dégager, l'agonisant lui avait tendu un petit carton. Qu'en avait-elle fait ?

Elle récupéra sa robe de chambre et fouilla les deux poches latérales, se surprenant à prier à voix haute, elle qui ne priait pas.

Sa petite main violenta le tissu. À la fièvre succédait la rage. Rien ! Les poches étaient vides.

Ce n'était pas possible ! Elle l'avait bien saisi, ses doigts gardaient encore la trace de la surface semi-rigide.

Il devait se trouver quelque part dans le salon ou la cuisine.

Elle redescendit les marches, mit ses lunettes et inspecta le sol en commençant par la porte d'entrée.

Elle fit redéfiler pour la centième fois chaque détail de la scène. Sitôt après qu'elle se fut libérée de la main du mourant, elle avait téléphoné à la police. Oui. C'était cela.

Elle se déplaça jusqu'à la petite console sur laquelle était posé le téléphone. Ses yeux lui faisaient mal à force de scruter chaque millimètre de tapis. Rien.

Elle s'immobilisa et rembobina encore et encore le fil de sa mémoire.

Qu'avait-elle fait après avoir raccroché ?

Un remontant ! Elle avait éprouvé le besoin d'un remontant. Elle se rua vers le guéridon où étaient rangées les bouteilles.

Le carton était là, entre deux verres ! Il avait dû échapper à sa main malade, à moins qu'elle ne l'eût posé pour se servir. Elle faillit hurler de joie. Elle n'était pas folle. Elle n'avait rien rêvé. Elle le saisit avec autant de prudence que s'il se fût agi d'un objet brûlant.

C'était un ticket de consigne.

Elle rajusta ses lunettes et lut en petits caractères gras : « PORT DE BRODICK. » Et un numéro : « 47. »

3

LE SOLEIL se levait à peine lorsqu'elle dépassa South Corriegills. Elle accéléra, frôlant la limitation de vitesse en vigueur. Trente miles.

Sur la mer dérivaient encore les premières brumes de l'aurore.

En traversant Lamlash, elle avait croisé le pasteur qui arrosait sa pelouse devant l'église. Il l'avait saluée de la main mais avait dû se poser des questions en la voyant sortir à une heure aussi matinale.

La voiture hoqueta alors qu'elle longeait Strathwhillan. Il y eut quelques soubresauts, le moteur toussa violemment, faisant grincer les tôles. Voilà bien une quinzaine d'années qu'elle traînait cette vieille Triumph à travers les routes d'Écosse. Un jour ou l'autre, elle devrait se décider à l'échanger contre une auto digne de ce nom.

Le môle était en vue. Un ferry aux couleurs de la Caledonian MacBrayne entrait dans le port.

Elle gara sa voiture et partit à la recherche du service des consignes. Qu'allait-elle trouver ? L'arme du crime ?

Une valise emplie de vêtements impersonnels ? Un autre cadavre découpé en morceaux ?

Maîtrisant sa fébrilité, elle adopta sa voix la plus naturelle pour interpeller le préposé et lui tendit le ticket.

Les minutes s'écoulèrent. Des siècles. Elle jeta un regard distrait vers la gueule béante du ferry qui commençait à vomir son flot de voitures. C'était ainsi tous les ans. Aux premiers jours de juillet, la meute de touristes s'apprêtait à envahir Arran. Les alpinistes s'attaqueraient aux sommets escarpés du Goat Fell. Les golfeurs, armés de leurs gourdins, écumeraient jusqu'à plus soif la demi-douzaine de terrains qui recouvraient l'île. Clarissa ne comprenait rien à la jubilation que l'on éprouvait à propulser une balle dans des trous qui ne dépassaient guère cent millimètres de diamètre, sur des terrains parsemés de tortueux obstacles.

Le professeur Maclean, passionné de ce sport, avait bien tenté de la convertir aux subtiles beautés du *par*, des *birdies*, des *eagles* ou encore du sublime *albatros*, qui consistait – prodigieux coup de chance – à placer directement la balle dans son trou. Découragé par la mauvaise foi évidente de son amie, Maclean avait baissé les bras. Le sujet était désormais tabou.

– Voici...

Clarissa écarquilla les yeux. Elle s'était attendue à trouver une valise, une mallette, quelque chose de similaire qui eût été plus plausible en cet endroit, et voilà qu'on lui tendait un étui, un étui couleur bronze en peau de Suède. De forme plutôt carrée, scellé par une courroie, il était à peine plus grand qu'une main d'homme.

– Alors ? Il n'est pas à vous ?

– Si, si.

– Vous en êtes sûre ?

– Oui, bredouilla Clarissa. Pas d'erreur.

Le préposé la détailla d'un air circonspect tandis qu'elle repartait vers sa voiture.

Tout en marchant, elle se mit à palper l'objet avec l'appréhension d'un aveugle, comme si dans son impatience elle espérait que ses doigts déformés lui révéleraient son contenu. Brusquement, elle réalisa qu'elle n'avait pas téléphoné à l'inspecteur Stuart pour lui faire part de la découverte du ticket. Tant pis. Ou tant mieux. C'était son affaire désormais. Tout laissait croire que l'homme n'était pas venu mourir par hasard sous son toit ; sinon, pour quelle raison lui aurait-il confié le ticket ? Ah, Stuart l'avait prise pour une folle ? Elle était éméchée ? Eh bien, elle lui prouverait à quel point il avait eu tort de la déjuger. Et sans aucun remords.

À peine installée derrière le volant, elle fit glisser la courroie dans son passant et ouvrit l'étui.

Un carnet...

La couverture était elle aussi en peau, mais recouverte de plaques ornées de motifs géométriques sculptés. Aucun titre sur la page de garde.

Le papier. Mais était-ce du papier ? Rugueux, anormalement épais, d'une teinte plus mordorée que blanche.

Une feuille imprimée, pliée en deux, s'échappa.

Adrossan-Brodick. Last check-in 30 min before departure. Sailings to and from Edinburgh. Glasgow central. All tickets to be purchased before boarding on vessel...

C'était un indicateur des ferries qui reliaient l'île au port d'Ardrossan. On avait coché le dernier départ de 19 heures, et un tarif passager sans voiture : 4 £ 55.

Elle passa à la page suivante et, immédiatement, une idée frappa son esprit : elle était victime d'une farce ! Quelqu'un était en train de se jouer d'elle et l'observait à son insu. Le mufle devait être là, tapi dans un recoin, se gaussant de la naïveté de Mrs Clarissa Gray...

Il y avait bien un texte. Mais rédigé dans une langue incompréhensible. On eût dit des signes sténographiques.

Elle posa l'étui sur le siège passager, respira un grand coup et essaya de raisonner en s'efforçant d'appliquer la même rigueur qu'elle s'imposait dans l'élaboration de ses romans.

Aussi vite qu'elle lui était apparue, l'éventualité d'un canular se dissipa. Aucun cerveau, à moins d'être dérangé, ne serait allé jusqu'au meurtre pour le seul plaisir du jeu. Car il y avait eu meurtre. Ce carnet représentait la preuve irréfutable qu'elle n'avait pas été victime d'une illusion. Alors ? Un sourire apparut sur ses lèvres. Voilà, ironisa-t-elle, une enquête digne du grand Archie Rhodenbarr. Son détective de génie eût dénoué cette intrigue en un rien de temps. Hélas ! Archie n'était qu'un personnage de roman.

Elle décida de remonter dans le temps, ainsi qu'elle l'avait fait la veille. Elle revit le visage hâve, le crâne dégarni, la balafre qui courait sur le front, et surtout ce mélange de désespoir et de terreur qui dilatait les prunelles de l'homme. La terreur. La mort qui s'abattait sur lui suffisait-elle à expliquer cette figure si pleine d'épouvante ? Avait-il vu autre chose ? Et quoi ?

Une certitude parmi toutes ces interrogations : l'inconnu ne lui aurait pas confié le ticket de consigne – et par conséquent le carnet – si ce n'était dans l'intention de le soustraire à son poursuivant.

Elle fit démarrer le moteur et se ravisa aussitôt. Maclean ! William Maclean. Si un être au monde était capable de décoder le contenu de ce carnet, ce ne pouvait être que lui. Historien, professeur de linguistique à l'université de Glasgow, il s'était spécialisé dans « l'étymologie computationnelle », technique qui recourait à l'ordinateur pour le traitement automatique des langues. Vingt ans auparavant, il avait mis au point un astucieux système d'identification qui permettait d'établir dans quel idiome et quel code informatique un texte était écrit. Ce système était essentiel pour qu'un moteur de traduction pût effectuer une recherche intelligente dans des textes de différentes langues et les afficher traduits. En mettant au point ce programme, Maclean ne soupçonnait pas combien il se révélerait utile dans l'utilisation du fameux Internet.

L'Internet. Terme qui faisait frémir Clarissa et qu'elle associait systématiquement, et avec sa mauvaise foi coutumière, à « interner ». Avec la même assiduité dont il avait fait montre pour le golf, Maclean s'était échiné à lui faire découvrir ce nouveau mode de communication. Là encore sans succès. Il avait suffi au linguiste de prononcer les mots d'octets, d'adresse électronique et surtout de transmission de données découpées « en paquets » pour que son interlocutrice se rebiffât définitivement. « Paquets ? s'était-elle récriée. Les humains se parlent par "paquets" ? Quelle poésie ! Mon cher William, je reconnais bien là votre sens de l'analyse, glacial et scientifique. Un écran impersonnel à travers lequel des êtres s'écrivent par "paquets" ! Non merci. Je préfère encore prendre le temps de m'installer à mon bureau, caresser la plume plutôt que le clavier, voir l'encre courir sur ma lettre. Vous n'avez jamais été vraiment amoureux, Maclean ! »

Interloqué, son ami l'avait fixée comme si elle venait de proférer une insanité. « Amoureux ? Qu'est-ce que vous allez chercher là ? Bien sûr que je l'ai été. Une seule fois, il est vrai, et toujours de la même femme. Janet. *Ma* femme ! Et il en est ainsi depuis près de quarante ans ! – S'il me souvient, enchaîna Clarissa, Janet vivait alors à Port Ellen. Vous avez dû correspondre avec elle, n'est-ce pas ? – Évidemment. Je faisais mon service militaire à Edinburgh. – Alors, mon cher William ! Vous avez la mémoire courte. Auriez-vous oublié le parfum de ses lettres, l'émotion que vous éprouviez à porter la feuille à vos narines pour essayer d'y retrouver un peu de son odeur, à votre bouche pour y poser les lèvres ? » Maclean avait bredouillé, tel un enfant pris en faute. « Oui... Oui... Je m'en souviens. – Alors, assena la romancière, vous embrasseriez votre ordinateur ? »

Il lui avait tourné le dos en persiflant : « Vous êtes trop vieille. Vous êtes incapable de vous adapter à votre temps. »

Clarissa avait pouffé de rire. Vieille ? Elle avait tout juste 62 ans à l'époque. Et si Maclean en avait cinq de moins, elle lui trouvait une silhouette de cacochyme.

Elle saisit l'indicateur des ferries, cadeau posthume de l'inconnu. Le prochain départ pour Ardrossan était prévu pour 7 heures 30. Elle avait tout juste le temps d'acheter son billet et de monter à bord. Il fallait compter environ cinquante-cinq minutes de traversée, et presque autant en train jusqu'à Glasgow. C'était parfait. Elle arriverait à l'université pratiquement au même moment que Maclean. Aucune chance de le rater ; même en période de vacances, il y passait ses journées.

Accoudée au bastingage, elle se laissa aller à la caresse du vent. Elle n'appréciait ni le golf ni l'Internet ; en revanche, elle vénérait la mer. Elle l'aimait dans ses colères et dans sa paix retrouvée. Elle l'aimait dans sa liberté.

Clarissa Gray était libre elle aussi. Martyrisée par ses crises d'arthrite, seule, mais libre. Et pas peu fière d'être parvenue à posséder ce bien si précieux. Au départ, pourtant, rien ne la prédisposait à vivre autrement que dans un carcan. Son père, Lord Archibald Gray, brillant homme d'affaires, membre du Parlement, conservateur obstiné et inventeur du despotisme, l'avait éduquée pour la seule fonction féminine qu'il concevait : celle de mère et d'épouse. Un mariage à particule s'imposait. Un enfant mâle, aussi. Bien sûr. Le sens du devoir accompli, la normalité, la bienséance avant toute chose. Comment eût-il pu se douter qu'en secret, sa fille rêvait d'être artiste peintre, et qu'elle n'avait aucune envie de s'enferrer dans un mariage, fût-ce avec un descendant de Wellington ? Heureusement, Mary, son épouse, veillait à l'équilibre du balancier ; mais à quel prix ! Violences verbales, menaces, claquements de portes. Étonnant comme il émane de certaines voix d'hommes en colère toute l'injustice et la veu-

lerie du monde, et comme l'usage de la force physique sur
un être sans défense peut vous donner la nausée. Au bout
du compte, la raison du plus fort – c'est-à-dire celle du
mâle – l'emportait. Mais seulement en apparence. Le cher
Archibald ne comprit jamais que si l'on pouvait tyranniser
une Écossaise, on ne la domptait pas.

– Pardonnez-moi. Auriez-vous l'heure ?

Clarissa se retourna. Un jeune homme se tenait à contre-
jour. Gênée par la lumière, elle dut mettre sa main en
visière pour le détailler, et fut tout de suite frappée tant
par l'extraordinaire finesse de ses traits que par la singula-
rité de sa tenue : un tartan robe, un kilt de laine peignée,
un gilet prince-charlie, une bourse en phoque, brodée
d'argent, le jabot, les manchettes de dentelle et enfin les
chaussures à carreaux. Quelle idée de s'affubler d'un habit
de soirée en plein jour ! À moins qu'il ne rentrât d'un
dîner ?

– L'heure, dites-vous ?

Elle glissa un coup d'œil vers sa montre :

– 8 heures 25.

– Du matin, bien sûr ?

La vieille dame fronça les sourcils. Elle avait mal entendu
ou avait affaire à un plaisantin.

Le jeune homme dut se rendre compte de l'incongruité
de sa question, car il marmonna quelques mots d'excuse
avant de prendre congé, à reculons, la démarche gauche.

« Pourquoi, se dit Clarissa, pourquoi les hommes les
plus beaux sont-ils souvent les plus benêts ? » Une fois,
une seule dans sa vie, elle avait connu la beauté mâle mêlée
à l'intelligence. C'était il y a longtemps. Après la guerre...

Elle alla s'asseoir sur l'un des bancs alignés sur le pont, ferma les yeux, et ne s'éveilla que lorsque le ferry entama ses manœuvres d'accostage le long du quai d'Ardrossan.

Elle reconnut aussitôt les toits ardoisés, les ombres grises de la vieille forteresse en ruine. Le clocher rassurant de l'église Nazarene. Avant de jeter son dévolu sur Arran, c'est ici que Clarissa avait vécu pendant neuf mois. Elle avait supposé qu'après tout ce temps passé à Londres, mieux valait ne pas s'isoler d'un seul coup. Ardrossan offrait l'avantage de n'être qu'à une quarantaine de miles de Glasgow, et donc d'une certaine animation intellectuelle et sociale. Elle s'était trompée. Lorsqu'on est atteint par la gangrène, il vaut mieux couper le membre tout de suite plutôt que d'essayer de gagner du temps en usant d'emplâtres. De plus, l'une des raisons qui, à l'époque, l'avaient amenée à choisir cette cité, à l'embouchure du Firth of Clyde, était purement imaginaire. Elle avait lu un jour dans une revue que c'était d'ici, dans les années 20, que les navires de la Hudson Bay Company appareillaient pour l'Arctique canadien. Après un long périple, ils revenaient à leur port d'attache les soutes gonflées de fourrures, de peaux de phoques, d'huiles et... d'ours polaires. Elle ne sut jamais pour quelle mystérieuse raison ces scènes de marins en partance pour des terres gelées et hostiles l'avaient fait rêver. Peut-être l'éventualité de croiser un ours blanc ?

– Vous ne descendez pas à terre, madame ? s'inquiéta le marin.

Elle sortit de sa rêverie.

– Si. Bien sûr.

Un soleil surprenant brillait au-dessus de l'estuaire.

Non sans mal, elle se fraya un chemin à travers la foule groupée sur le quai, héla un taxi et le pria de la conduire jusqu'à la gare d'Ardrossan. Le chauffeur fit la grimace. Deux ou trois miles à peine séparaient la gare du port.

– Une course pour rien, grommela-t-il.

Clarissa ne releva pas. Voilà bien longtemps qu'elle avait limité les joies de la marche à pied à ses randonnées dans les Highlands ; pas question de déroger à ce principe. Si elle se plaisait à gravir les sentiers escarpés des Hautes-Terres, elle se refusait en revanche au moindre effort physique dans la pollution des villes.

La voiture la déposa à l'angle de South Beach Road. Elle régla le montant de la course, sans l'agrémenter d'un pourboire. Ce chauffeur était trop grognon.

Après avoir consulté les horaires, elle trottina jusqu'au premier guichet, régla un aller et retour en seconde, et gagna le quai.

Une heure plus tard, elle débarquait en gare de Glasgow et sautait dans un nouveau taxi.

Après avoir roulé le long de la Clyde, le véhicule bifurqua sur la droite et remonta vers Kelvingrove Park. L'université y était accolée.

La voiture stoppa devant l'imposant bâtiment. En levant la tête, on pouvait voir la tour, vieille de plus de cinq siècles, couronnée par sa flèche de pierre qui flirtait avec le ciel. Une cathédrale, plus qu'une université... Telle était l'impression que Clarissa ressentait chaque fois qu'elle rendait visite à son ami. Une atmosphère de sacré transpirait de ces hauts murs. Peut-être conservaient-ils encore de l'ancien monastère qui occupa le site en des temps lointains une sorte de recueillement enfoui.

Le chauffeur n'avait pas de monnaie.

En farfouillant dans son sac, elle réussit tout de même à faire l'appoint ; ce qui lui évita – cette fois encore, mais en toute bonne conscience – de donner un pourboire.

4

– LE PROFESSEUR Maclean ? répéta la responsable du secrétariat, vous voulez voir le professeur Maclean ?

Clarissa lui eût annoncé que Guillaume le Conquérant venait de débarquer dans la cafétéria qu'elle n'aurait pas eu l'air plus ahurie. Il faut dire que cette brave Mrs Liza Dowson avait la fâcheuse tendance d'être dépassée pour un rien.

– Oui, répliqua patiemment Clarissa, le professeur Maclean. Et je n'ai pas rendez-vous.

Liza Dowson souleva ses lunettes de presbyte :

– C'est navrant, Mrs Gray. Vous auriez dû téléphoner avant de vous déranger. Il n'est pas là. Il est parti.

– Parti ? Vous voulez dire... en voyage ?

– Non, non. Il s'est rendu à la gare pour accueillir son petit-fils, Morcar.

– Je vois. Il va revenir, je suppose ?

– Heu... je suppose.

D'un geste autoritaire, Clarissa posa son sac sur le bureau de la secrétaire et gagna le fauteuil le plus proche.

– Que... que faites-vous, Mrs Gray ?

– Vous voyez bien ! Je l'attends.

– Et... s'il se rendait directement à son domicile ? Le petit doit être fatigué. Il arrive de Londres. C'est un long voyage.

– Plus de quatre cents miles en effet. Ce n'est pas ce genre de distance qui pourrait abattre un garçon de 20 ans. À son âge, j'étais capable de passer trois nuits sans dormir !

– 19.

– Vous dites ?

– Morcar a 19 ans. Il les a depuis deux semaines. Je le sais, parce que le professeur Maclean m'avait chargée personnellement de lui poster un colis pour son anniversaire.

– Très bien. Raison de plus pour que la fatigue n'ait aucune prise sur lui.

À court d'arguments, Mrs Dowson se replongea dans son travail ponctué par le tic-tac d'une pendule massive dressée dans un coin de la pièce.

Tic tac...

Les pensées de Clarissa dérivèrent pour la énième fois vers les événements de la veille. La victime avait fait irruption chez elle aux alentours de 1 heure 45. Or, à en juger par la case cochée sur l'indicateur des ferries, 19 heures, l'inconnu aurait débarqué à Brodick aux alentours de 20 heures. Qu'avait-il fait pendant plus de cinq heures ? Quel avait été son emploi du temps ? Il était venu sans voiture. L'agent Wishart avait confirmé le fait et l'indicateur aussi : *tarif passager : 4 £ 55*. En supposant qu'il eût parcouru à pied les cinq miles qui le séparaient du port de Lamlash, subsistait quand même un hiatus d'environ qua-

tre heures. S'il avait pris un taxi, le hiatus était plus important encore. Il aurait donc erré dans Brodick ? Dans
Lamlash ? Autour de la maison ? Pourquoi ?

– Mrs Gray ?

– Oui ?

– Souhaitez-vous une tasse de thé ?

Clarissa déclina l'offre.

Tic tac...

Au bout d'une dizaine de minutes, l'impatience la
gagna. Il fut une époque où elle aurait tué le temps en
faisant du petit point. Entre deux romans, elle pouvait y
consacrer des heures, voire des journées entières. Ni le
point de Hongrie ni celui des Gobelins n'avaient de secret
pour elle. Elle s'était même lancée dans une reproduction
de la célèbre tapisserie de Bayeux et n'était pas peu fière
du résultat. C'était bien avant que ses mains ne soient
malades.

– Vous n'auriez pas une revue ?

– Une revue... Non, hélas. En revanche, je peux vous
proposer le mensuel de l'université.

Même les vieilles dames sont protégées des dieux. La
lecture du mensuel lui fut épargnée : la porte du secrétariat
venait de s'ouvrir. C'était William Maclean.

– Clarissa ?

– Bonjour, William.

Le professeur se pencha vers elle et l'embrassa sur les
joues.

– Surpris et ravi de vous voir. Figurez-vous que nous
pensions justement à vous hier soir. Nous nous disions

avec Janet que nous devrions nous réunir autour d'un *haggis.*

Il interpella le jeune homme dégingandé qui était resté sur le seuil :

– Approche Morcar. Tu connais certainement Mrs Gray ? Clarissa Gray. Et surtout ne dis pas non ! Elle est susceptible.

– Je sais qui est Mrs Gray, bien sûr. Mes hommages, madame.

– Mes hommages ? s'étonna Clarissa.

Elle l'examina avec curiosité. Il avait les cheveux blonds bouclés, l'œil d'un bleu dense, un air pâle, un peu maladif, mais non dénué de charme.

Elle plaisanta :

– Il existe donc des jeunes gens qui s'expriment encore de la sorte ? Bravo mon petit. Vous avez déjà une place dans mon cœur.

Elle loucha sur Maclean :

– Il est bien éduqué ce garçon. On ne pourrait pas en dire autant de vous, mon cher William. Vous ne m'invitez pas à entrer dans votre bureau ?

Maclean se récria :

– Laissez-moi le temps !

Il lança à sa secrétaire :

– Des messages ?

– Oui. Votre femme.

Elle relut ses notes :

– Elle vous prie de ramener du pain de chez Macsweens et de passer prendre une livre de *kippers* chez le poissonnier.

Maclean pivota vers Mrs Gray :

– Vous ai-je confié ma définition du couple ? Deux êtres qui décident de s'unir pour essayer de résoudre les problèmes qu'ils n'auraient jamais connus s'ils étaient restés seuls. Tout compte fait, je me demande si vous n'avez pas agi sagement en ne vous remariant pas.

– Vous êtes bien sévère à l'égard de Janet.

– Que voulez-vous... quarante ans de mariage, ça use...

Il ouvrit la porte de son bureau :

– Si vous me faisiez l'insigne honneur d'entrer ? Tu peux venir aussi, Morcar.

Et il passa en premier, ce qui lui valut un regard incendiaire de la part de la vieille dame.

– Pardonnez le fatras. Installez-vous là où vous pourrez.

Fatras était un euphémisme.

Sur le mur du fond se détachait un tableau noir couvert de mots et de signes. Des livres jonchaient le sol et les sièges ; d'autres s'accumulaient en piles sur le bureau, couverts de paperasses de toutes sortes, de documents, entourés de gobelets en carton. Il y avait aussi une bouteille de bière à moitié entamée près d'un cendrier empli à ras bord de cendres, et un emballage douteux qui avait dû contenir des *hatti kit*, des gâteaux des Highlands. Sur une table sommeillaient une imprimante laser et un ordinateur, avec son unité centrale éventrée, cerné par un enchevêtrement de câbles. Seul le Chesterfield râpé semblait avoir été épargné par la tourmente.

– Exquis ! ironisa Mrs Gray. Si je ne savais pas que nous nous trouvions dans l'enceinte d'une éminente université, et dans le bureau d'un éminent linguiste, je me croirais dans un marché du Pandjshir.

– Pitié, Clarissa ! Faites preuve de mansuétude, au moins devant mon petit-fils.

Il envoya valser son imperméable sur le divan :

– Mrs Gray et moi sommes de vieux amis. J'allais dire, de vieux complices. Je l'adore, mais elle peut devenir très vite insupportable. Méfie-toi d'elle.

Le jeune homme posa sa valise et hocha la tête d'un air entendu.

– Ma fille m'a confié Morcar pour deux semaines, expliqua Maclean. Je ne sais pas quelle mouche l'a piquée, elle a décidé du jour au lendemain de s'offrir deux semaines de vacances à la Barbade. À mon avis, elle ne s'est pas entièrement remise de son divorce avec Michael. Remarquez, je suis ravi de profiter de mon petit-fils préféré. Figurez-vous qu'il a été admis à Cambridge ! C'est merveilleux, non ?

Clarissa fit un geste désabusé :

– Merveilleux... à condition qu'il y prenne du plaisir.

Elle se retourna vers l'intéressé :

– Est-ce le cas, mon garçon ?

– C'est le cas en effet.

Elle soupira :

– Je n'aurais pu en dire autant.

– Étiez-vous aussi à Cambridge, Mrs Gray ?

– Oh ! Je n'ai fait qu'y passer. J'étais supposée faire des études de droit. Ma mère m'a tirée de là alors que je m'apprêtais à mettre le feu à cette honorable institution.

– Pour notre chance, souligna Maclean. Et celle de vos lecteurs.

Il demanda à Morcar :

– As-tu lu le dernier roman de notre amie ?

– Non. En revanche, j'ai lu tous les autres. Mon préféré reste *Archie quitte la scène.*

– Ah ? s'étonna Clarissa. Pour quelle raison ?

– Je craignais que votre héros ne revienne plus. Car vous aviez bien eu l'intention de le faire disparaître, n'est-ce pas ?

– Oui. Seulement le public en a décidé autrement. Mais un jour viendra...

Elle fit mine de tirer sur une cible invisible.

– Ce serait bien dommage, Mrs Gray. Après tout, un écrivain n'écrit-il pas essentiellement pour ceux qui le lisent ? Si vos lecteurs se sont attachés à votre personnage, pourquoi les en priver ?

– Détrompez-vous, mon garçon, un écrivain écrit *aussi* pour lui-même. Mais c'est une autre histoire.

– Dans ce cas, pourquoi avoir cédé ?

Elle faillit s'étouffer, et prit Maclean à témoin :

– Dire qu'il y a quelques minutes je trouvais ce garçon charmant !

Revenant à Morcar, elle ajouta :

– Nonobstant votre impertinence, je vais vous répondre. J'ai cédé parce que je suis une femme imparfaite et qui manque de courage. Êtes-vous satisfait ?

– Je vous fais mes excuses. Je...

– Allons, je vous titillais. Au fond, j'aime bien les questions directes. Elles ont le mérite de nous renvoyer à nous-mêmes. Surtout ne changez pas.

– À présent, lança Maclean, si vous me disiez la raison

de votre visite ? Car vous n'êtes pas venue par hasard. Je me trompe ?

– J'ai besoin de vos lumières.

– Très bien.

Il suggéra à son petit-fils :

– Tu connais bien cette université. Tu pourrais aller faire un tour. Entre le vieux musée et les galeries d'art, tu as le choix...

– Si ma présence ne vous importune pas, j'aimerais rester ici.

Maclean sollicita du regard l'autorisation de Clarissa qui n'émit pas d'objection.

Le jeune homme pointa un doigt vers l'unité centrale de l'ordinateur :

– Il est planté ?

– Un cauchemar. J'ai voulu ajouter deux barrettes de mémoire et depuis tout cafouille. Je croule sous les bugs et je n'ai plus de connexion Internet.

– Je peux y jeter un coup d'œil... ?

– Pourquoi pas. Tu trouveras les CD d'origine quelque part sur les étagères de la bibliothèque. Mais prends garde à ne rien effacer. Il y a deux ans de travaux là-dedans.

Morcar le rassura d'un signe et marcha vers l'écran.

– Savez-vous qu'il vous ressemble ? observa Clarissa. Presque aussi haut perché et aussi dégingandé que vous. Mêmes yeux bleus, même nez aquilin.

– Le nez des Maclean !

– Hélas pour vous, la comparaison s'arrête là. Votre petit-fils n'a pas une affreuse barbe de chèvre grisonnante et mal taillée et, surtout, il a de l'allure, lui.

Maclean fit celui que la pique ne touchait pas :

– Si nous parlions de ce qui vous amène ?

Mrs Gray avait déjà sorti le carnet de son sac.

– J'aimerais que vous examiniez ceci.

Le professeur prit place derrière son bureau. Il commença par étudier la reliure, ensuite il parcourut la première page, la deuxième, et s'arrêta sur la troisième.

– Je ne comprends pas. Où avez-vous trouvé ce carnet ?

Clarissa posa ses avant-bras sur le rebord du bureau :

– Je vais vous le dire. Mais avant, promettez-moi de ne pas m'interrompre. Sachez aussi qu'il ne s'agit ni d'une plaisanterie ni d'une idée farfelue qui aurait germé dans l'esprit d'une romancière. D'accord ?

Le professeur ouvrit un tiroir, en sortit une pipe et se mit à gratter le fourneau :

– Vous me troublez, tout à coup. Je ne vous ai jamais connu un air aussi grave.

– Parce que c'est grave, William.

– Parlez... Je m'impatiente. De quoi s'agit-il ?

– Il s'agit d'un meurtre. Mais d'un meurtre que j'aurais eu du mal à concevoir, tant les circonstances qui l'entourent paraissent invraisemblables...

Ainsi qu'il s'y était engagé, son ami l'écouta jusqu'au bout sans l'interrompre. Une fois le récit terminé, il s'arma d'une loupe, récupéra le carnet et l'examina avec encore plus de soin que la première fois.

– Dites que vous me croyez ? s'inquiéta Clarissa.

– Oui. Je vous crois. Je vous crois parce que c'est vous.

Venant de quelqu'un d'autre, je n'aurais pas accordé la moindre foi à cette histoire qui est – vous en conviendrez – plutôt rocambolesque.

Il s'interrompit, le temps d'aspirer une bouffée de tabac et d'exhaler un nuage bleuâtre à l'arôme d'ananas.

– Parce que c'est vous, reprit-il, mais aussi parce que tant la couverture que le contenu de ce carnet soulèvent quelques interrogations.

– La couverture ?

– Le cuir est couvert de plaques ornées de motifs géométriques sculptés. Je ne suis pas un spécialiste, mais je possède quelques connaissances en ce domaine. Il me paraît que ces motifs ont été peints à l'or liquide, incisés, ou frappés aux petits fers. Or, cette technique n'est plus employée depuis fort longtemps.

– C'est-à-dire ?

– Disons, depuis le Ier ou le IIe siècle de notre ère. Si je vous en parle avec autant d'assurance, c'est que ces jours-ci se déroule une exposition dans l'enceinte de l'université. Précisément là où j'ai suggéré à Morcar de se rendre : au Hunterian Museum. Elle est consacrée à l'art copte en Égypte. Et j'y ai vu, pas plus tard qu'hier, des ouvrages reliés selon la même technique.

Clarissa toussota.

– Près de deux mille ans ?

– Ce n'est pas tout.

Il posa son index sur une page au hasard :

– La texture des feuillets est tout aussi curieuse. Elle n'est pas lisse, et ne possède pas cette blancheur qui caractérise le papier que nous employons de nos jours. Je mettrais ma main au feu que ces pages ont été fabriquées à partir de tissus de lin ou de chanvre.

– Ce qui signifie ?

– Voici un certain temps, cent cinquante ans environ, que le bois a remplacé le tissu. Aussi, à moins d'être doté d'un esprit singulièrement torturé, je ne vois pas pour quelle raison un fabricant chercherait à utiliser des méthodes vieilles de plus d'un siècle et demi.

Il effleura l'écriture de son index :

– Bizarre... L'encre utilisée est elle aussi très singulière. Elle n'est pas classique. Je veux dire contemporaine. On dirait de l'encre au noir de fumée...

– Au noir de fumée ?

– De nos jours, les encres sont conçues à partir de produits chimiques très élaborés. Il n'en était pas de même en des temps reculés. Si les premières encres étaient essentiellement à base de suie et d'eau, complétées de gomme naturelle, d'autres étaient composées uniquement avec de la suie. D'où le nom d'encre au noir de fumée...

– Le texte. Vous ne me parlez pas du texte.

– J'y viens. En fait, le texte est l'élément le moins obscur. Une chose est sûre : son auteur n'était pas un spécialiste du cryptage.

– C'est donc un texte codé...

– Oh oui ! Et selon une méthode ridiculement banale...

Il annonça avec un sourire tranquille :

– Marie Stuart.

Clarissa sursauta.

– Vous voulez parler de la reine d'Écosse ? La fille de Marie de Guise ?

– Parfaitement. C'est pourquoi je vous disais il y a un instant que le texte – en tout cas en apparence – est l'élément le moins obscur de cette affaire.

Mrs Gray croisa les bras et guetta la suite.

– Nous sommes au tout début de l'année 1586. Condamnée par la reine Elizabeth, sa cousine, Marie Stuart est depuis dix-huit ans prisonnière dans le château de Chartley Hall. Correspondre avec l'extérieur lui est formellement interdit. Pourtant, grâce à un stratagème mis au point par ses fidèles, cette interdiction est régulièrement déjouée.

– De quelle façon ?

– Un dénommé Gilbert Gifford, catholique désireux de servir la cause, porte les messages au brasseur local, lequel les emballe dans une poche de cuir qu'il dissimule dans la bonde creuse d'une barrique de bière. Le brasseur livre ensuite la barrique au château où l'un des serviteurs de Marie récupère la bonde et porte le message à la reine.

Maclean marqua une courte pause avant de reprendre :

– C'est à cette époque qu'un certain Anthony Babington élabora un projet qui consistait à libérer la reine d'Écosse, assassiner sa cousine, et déclencher un soulèvement que viendrait soutenir une intervention étrangère. Babington rédigea une lettre détaillée dans laquelle il traçait les grandes lignes de son plan. Par précaution – et là nous arrivons au point qui nous concerne – Babington chiffra cette lettre afin que, si le geôlier de Marie l'interceptait, il ne puisse en prendre connaissance. Pour ce faire, Babington utilisa un chiffre. Un chiffre qui ne se limitait pas à une simple substitution alphabétique, mais à une nomenclature constituée de symboles qui figuraient les lettres de l'alphabet. Et comme à l'accoutumée, ce fut Gifford que l'on chargea de transmettre le courrier à la reine.

Clarissa glissa machinalement les doigts dans ses cheveux :

– Si j'ai souvenance exacte de mes cours d'histoire, je crois que le Gifford en question était un agent double qui travaillait pour le premier secrétaire d'Elizabeth : Walsingham...

– C'est exact. Le traître remit à Walsingham la missive de Babington destinée à Marie, et aussitôt le ministre la confia à l'un des meilleurs cryptanalystes d'Europe. Un génie du nom de Thomas Phelippes dont il s'était offert les services. Phelippes déchiffra le message de Babington qui proposait clairement d'assassiner Elizabeth, et dépêcha immédiatement le texte à son maître. Walsingham prit son temps, espérant que Marie répondrait et autoriserait le complot, ce qui permettrait de l'y impliquer. Il souhaitait de longue date la mort de la reine d'Écosse, mais il savait qu'Elizabeth répugnait à faire exécuter sa cousine. S'il pouvait prouver que Marie fomentait un attentat, alors la reine serait bien forcée de donner son accord à l'exécution de sa rivale.

– Ses espoirs furent comblés.

L'affirmation venait d'être lancée par Morcar qui prit la suite :

– Le 17 juillet, Marie répondit à Babington, signant son propre arrêt de mort. Le 8 février 1587, sa tête roula sur le billot.

– Eh bien, nota Maclean, tu as les oreilles qui traînent...
Il pointa un doigt vers l'ordinateur :

– Il marche ?

– Sans problème.

– Internet aussi ?

– Aussi.

– Je suis toujours étonné de constater avec quelle aisance les jeunes d'aujourd'hui plongent dans les entrailles de ces machines, observa le professeur.

La romancière ne releva pas. Ses pensées poursuivaient leur cheminement :

– En conclusion, dit-elle, le texte de ce carnet serait codé selon les principes établis par Babington il y a plus de quatre cents ans.

– C'est une évidence.

– Et vous sentez-vous de taille à le décrypter ?

– Il me suffirait d'appuyer sur la clef. Je dois avoir dans ma cave des archives qui remontent à l'époque de la guerre, du temps où je travaillais à l'Air Force's Cambridge Research Center et au Bureau 40. De nombreux codes y sont répertoriés. Ils vont de Jules César au célèbre chiffre *Enigma*.

– *Enigma* ?

Une fois encore, ce fut Morcar qui anticipa :

– C'était le nom d'une machine à chiffrer, inventée par deux Allemands aux alentours de 1918. Un vrai casse-tête qui a rendu fous la plupart des cryptanalystes qui tentèrent de briser le code. S'il n'y avait eu la trahison d'un employé du *Chiffrierstelle*, jamais les Alliés ne seraient parvenus à en venir à bout.

Maclean émit un sifflement admiratif :

– Je dois avouer que tu m'épates.

Et Clarissa de surenchérir :

– Quelle culture ! Chapeau bas...

– N'est-il pas un Maclean ? souligna le professeur en levant le front.

Il tapota du doigt sur le carnet :

– Avez-vous remarqué ces annotations en latin rédigées en préambule de certaines pages ?

– Je n'ai vu qu'un charabia.

Maclean vint se placer près de Clarissa :

– Regardez. Là. On lit clairement : *Tempesta unus,* ou encore *Eadem tempesta...*

– « Temps un ? » « À la même époque ? » Quel rapport avec le code Babington ? Il n'était pas formulé en latin, que je sache ?

– Aucunement. Un mystère de plus.

– Mais pour quelle raison quelqu'un – la victime en l'occurrence – se serait-il échiné à fabriquer une couverture élaborée selon des techniques qui remontent à l'Égypte du IIe siècle, du papier conçu d'après des méthodes vieilles de plus d'un siècle et demi, de l'encre au noir de fumée et, pour couronner le tout, un texte codé, inspiré d'un chiffre anglo-saxon du XVIe ? Cela étant, il y a un point dont nous n'avons pas débattu et qui est tout aussi mystérieux que le reste. Comment expliquez-vous que cette scène de la réalité, survenue le soir, je l'avais dictée le matin même à Kathleen ? Coïncidences ?

– Je ne crois pas aux coïncidences, du moins pas à tout ce que l'on qualifie de telles. Je suis de ceux qui sont convaincus que notre évolution obéit à des schémas harmonieux et structurés, que les grandes lignes de notre destin sont tracées et font partie intégrante d'un faisceau qui échappe à notre contrôle. Vous allez comprendre.

Maclean marcha vers sa bibliothèque.

– Que cherchez-vous à me prouver ? interrogea Clarissa.

– Que le monde des coïncidences n'est pas aussi simpliste que l'on veut bien le dire.

Il saisit un ouvrage :

– Voici un exemple... au hasard : « Burton Richter, directeur du Stanford Linear Accelerator Center, découvrit en 1974 une nouvelle particule, qu'il nomma PSI. Indépendamment et presque simultanément, à Brookhaven sur la côte Est des États-Unis, Samuel Ting fit la découverte de la même particule. Les deux chercheurs se partagèrent le prix Nobel de physique en 1976. »

Il ouvrit une nouvelle page :

– ... Le chiffre 3. Saviez-vous qu'il a hanté toute la vie de Thomas Jefferson ? Il était le troisième président des États-Unis. Il naquit le 13 avril 1743, fut le troisième enfant de la famille et le troisième à s'appeler Thomas. Il entreprit...

– Pitié ! protesta Clarissa. Vos exemples sont dignes d'une mauvaise cartomancienne. Je pourrais vous en trouver une centaine.

– Grand-père Willy, je ne voudrais pas t'offenser, mais il me semble que Mrs Gray a raison. Tu connais le célèbre parallèle entre Lincoln et Kennedy ?

– Évidemment...

– Quel parallèle ? questionna Clarissa.

Morcar expliqua :

– Je suis tombé dessus en surfant sur le net. Il est tout aussi drôle que cette histoire de chiffre 3. Mais cette fois, c'est le nombre 100 qui joue un rôle prédominant. Approchez-vous, Mrs Gray, vous allez pouvoir vous en rendre compte par vous-même.

Il pianota sur le clavier et au bout de quelques secondes un texte apparut à l'écran :

Abraham Lincoln fut élu au Congrès en 1846.
John F. Kennedy fut élu au Congrès en 1946.
Abraham Lincoln fut élu président en 1860.
John F. Kennedy fut élu président en 1960.
Les épouses des deux présidents perdirent leur enfant alors qu'elles vivaient à la Maison-Blanche.
Les deux présidents furent assassinés un vendredi d'une balle dans la tête et sous les yeux de leur épouse.
Leurs meurtriers, John Wilkes Booth et Lee Harvey Oswald, furent assassinés avant leur procès.
Booth s'échappa d'un théâtre et fut retrouvé dans un entrepôt.
Oswald s'échappa d'un entrepôt et fut retrouvé dans un théâtre, le Texas Theatre.
Andrew Johnson, qui succéda à Lincoln, est né en 1808.
Lyndon Johnson, qui succéda à Kennedy, est né en 1908.
Leurs noms et prénoms sont composés de treize lettres.

Morcar enchaîna d'un air espiègle :

– J'ai complété cette liste pour le plaisir du jeu : John Kennedy a été tué dans une voiture de marque Lincoln, fabriquée par Ford. Et Lincoln a été abattu au théâtre... Ford. La semaine précédant sa mort, Lincoln était en vacances à Monroe, dans le Maryland. La semaine précédant sa mort, Kennedy était en vacances avec... Monroe, Marilyn bien sûr.

Clarissa partit d'un rire franc :

– Vous voyez, Maclean, même votre petit-fils est moins crédule que vous ! À combien de personnalités pourrait-on appliquer des correspondances similaires ! Savez-vous ce que disait ce maître du roman policier que j'admirais tant ? Je veux parler de ce Français, Gaston Leroux. Je cite : « Les coïncidences sont les pires ennemies de la vérité. »

– Ma chère, citation pour citation, je vous rappellerai les mots de Monsieur Einstein qui ont bien plus de poids que ceux de votre romancier : « Dieu ne joue pas aux dés. »

Maclean se tut, les traits grognons :

– De toute façon, si vous avez une autre explication à me fournir concernant ce qui vous est arrivé, je suis tout disposé à l'entendre...

Il balança son livre sur le Chesterfield et conclut :

– J'ai faim... Je vous emmène déjeuner.

– Si vous n'y voyez pas d'inconvénient, j'aimerais plutôt que vous me déposiez à l'hôtel Argyll. Je suis debout depuis 5 heures du matin, et je vous avoue que j'ai besoin de m'allonger un peu. Je voudrais acheter aussi quelques effets, un nécessaire de toilette. Il y a un Marks and Spencer à deux pas de l'hôtel. Je vous rejoindrai plus tard.

– Bien sûr. C'est près de chez moi. Mais pensez-vous qu'ils auront une chambre disponible ?

– S'ils ne l'ont pas, ils l'inventeront. Voilà plus de vingt ans que j'y ai mes habitudes.

– D'accord. Mais nous vous attendons pour dîner ce soir à la maison. Janet sera enchantée de vous voir.

– Vous êtes sûr ? Je sais combien les femmes ont en horreur les invitations improvisées.

– Elle sera enchantée.

Clarissa jeta un regard vers le carnet abandonné sur le bureau :

– Croyez-vous qu'il soit en sécurité ici ?

– À part Mrs Dowson et moi, personne n'a accès à mon bureau. Allons, venez.

Il se tourna vers Morcar :

– Alors ? Tu veux bien décrocher de cet écran ?

À l'instant de leur emboîter le pas, la vieille dame fit promptement demi-tour et alla récupérer le carnet qu'elle glissa dans son sac.

5

L'AGENT WISHART relut ses notes, se dirigea vers le bureau de l'inspecteur Stuart, frappa deux coups, attendit qu'on l'invitât et entra :

– Je viens de recevoir un appel du commissariat de Corrie. Des touristes ont découvert un homme mort sur le bas-côté de la route, à deux miles au sud de la ville. Le coroner est en route.

– Un accident de la circulation ?

– Non. D'après le sergent Mackenzie que j'ai eu au téléphone, le gars aurait été descendu d'une balle dans la nuque.

Thomas poussa un soupir et referma le dossier sur lequel il planchait :

– Très bien. Allons jeter un coup d'œil.

Un instant plus tard, les deux hommes roulaient en direction de Corrie. Le ciel bleu qui avait dominé jusque-là commençait à se voiler, et de gros nuages noirs surgis de l'est cavalaient en éclaireurs au-dessus de la mer.

– L'été s'achève, ironisa Stuart.

– Ne nous plaignons pas. Il aura duré plus longtemps que d'habitude. Toute une matinée.

Il demanda à brûle-pourpoint :

– Avez-vous eu des nouvelles de Mrs Gray ?

– Aucune.

– La pauvre. Elle vieillit mal, vous ne trouvez pas ? Ses romans ont fini par lui faire perdre les pédales. Croyez-vous que ce soit la solitude qui lui souffle ce genre de comportement ?

– C'est possible. Ou alors elle a mal supporté le Glen Mhor.

Wishart gloussa à la manière d'un gamin :

– Elle picole bien la vieille. Remarquez...

– Je ne vous permets pas, agent Wishart ! Mrs Gray est une grande dame qui inspire le respect.

Ils n'échangèrent plus un mot jusqu'à ce qu'ils fussent en vue d'un petit groupe rassemblé sur le bas-côté de la route. Stuart gara son véhicule et descendit. Il enjamba le ruban jaune sur lequel l'avertissement NO TRESPASSING était écrit en lettres noires, et héla l'un des deux policiers en faction :

– Inspecteur Stuart.

L'homme indiqua le corps qui gisait entre deux buissons.

– Il est tel que nous l'avons trouvé.

Stuart se dirigea vers le coroner agenouillé près de la dépouille :

– Bonjour George. Voilà un bail qu'on ne s'est vus.

– Salut Thomas. Ça va ?

– Dans deux semaines les vacances. Alors ça va.

– Qu'avons-nous ?

– Sexe masculin. 42 ans. Flingué à bout portant d'une balle dans la nuque. La balistique nous le confirmera, mais je penche pour un Beretta 92. La balle a fait exploser l'artère vertébrale, a traversé l'axis de part en part, et est ressortie par le muscle transversaire épineux. Nous avons retrouvé le projectile à un mètre d'ici.

– L'heure du décès ?

– Disons entre 1 et 2 heures du matin.

– Il avait des papiers sur lui ?

– Un permis de conduire et une carte d'identité au nom de Roddy O'Casey, né à Coleraine, domicilié à Dublin. Des faux sans doute. Ce serait une affaire de règlement de comptes entre factions de l'IRA que je n'en serais pas surpris.

– L'IRA ? Chez nous ? Peu probable. Voilà bien deux ans qu'ils ont abandonné leur devise : « Un bulletin de vote dans une main, une mitraillette dans l'autre. »

Stuart s'agenouilla auprès du cadavre.

– Puis-je ?

Le coroner acquiesça et commença à ranger ses instruments.

Avec précaution, le policier saisit l'homme par les deux épaules et le retourna sur le dos. Aussitôt, il se dit que ce O'Casey avait un visage bien ingrat : à moitié chauve, les traits hâves, des yeux de lapin cerclés de bistre et des sourcils roux. Il avait quelque chose de cet acteur, Marty Feldman, dans *Frankenstein junior*. Ce fut la balafre creusée sur toute la longueur du front qui, tout à coup, éveilla son attention.

Il était là. Je l'ai vu. C'était un homme d'une quaran-taine d'années, le crâne dégarni, les yeux globuleux. Une balafre sillonnait son front.

C'était bien la description que la romancière avait faite de *son* cadavre envolé. Était-ce possible ? Elle n'aurait donc pas été victime d'un abus de scotch ni de ses artères fati-guées ?

Il avait la gorge tranchée et du sang coulait de sa blessure.

Ce n'était pas le cas...

Le cerveau de Stuart bouillonnait. Les pièces d'un invi-sible puzzle venaient d'apparaître, mais ne s'emboîtaient pas.

Il se tourna vers le coroner qui s'apprêtait à partir :

– George, veux-tu me redire à quelle heure tu situes le décès ?

– Entre 1 heure et 2 heures du matin. Pourquoi ?

Stuart secoua la tête :

– Pour rien. Tiens-moi au courant des résultats de l'autopsie...

Le crépuscule commençait à teinter de gris les rues de Glasgow.

Clarissa se leva du lit. Elle se rendit dans la salle de bains, brossa ses cheveux courts, se maquilla à peine et enfila le vêtement acheté quelques heures plus tôt. La vision que lui renvoya la psyché dressée dans un coin de la pièce lui arracha une moue dépitée : deux cent cinquante livres pour ce tailleur en shetland ! Décidément, la qualité des choses décroissait à mesure que leur coût augmentait. Elle avait bien réussi à arracher dix pour cent à la vendeuse, mais tout de même...

Elle vérifia une dernière fois sa tenue, prit son trench-coat et quitta la chambre.

Une fois dans la rue, elle hésita entre se rendre à pied chez Maclean, dont la maison n'était pas très éloignée, ou prendre le bus. Finalement, elle jugea plus sage d'opter pour la seconde solution et se dirigea vers la station la plus proche. Le 23 ne fut pas long à arriver. Elle prit place sur le premier siège libre, deux rangées derrière le conducteur.

Ce matin déjà, alors que le taxi l'emmenait vers l'université, elle avait constaté à quel point la ville s'était transformée en quelques années. Des immeubles modernes avaient succédé aux maisons de brique rouge fatiguées. De pimpantes habitations bordaient la Clyde sur toute sa longueur. Galeries d'art, musées, bibliothèques avaient poussé avec une rapidité impressionnante et la plupart des entrepôts insalubres avaient été rasés ou remplacés par des boutiques et des bureaux. Quant au West End, où résidait Maclean, quartier longtemps boudé, il était devenu l'endroit le plus couru. À l'instar du reste du monde, Glasgow se métamorphosait ; vite, si vite.

C'est au moment où le bus arrivait en vue du Scottish Exhibition and Conference Center qu'elle aperçut le reflet d'un visage dans la glace. Il lui parut familier. Où ? Quand l'avait-elle croisé ? Elle se retourna. Un homme jeune, aux traits fins, était assis à sa gauche. Elle se tritura un instant la mémoire. N'était-ce pas ce personnage curieusement fagoté qui lui avait demandé l'heure sur le ferry ? Il avait abandonné son kilt pour un costume trois-pièces prince-

de-galles. Leurs regards se croisèrent. Il la salua d'un mouvement rapide auquel elle ne répondit pas. Décidément,
songea-t-elle, curieux bonhomme.

Elle descendit à l'arrêt suivant, parcourut une centaine
de mètres à pied avant de s'engouffrer sous le porche du
26, Sauchiehall Street.

Ce fut Maclean qui lui ouvrit la porte.

– Je ne suis pas trop en avance, j'espère ?

– Pas du tout. Entrez donc.

La table était déjà dressée dans le living-room qui faisait aussi office de salle à manger. De part et d'autre des
fenêtres, des rideaux jaune pâle formaient des taches de
lumière. Paradoxalement, en dépit de l'aspect composite
du décor : un cosy-corner, un canapé inspiré de l'affreux
style Bauhaus, des sièges tapissés de velours Manchester,
des abat-jour en papier plissé, un faux Turner, des aquarelles qui figuraient des scènes de chasse, l'atmosphère était
chaleureuse.

Dans un coin du living, Morcar était assis en tailleur au
pied d'une chaîne hi-fi, des écouteurs sur les oreilles. Il
paraissait tellement captivé qu'il ne la vit pas.

– Bienvenue ma chère Clarissa !

Janet Maclean venait d'entrer dans le salon. Mais était-
ce bien Janet ? Elle, habituellement si lumineuse, si pleine
de joie de vivre, paraissait éteinte.

– Je regrette de faire ainsi intrusion, s'excusa la romancière en essayant de masquer son trouble. William a beaucoup insisté.

– Il a très bien fait. Vous nous avez manqué. Installez-vous. Mettez-vous à l'aise. Ainsi, vous vous êtes enfin décidée à quitter votre antre ?

La voix était un peu lasse.

– Oui. Mais je ne pense pas rester longtemps. Mon antre, pour reprendre votre expression, me manque déjà.

– Allons, allons, quelques jours dans le monde ne vous feront pas de mal.

Maclean surenchérit :

– D'autant que nous avons du travail, n'est-ce pas ? Ce carnet...

Janet joignit les mains, éplorée :

– Willy m'a tout raconté. C'est fou cette histoire de cadavre volatilisé. Vous avez dû être extrêmement choquée, j'imagine.

– Choquée est un euphémisme. On a beau passer sa vie à décrire des meurtres, une fois confrontée à la réalité, les choses sont bien différentes.

Elle inclina la tête vers Morcar :

– Je suppose que notre jeune ami s'enrichit de ces nouveaux sons discordants que d'aucuns appellent musique ?

– Détrompez-vous. Vous ne devinerez jamais ce qu'il écoute.

Clarissa l'interrogea du regard.

– Bach. Oui. Il y a environ une heure, il m'a appelé comme s'il y avait le feu dans sa chambre. Il venait de tomber à la télévision sur la fin d'un concert transmis en direct de l'Albert Hall, et m'a demandé qui était l'auteur de l'œuvre et si nous avions des disques de lui.

Le professeur loucha vers son petit-fils toujours concentré :

– Et voilà le résultat... Cela fait plus de quarante minutes qu'il est plongé dans la *Messe en si mineur*. Vous boirez bien quelque chose ? Que diriez-vous d'un Laphroaig, vingt ans d'âge ?

– Vous m'étonnez, mon cher William ! Seriez-vous enfin devenu civilisé ?

– Non. C'est un cadeau du recteur de l'université. Vous connaissez mon peu d'attirance pour le scotch. Rien ne peut remplacer une bonne Tennent's.

– De la bière ! Et tiède par-dessus le marché ! Quelle barbarie ! Voilà comment les Anglais conquièrent subrepticement la terre d'Écosse.

Le professeur eut un haussement d'épaules et demanda à son épouse :

– Et toi ma chérie ?

Janet s'empressa de refuser :

– Rien. Rien du tout.

Elle s'assit dans un fauteuil près de Clarissa :

– Pas plus tard que la semaine dernière, j'ai terminé votre dernier roman. C'est extraordinaire. À se demander où vous allez chercher vos idées.

– À dire vrai, je suis la première étonnée lorsqu'il m'arrive de relire dans la presse un extrait de mes élucubrations.

Elle changea aussitôt de sujet pour poser la question qui lui brûlait les lèvres :

– Parlez-moi plutôt de vous, Janet. Vous allez bien ?

– Un peu de fatigue. Il faut bien souffrir de quelque chose. Vous connaissez certainement le mot d'Oscar Wilde : « Si après la cinquantaine vous passez un check-up et qu'on ne vous trouve aucune maladie, ne vous réjouissez pas trop, c'est que vous êtes mort. » (Elle soupira :) C'est triste. Pour la première fois cette année je ne ferai pas le pèlerinage du Puits aux Sept Têtes. Vous savez, celui qui est organisé tous les ans pour commémorer le massacre de Glencoe. Une boucherie. Ce ne fut pas la seule d'ailleurs. Ces chers Anglais ne nous ont pas ménagés au cours des siècles. Quand je pense qu'ils ont interdit à nos hommes non seulement de jouer de la cornemuse, mais également le port du bouclier, du poignard, de l'épée, et même celui du tartan !

– Vous avez raison, Janet. Mais c'était il y a plus de deux cents ans. Aujourd'hui les choses ont changé. Nous bénéficions tout de même d'une autonomie certaine et – ce qui est considérable – d'un Parlement.

Janet fit un geste de rejet de la main :

– Oui. *The auld enemy*, notre vieil ennemi a condescendu à nous offrir cette institution. Pour ma part, je considère qu'elle n'est rien qu'un trompe-l'œil.

Le regard de Janet se riva brusquement dans celui de son amie et elle demanda avec un empressement inattendu :

– Répondez-moi franchement, on meurt bien un jour, n'est-ce pas ?

La vieille dame tressaillit :

– Je crains de n'avoir pas compris.

– Est-on absolument sûr de mourir ?

– Enfin Janet ! Vous...

– En voilà une question !

Débarrassé de ses écouteurs, Morcar était venu les rejoindre.

– Bonsoir, lui lança Clarissa.

Confus, il se précipita pour lui tendre la main.

– Excusez-moi... Mais cette question...

– Qu'a-t-elle de si extraordinaire ? protesta Janet. Ne suffirait-il pas d'un moment d'oubli de la mort pour que nous soyons condamnés à errer ici éternellement ?

– Je ne te suis pas, rétorqua le jeune homme abasourdi. Comment peux-tu imaginer que qui que ce soit puisse être immortel ? C'est complètement dingue !

– Oh là ! mon garçon, un peu de respect ! Mesure tes mots.

Le jeune homme allait répliquer, mais changea d'avis en apercevant Maclean qui revenait avec un plateau garni de verres et de bouteilles.

– Je pense que vous allez apprécier, dit-il à Clarissa en versant une dose de Laphroaig. Voulez-vous un peu d'eau ?

La vieille dame tressaillit comme si une guêpe la piquait en plein cœur.

– De l'eau ? *De l'eau sur un Laphroaig* ? Ignorez-vous donc que mouiller un scotch de cette qualité est considéré comme un crime ?

Maclean toisa son amie, les poings sur les hanches :

– Je peux vous faire une confidence, chère Clarissa Gray ?

– Je m'attends au pire.

Elle fut sauvée par la sonnerie du téléphone.

Le professeur décrocha et, presque instantanément, tendit l'écouteur à Clarissa :

– Pour vous.

– Pour moi ? Impossible. Personne ne sait que je suis ici.

– Manifestement ce monsieur a ses entrées. Inspecteur Stuart.

Décontenancée, elle saisit le combiné :

– Inspecteur Stuart ?

– Lui-même. Je suis confus de vous déranger, mais j'ai pensé que...

– Par tous les saints ! Comment avez-vous su que j'étais à Glasgow ? Et chez le professeur Maclean qui plus est ?

– Ma boule de cristal... Non. Je plaisante. J'ai essayé à plusieurs reprises de vous joindre par téléphone. N'obtenant pas de réponse, je me suis inquiété et me suis rendu à la villa où j'ai trouvé porte close. Après avoir interrogé quelques personnes ici et là, j'ai appris par le pasteur Mitchell que vous aviez pris la route de Brodick aux aurores. De là à en conclure que vous vous apprêtiez à prendre le ferry...

– Bravo. Vous faites des progrès. Mais l'Écosse est vaste. J'aurais très bien pu me rendre à Edinburgh ou ailleurs.

– Disons que j'ai fait confiance à ce qu'il me reste de flair. Vous m'avez souvent parlé de votre cher ami, le professeur William Maclean. J'ai appelé l'université où une certaine Mrs Dowson m'a confirmé votre présence en ville. Vous ne variez guère vos habitudes, Mrs Gray. Il existe d'autres hôtels bien plus confortables que l'Argyll.

– Oui. Mais tous ne me font pas des prix. J'imagine que vous ne vous êtes pas livré à cette course poursuite pour le seul plaisir de vérifier si j'étais sobre ?

– Allons, Mrs Gray. Je vous en prie. N'interprétez pas

mal ce qui n'était qu'une attention louable. Je vous l'ai dit : je m'inquiète pour vous.

– Votre sollicitude me touche. À présent, dites-moi quelle est la raison de votre coup de fil.

Il y eut un temps de silence, comme si Stuart essayait de mettre de l'ordre dans ses pensées :

– J'ai devant moi les notes que j'avais prises hier soir, à votre domicile. Corrigez-moi si je fais erreur : « C'était un homme d'une quarantaine d'années, le crâne dégarni, les yeux globuleux. Une balafre sillonnait son front. » Est-ce bien votre description de la – il hésita – victime ?

– Parfaitement.

La tension avait monté d'un cran dans la voix de Clarissa.

Un nouveau silence, puis :

– Nous l'avons retrouvé. Je veux dire, le cadavre.

– Quoi ?

C'était plus un cri qu'une interrogation.

– Des touristes nous ont prévenus qu'un corps gisait sur le bas-côté de la route entre Brodick et Corrie. Sitôt rendu sur place, j'ai pu constater que l'homme ressemblait étonnamment à votre description : crâne dégarni, la quarantaine, yeux globuleux, mais surtout la balafre le long du front.

– Vous voyez bien !

– Heu... Je...

– Qu'y a-t-il, Stuart ? Vous n'êtes pas satisfait ? Que vous faut-il de plus ? Que je vous donne sa date de naissance et son tour de cou ?

– Justement. À propos de cou...

– Parlez donc !

– L'homme que nous avons examiné n'a pas la gorge tranchée. Il a bien été assassiné. *Mais d'une balle dans la nuque.*

Un courant glacial parcourut les membres de la vieille dame.

– Mais... comment est-ce possible ? Vous êtes sûr ?

– Mrs Gray. Je comprends qu'à vos yeux je n'aie rien de votre Archie Rhodenbarr. Tout de même, concédez que je sois capable de faire la différence entre une lame et une balle de revolver.

– Je me suis mal exprimée. Je voulais dire, êtes-vous sûr qu'il s'agit bien de la même personne ? L'homme que vous avez découvert ressemblait-il vraiment à celui que je vous ai décrit ?

– Disons qu'il est rare de tomber à quelques heures d'écart sur deux chauves, âgés d'une quarantaine d'années, les yeux globuleux, le front balafré, morts tous les deux, sur notre île, entre 1 heure et 2 heures du matin.

– Avez-vous identifié l'individu ?

– Il s'agirait d'un certain Roddy O'Casey, domicilié à Coleraine.

– Coleraine ? C'est bien en Irlande du Nord ? Un touriste donc ? Ou un représentant ?

– Toutes les hypothèses sont concevables. Le coroner a même envisagé un règlement de comptes entre gens de l'IRA.

Et comme la romancière restait muette, il questionna :

– De votre côté ? Rien de nouveau ?

Elle fut à deux doigts de lui confier l'histoire du carnet, mais se mordit les lèvres. C'était *son* affaire.

– Non. Rien, dit-elle d'une voix détachée.

– Très bien. Je ne manquerais pas de vous tenir informée si nous découvrions autre chose. Passez un bon séjour à Glasgow, Mrs Gray. Et n'oubliez pas d'aller dîner chez Belfry. Leur cuisine est un vrai régal.

À l'instant où elle allait raccrocher, elle entendit Stuart qui concluait :

– Ne vous tracassez pas trop. Sachez que mon appel était *aussi* amical.

Elle reposa le combiné.

– Que se passe-t-il ? s'inquiéta Maclean.

Elle lui transmit d'une voix absente les informations de Stuart.

Janet décocha vers Clarissa un regard soupçonneux :

– Dites-moi, ma chère... Êtes-vous sûre de ne pas nous préparer un nouveau roman ?

– Je suis romancière, pas une meurtrière, encore que, au cours de ma longue existence, l'envie de trucider certaines personnes m'ait souvent traversé l'esprit.

– C'est incroyable, observa Maclean. Cette affaire semblait déjà curieuse, à présent, je la trouve irréelle. Il me...

– Ce qui est irréel, coupa son épouse, c'est ton indolence. Tu as vieilli, Willy.

– Voilà une remarque dont le miel me va droit au cœur.

– Écoute-moi ! Il me souvient du temps où tu travaillais au Cambridge Research Center. Rien au monde, même pas moi – hélas ! – ne pouvait t'arracher à tes travaux. Tu avais le feu et la passion en toi. Tu étais capable de passer des nuits entières sur un chiffre, ne l'abandonnant qu'après avoir trouvé la solution. Et là... tu as un texte crypté entre les mains, un texte qui a un rapport avec des meurtres, des meurtres qui concernent ta meilleure amie, et qu'as-tu fait jusqu'à cette heure ? Rien. Tu as laissé passer une journée entière sans même t'en préoccuper.

Il voulut se défendre, mais elle poursuivit sur sa lancée :

– La curiosité, Willy... La curiosité vous abandonne et c'est la porte ouverte à l'ennui. Tu étais plein de vie il y a encore quelques années. Tu as perdu ta flamme.

– Je te trouve très dure tout à coup.

Elle fit un geste las :

– Pas dure... Réaliste...

Il serra les dents et annonça sèchement :

– Je propose que nous passions à table...

Le dîner se déroula dans un climat pesant. On sentait le couple aux aguets. L'atmosphère devint véritablement suffocante lorsque, vers la fin du repas, Janet se lança dans une suite de propos insolites, à la limite de l'incorrection. Que lui arrivait-il ? Elle eût été habitée par quelque esprit qu'elle ne se fût pas comportée autrement. Profitant d'une absence momentanée de son hôtesse, Clarissa prit Maclean en aparté :

– Pardonnez mon indiscrétion. Janet ne serait-elle pas malade ? Elle semble si fatiguée, si... différente.

– Ainsi, vous aussi vous avez remarqué...

– Bien sûr. Que se passe-t-il ?

– Elle est peut-être malade ? suggéra Morcar.

– Je n'en sais rien, grogna Maclean. J'ai l'impression

qu'elle se dédouble depuis quelque temps. Vous avez vu comme elle me traite ?

– Et elle n'a rien pris de tout le repas.

– C'est ainsi depuis trois jours. Elle rejette toute nourriture.

Il caressa nerveusement sa barbe :

– Si son état persiste, je prendrai rendez-vous avec un médecin.

– Vous devriez. Vous devriez, William. N'attendez pas. Je ne voudrais pas vous alarmer mais...

La voix de la romancière se fit presque inaudible :

– J'ai un mauvais pressentiment...

6

CLARISSA consulta sa montre. 10 heures du matin. William avait plus de trente minutes de retard. Il avait pourtant promis d'être ponctuel ; il l'était toujours d'ailleurs. Sa pensée alla vers Janet ; elle pria pour qu'il ne lui soit rien arrivé de fâcheux. La veille, la malheureuse s'était rencognée dans un fauteuil et n'avait plus prononcé un mot de la soirée, se bornant à fixer le vide et à serrer les poings comme si tout son être était rongé par quelque mal intérieur. S'était-elle rendu compte du départ de son amie ?

La vieille dame s'extirpa du Chesterfield et se déplaça jusqu'à la fenêtre ouverte sur le Gilmorehill Campus. Pas âme qui vive, un silence presque surnaturel, traversé de temps à autre par le bruissement du vent dans les feuillages.

L'envie de laisser tomber cette histoire et de retrouver la quiétude de Lamlash l'avait saisie dès le réveil. Avait-elle seulement dormi ? Quatre ou cinq heures, ponctuées de méchants rêves et de visions tourmentées. À quoi servait de poursuivre ? Elle n'avait plus l'âge de s'adonner à ce genre d'aventure. Que cherchait-elle à prouver ? À qui ?

– Mrs Gray ?

La voix lui arracha un sursaut.

Ce n'était que Mrs Dowson.

– Pardon. Je vous ai fait peur ?

Clarissa éluda la question.

– Des nouvelles du professeur ?

La secrétaire adopta un air encore plus éperdu que d'habitude.

– Mrs Maclean a eu un malaise. C'est Mr Maclean qui vient de me prévenir. On a dû la transporter de toute urgence à l'hôpital et...

Le visage de Clarissa changea de couleur :

– Quel hôpital ?

– Le Southern General Hospital.

– L'adresse ? Avez-vous l'adresse ?

– 1345 Govan Road. Le professeur m'a chargée de vous dire que...

La vieille dame se rua sur son imperméable.

Debout dans le cabinet du médecin, le visage blême, les yeux gonflés, Maclean avait du mal à interpréter les propos qu'on lui tenait.

– Vous voulez dire que ma femme serait devenue folle ?

– Non, professeur Maclean, je n'ai jamais parlé de folie.

– Un syndrome, vous avez bien mentionné un syndrome !

– Le syndrome de Cotard. Oui. Ce n'est pas de la folie, mais une forme de psychose, la psychose étant...

– Je sais ce qu'est une psychose ! Comment est-ce possible ? Je ne reconnais plus ma Janet. Ce n'est plus ma femme. C'est une étrangère.

Il étouffa un sanglot :

– Ce n'est plus ma femme.

– Avant de vous répondre, j'aimerais vous poser une question : Mrs Maclean souffrait-elle d'hypocondrie ?

– Janet ? Hypocondriaque ? Jamais ! En près de quarante ans de vie commune, il ne me souvient pas de l'avoir entendue se plaindre de quoi que ce soit. Hormis quelques migraines, elle a toujours eu une santé de fer. Pourquoi ?

– Parce que le syndrome de Cotard prend essentiellement sa source dans l'hypocondrie. Ensuite, au fil des jours, le sujet acquiert la conviction que son corps se métamorphose, et il perçoit ce changement comme une destruction, une non-existence de lui-même ou d'une partie de lui.

– Une non-existence ?

– Disons une négation de soi. Le malade en arrive à nier la réalité de ses organes, de son corps. C'est très complexe. Paradoxalement, dans certains cas, sur ces idées de négation se greffe la conviction d'être devenu immortel. Le malade est submergé par une angoisse irrépressible, convaincu qu'il ne mourra jamais et qu'il souffrira jusqu'à la fin des temps. Ce n'est que l'un des aspects de ce syndrome. Il en existe d'autres.

– C'est inepte ! Janet a toujours été la joie de vivre. Ce

que vous me décrivez là c'est une personnalité maladive, morbide.

– C'est bien l'état clinique dans lequel elle se trouve actuellement.

– Je vous en conjure, essayez de raisonner ! J'admets que depuis peu elle avait un comportement étrange ; c'est vrai aussi qu'elle avait perdu son appétit et s'enfermait parfois dans un mutisme qui m'impressionnait. Mais cela ne fait que trois jours... trois ! Une maladie psychiatrique ne peut évoluer avec une telle rapidité ! C'est impossible.

– J'en conviens, et je vous avoue qu'en trente ans de carrière, jamais je n'ai rencontré de cas similaire. Cependant, l'évidence est là. Un psychiatre a longuement interrogé votre épouse. Les réponses qu'elle a fournies sont on ne peut plus révélatrices. A-t-elle jamais eu peur de la mort ? Je veux dire, est-ce que l'idée de la mort la tourmentait ?

– Ni plus ni moins que la plupart des êtres vieillissants. Il nous arrivait d'en parler. Rien de plus. Quel lien avec cette maladie ?

– Habituellement, un élan vital permet à l'être humain d'occulter l'idée de sa fin. C'est en cet élan que nous puisons la force de vivre. Il n'en est pas de même des patients atteints du syndrome de Cotard. Ceux-ci sont littéralement obsédés par la perspective de l'inéluctable échéance qui se dresse devant eux.

Maclean se prit le visage entre les mains :

– Je ne peux pas y croire. Je ne suis pas médecin, mais tout m'échappe. Comment se peut-il qu'un être, a priori sans problème, sain de corps et d'esprit, bascule du jour au lendemain dans cet état ?

– Que vous répondre, professeur ? Je vous l'ai dit : c'est incompréhensible.

– Et quel est votre pronostic ?

– Il est trop tôt pour se prononcer. Nous la garderons en observation et nous aviserons. De toute façon, je vous rassure : ses jours ne sont pas en danger.

Maclean baissa la tête. Des pensées confuses déchiraient sa conscience. Vivre sans Janet ? Il en mourrait. C'est sûr. Il marmonna :

– Tenez-moi informé, je vous prie.

À peine eut-il franchi le seuil du cabinet que Clarissa se précipita vers lui :

– Alors ?

– Alors, soit je suis en train de perdre la raison, soit c'est ma femme qui l'a perdue.

Il lui rapporta tant bien que mal les paroles du médecin et confia :

– Toute ma vie durant j'ai été confronté à des problèmes concrets et cohérents. Là, j'ai l'impression de me retrouver devant une équation dépourvue de sens. Janet n'a pas pu basculer aussi brutalement dans l'état que l'on me décrit. C'est inconcevable... On me cache quelque chose.

– Allons, William, vous n'êtes pas sérieux. Pour quelle raison des médecins agiraient-ils de la sorte ? Vous savez bien que chaque individu se comporte différemment face à une agression et...

– Quelle agression ? Hier matin encore Janet était en pleine forme ! Vous avez entendu Mrs Dowson me transmettre son message : « Elle vous prie de ramener du pain de chez Macsweens et de passer prendre une livre de *kippers* chez le poissonnier. » Seraient-ce là les préoccupations d'une femme « angoissée, qui nie l'existence de ses organes » ? Allons, Clarissa... Où est passé votre sens de la logique ?

— Mon sens de la logique me rappelle que vous êtes en train d'occulter la réalité. Janet n'était pas comme vous dites « en pleine forme ». Loin s'en faut. Je vous ai confié hier soir combien je l'avais trouvée métamorphosée. Vous partagiez mon inquiétude.

Maclean se voûta.

— Vous avez raison... Je ne sais plus... Je ne sais plus.

Clarissa lui prit le bras d'un geste affectueux et l'entraîna.

— Venez.

Dans le hall de l'hôpital, elle suggéra :

— Vous devriez rentrer chez vous. Essayez de vous détendre.

— Pas maintenant. Pas tout de suite. Je ne me sens pas le courage de retrouver la maison vide. Notre chambre, les objets qu'elle aimait...

— William, mon ami, pourquoi parlez-vous au passé ? Janet est toujours parmi nous, que je sache. De toute façon, vous n'avez pas d'autre choix que de faire preuve de patience et rester optimiste. Pour vous deux.

Il posa sur elle un regard humide.

— Je sais que notre mariage ne fut pas dépourvu d'orages, mais Janet est tout pour moi. Vous me comprenez, n'est-ce pas ?

Il se récusa :

– Non, vous ne pouvez pas. Vous n'avez jamais vécu aussi longtemps avec un être aimé.

– C'est vrai. J'ai perdu mon époux après six années de vie conjugale. Et je reconnais que ce fut un soulagement. Mais j'ai aimé avant mon mariage – je crois vous l'avoir dit un jour – et je sais ce sentiment de perte qui vous brise.

– Pardon. Je ne sais plus ce que je dis.

Il posa sa main sur l'épaule de Clarissa :

– Ne m'en veuillez pas. Mais j'ai besoin de me retrouver seul. Je vais vous raccompagner à votre hôtel, ou ailleurs si vous le souhaitez. Nous nous retrouverons plus tard.

– Bien. Cependant, vous oubliez quelqu'un qui doit se faire un sang d'encre.

– Morcar...

– Oui, Morcar. Après tout, il s'agit de sa grand-mère. Il a dû être choqué.

– D'autant qu'il a été le premier témoin de – il chercha le mot juste – la crise de Janet. C'est lui qui l'a trouvée assise par terre dans la cuisine, recroquevillée sur elle-même. Elle faisait peine à voir.

Il baissa les yeux et confia :

– Je vous avoue – à ma très grande honte – que si ma fille n'était pas au bout du monde, j'aurais mis Morcar dans le premier train pour Londres.

Clarissa réfléchit, puis sur un ton décidé :

– Attendez-moi ici. J'en ai pour une minute.

Elle marchait déjà vers la réception. Il la vit s'adresser à l'une des jeunes femmes chargées de l'accueil et se diriger ensuite vers une cabine téléphonique. Un instant plus tard, elle revenait sur ses pas, le visage satisfait.

– Voilà ce que je vous propose. Déposez-moi à votre domicile. Je vais récupérer Morcar et je l'emmènerai déjeuner. Ainsi, vous aurez tout loisir d'employer votre journée comme bon vous semble et de reprendre des forces.

– C'est très généreux de votre part. Comment vous remercier ?

– En vous reprenant en main. Vous verrez. Janet s'en sortira. J'en suis convaincue.

Il indiqua un point du parking :

– Venez. Ma voiture n'est pas très loin.

Alors qu'il lui ouvrait la portière, il s'informa :

– Mais à qui avez-vous donc téléphoné ?

Elle joua d'une expression malicieuse :

– À la future fiancée de Morcar...

Kathleen se glissa sous l'enseigne du Four Aces et poussa la porte.

Morcar fut le premier à l'apercevoir.

– Votre amie est arrivée, dit-il à Clarissa en montrant la jeune femme qui scrutait la salle.

– En effet. Mais comment avez-vous su que c'était elle ?

– Grande, blonde, les yeux bleus, quelques taches de rousseur, une expression espiègle et un teint de porcelaine. N'est-ce pas ainsi que vous me l'avez décrite ?

– Vous avez une excellente mémoire.

La vieille dame s'apprêtait à faire signe à Kathleen, mais celle-ci les avait déjà repérés et se dirigeait vers eux.

Clarissa fit les présentations :

– Je vous présente un nouvel ami, Morcar. C'est le petit-fils du professeur Maclean.

Kathleen salua d'un signe et nota :

– Ils se ressemblent.

Elle se glissa à côté de la romancière.

– Vous allez bien, Mrs Gray ?

– Disons plus ou moins.

– Vos mains vous font toujours des misères...

– On s'habitue.

Le serveur s'approcha. Il présenta le menu à la jeune femme qui le prit pour le déposer tout aussitôt près de son assiette :

– Je sais ce que je vais prendre.

– *Fish and chips*, du ketchup et un Coca.

Clarissa plissa le front :

– Vous ne préférez pas manger ? Je veux dire, manger vraiment ?

– Ah bon ? Du poisson et des pommes de terre frites ne sont pas de la nourriture ?

La romancière n'insista pas.

– Et vous mon garçon ?

– J'hésite entre des *finnan-haddies* et...

– Non ? se récria Kathleen. Tu aimes ça ? les haddocks bouillis dans du lait ?

– Heu... oui. Pourquoi ?

– Pour rien. C'est le plat que je déteste le plus au monde. Rien que la vue...

Elle fit une épouvantable grimace et se ressaisit aussitôt :

– Pardonne-moi...

Morcar n'hésita plus :

— Des *finnan-haddies*. Et une *Lager*.

Et il décocha vers Kathleen un regard appuyé.

— Quant à moi, dit Clarissa, je me contenterai d'une salade au poulet. Et je boirai de l'eau ; uniquement de l'eau. J'ai besoin d'avoir les idées claires.

À peine le serveur se fut-il retiré que Kathleen reprit la parole :

— Vous avez bien fait de me téléphoner. J'étais inquiète. J'ai essayé de vous joindre hier soir et ce matin encore. Mais personne ne répondait. Je voulais vous parler de notre dernière séance de travail.

— Ne me dites pas que vous avez tout effacé !

— Oh ! non. Mais en me relisant, j'ai repensé à vos doutes concernant Murray. Je crois que vous avez raison, le lecteur risque de le soupçonner un peu trop vite.

Elle fouilla dans une petite sacoche posée près d'elle et en ressortit une dizaine de feuilles dactylographiées :

— Voici. Ainsi, je n'aurai plus à vous les poster.

Clarissa fit mine de les ranger dans son sac et se ravisa.

— Je n'ai pas mes lunettes, dit-elle en tendant la liasse à Morcar. Voulez-vous avoir la gentillesse de me lire les premières lignes ?

Le jeune homme s'exécuta :

— *Elle descendit les marches qui menaient au rez-de-chaussée aussi vite que son grand âge le lui permettait.*

— Non. Passez au paragraphe suivant.

— *À présent, deux ou trois mètres la séparaient du mourant, car nul doute, l'homme se mourait.*

— Plus bas. À partir de « que faites-vous ici ? ».

— Il avait la gorge tranchée juste au-dessous de la pomme d'Adam, son sang s'échappait par jets discontinus, formant une flaque amarante sur le tapis. Surmontant son effroi...

— C'est bien. Merci Morcar.

Elle récupéra les pages et cette fois les glissa dans son sac.

— Qu'y a-t-il ? s'inquiéta la jeune femme. Quelque chose vous tracasse ?

— Le mot est faible.

Kathleen la dévisagea, désorientée.

— Mrs Gray, expliqua Morcar, a vécu la scène qu'elle t'a dictée. Pas au sens figuré. Un homme a été assassiné chez elle, quelques heures après ton départ.

Partagée entre le fou rire et l'incrédulité, Kathleen quêta une confirmation auprès de Clarissa :

— Votre ami se moquerait-il de moi ?

— Non. C'est la vérité.

La vieille dame lui confia le récit des événements. À mesure qu'elle parlait, les joues de Kathleen viraient au blanc.

— C'est effroyable, commenta-t-elle, bouleversée. Dire que j'ai peut-être croisé ce malheureux en me rendant au port...

— Impossible. Vous êtes partie vers 18 h 30. Et si j'en juge par l'indicateur des ferries, il a débarqué à Brodick vers 20 heures.

— Et le carnet ? Le professeur Maclean l'a-t-il décrypté ?

— Pas encore. Nous devions nous en occuper ce matin. Ainsi que je vous l'ai dit au téléphone, son épouse a été hospitalisée. Dans ces conditions, comment lui parler du carnet ? Il est si mal.

— Il le faut pourtant ! s'exclama Morcar. C'est important.

— Important ? Pour qui ? s'étonna Kathleen.

— Pour lui.

— Tu plaisantes ? Sa femme est malade. Il est rongé par l'inquiétude. Le carnet est le cadet de ses soucis.

— J'en suis conscient. Mais il ne sert à rien de ressasser son chagrin. Plus on le fait, plus il vous marque. Plus il vous marque, plus on le ressasse.

— Eh bien ! fit Mrs Gray. Tant de sagesse dans un cerveau de 19 ans ? Mes compliments.

Morcar se contenta d'insister :

— C'est important. Nous devons absolument aider grand-père Willy.

La vieille dame murmura à Kathleen sur le ton de la confidence :

— Non seulement notre ami est philosophe, non seulement il a été admis à Cambridge, mais figurez-vous qu'il s'est découvert une passion pour Bach.

— Bach ? C'est drôle.

Morcar crut détecter une pointe d'ironie dans la réplique :

— Drôle ?

— J'ai deux idoles : Charles Rennie Mackintosh et Jean-Sébastien Bach.

— Rennie qui... ?

La jeune femme faillit s'étouffer :

— Tu ne connais pas Rennie Mackintosh ?

Elle se pencha vers sa voisine :

– Vous avez entendu ? Et il a été admis à Cambridge ? Rennie Mackintosh est le plus grand architecte écossais de tous les temps. Un véritable génie. C'est lui qui jeta les bases de « l'Art Nouveau » en Europe. Outre ses édifices, il faut absolument voir ses affiches, ses meubles, et évidemment ses intérieurs, notamment le célèbre salon de thé de Miss Cranston : le Willow Tea Room. Comment peut-on ignorer un personnage aussi célèbre ? Surtout lorsque l'on est écossais !

– Parce qu'on ne peut pas tout savoir, répliqua Morcar l'air pincé, et que l'architecture ne m'a jamais intéressé. D'ailleurs, je suis sûr que ta culture est pleine de lacunes.

Il se tut un instant puis questionna :

– As-tu jamais entendu parler du chat de Schrödinger ?

La jeune femme écarquilla les yeux, provoquant aussitôt un sourire satisfait chez Morcar :

– Tu vois bien... On ne peut pas tout savoir.

– Pardonnez-moi de m'immiscer dans votre savant dialogue, intervint Clarissa. Qu'est-ce que c'est que ce chat de Schrödinger ?

– Erwin Schrödinger est l'un des pères de la physique quantique. Mais il est surtout célèbre pour avoir imaginé le paradoxe du chat afin d'illustrer l'absurdité de la physique quantique dès qu'on tente de l'appliquer à des objets complexes dits macroscopiques, c'est-à-dire à notre échelle.

– La physique quantique... Développez, je vous prie ?

– Vous placez un chat dans une caisse pourvue d'un hublot. Dans un coin de la boîte, vous disposez un atome d'uranium radioactif et un détecteur conçu pour ne fonctionner qu'une minute. Pendant cette minute, il y a cinquante pour cent de chances que l'atome se désintègre en éjectant un électron ; lequel électron ira frapper le détecteur ; lequel détecteur actionnera alors un marteau qui brisera une fiole de poison mortel placée dans la boîte du matou. Fermons la boîte, déclenchons l'expérience et demandons-nous *avant* de regarder par le hublot si le chat est vivant *ou* mort...

– C'est stupide. Il a cinquante pour cent de chances d'être vivant et autant d'être mort.

– Eh non ! Figurez-vous que la physique quantique vous dira que le chat, *avant* observation, est vivant *et* mort à la fois ! Elle affirme que l'atome est un élément auquel est applicable le principe de superposition : les particules atomiques peuvent exister en même temps dans plusieurs états superposés et simultanés. Deux situations qui paraissent incompatibles seraient donc possibles.

Il enchaîna :

– Prenez par exemple votre histoire de cadavre. Si elle se déroulait dans le monde quantique, on pourrait imaginer que le mort était là, dans votre maison, mais que dans le même temps il était absent.

Kathleen hocha la tête, soufflée :

– Je n'ai absolument rien compris. Mais bravo... Schrödinger vaut bien Mackintosh.

– Si nous revenions à Bach ? suggéra Morcar.

– Je te l'ai dit. Je l'admire. Je l'admire d'autant plus lorsque j'imagine qu'il a écrit toutes ses œuvres – plus de quatre cents – cerné par une dizaine de marmots qui devaient brailler dans tous les coins. Bel exemple de concentration.

— Tu as l'air de connaître le sujet.

— Je le connais parce que je le joue.

— Tu joues Bach ?

— Oui. De moins en moins bien, hélas. Mes études ne me laissent plus beaucoup de temps pour m'exercer.

— Eh bien, mes enfants, déclara Mrs Gray. Vous vous êtes découvert un point commun ; un point bien original. J'imagine que M. Jean-Sébastien ne fait pas partie des idoles de votre génération.

Morcar fronça les sourcils :

— Mrs Gray, m'autorisez-vous une remarque ? Je trouve que vous avez une bien piètre idée des jeunes. Vous me rappelez une vieille cousine de ma mère. Elle croit toujours que les moins de 20 ans sont des attardés, incapables d'apprécier autre chose que les boîtes de nuit, les joints et le tam-tam.

— Et moi, jeune homme, sachez que je n'apprécie pas du tout.

— Quoi donc ?

— Votre comparaison. Je ne sais pas quel âge a la cousine de votre mère, mais le qualificatif « vieille » ne me sied guère. Compris ?

Morcar esquissa un sourire :

— Compris.

Elle scruta le restaurant avec humeur :

— Qu'est-ce qu'il fabrique ce serveur !

Il arrivait justement. Tandis qu'il disposait les plats, Morcar lança à Kathleen :

– J'aimerais bien écouter Bach. Je veux dire, t'entendre jouer.

– Pas question ! Je n'ai plus ouvert mon piano depuis des semaines.

– Qu'importe. Je saurai me montrer indulgent.

Il insista avec une ardeur saisissante :

– Vraiment, Kathleen. J'aimerais beaucoup.

Déconcertée, la jeune femme entendit bientôt Clarissa renchérir :

– Accordez-lui donc cette faveur puisqu'il semble y tenir. Tant pis si ses oreilles en prennent un coup.

– D'accord, céda Kathleen. Un jour...

– Pourquoi pas après déjeuner ? lança Morcar. Tu n'es pas occupée...

– Qu'en sais-tu ?

Il esquissa un sourire :

– Je suis le fils de Merlin l'Enchanteur.

7

L E NEZ collé à la fenêtre, Clarissa observait distraitement le va-et-vient de la rue. Là-haut flottait un
banc de nuages, dans un ciel de nuit sans étoiles.
Un orage se préparait. Il allait peut-être délivrer Glasgow
de cette chape qui pesait au-dessus des toits depuis le début
de la soirée.

Que lui arrivait-il ? D'où venait cet étau qui lui serrait
le cœur ? Bien sûr, cette sensation ne lui était pas inconnue.
N'était-elle pas une tourmentée-née ? Mais ce soir, la sensation était différente ; plus ténue, plus pernicieuse aussi.
La soudaineté de la maladie de Janet y était sûrement pour
quelque chose. Tout à l'heure, pendant que William préparait le dîner, elle s'était plongée dans sa *Britannica* :
« *Syndrome de Cotard. Délire de négation, décrit par
J. Cotard en 1880. Le malade, après avoir développé des
préoccupations hypocondriaques et des troubles cénesthési-
ques, sent ses organes se putréfier et se détruire.* » « *Cénes-
thésie : Impression générale résultant de l'ensemble des sensations corporelles.* »

L'article énumérait d'autres symptômes qui faisaient froid dans le dos : « *Anxiété intérieure effroyable, stupeur, auto-accusation, suicide, automutilation, hallucinations de la vue. Dans certains cas, le sentiment de culpabilité peut amener une personne à se rendre à la police afin de pouvoir "avouer" des crimes imaginaires ou connus par voie de presse.* »

Clarissa avait refermé précipitamment l'encyclopédie : c'était plus qu'elle n'en pouvait supporter.

Pauvre Janet. Tous ces personnages en souffrance dont on se dit qu'ils ne l'ont pas mérité. Ce mauvais sort qui jette son dévolu sur un être plutôt qu'un autre ; sur un enfant plutôt que sur son frère. Loterie fielleuse gouvernée par on ne sait qui, ni pourquoi.

C'était il y a une vingtaine d'années environ. Elle revoyait encore cette femme assise à son côté au cours d'une de ces soirées ennuyeuses dont certains milieux ont le secret. Clarissa était alors au sommet de sa gloire et prêchait l'optimisme et la joie de vivre à qui voulait l'entendre. Manifestement, son discours n'eut pas l'heur de convaincre sa voisine, au contraire. Elle se montra farouchement opposée à la conception même d'espérance. Et à propos du bonheur, elle avait lâché cette formule lapidaire : « Chère Mrs Gray, vous devriez savoir que le bonheur écrit à l'encre blanche sur des pages blanches. »

Clarissa n'avait pas insisté et s'était détournée de la rabat-joie.

Lorsque les invités se furent retirés, elle s'était rendue auprès de l'hôtesse pour la tancer. N'aurait-elle pu lui choisir une voisine moins morbide ?

« Morbide... ? Si vous aviez vécu ce qu'elle a vécu, vous l'auriez été tout autant. Elle a perdu sa fille unique il y a quelques mois ; une gosse qui venait d'avoir 20 ans. – Dans quelles circonstances ? – Le drame s'est déroulé en hiver, à Montréal. Julie – c'était le prénom de sa fille – se rendait pour la première fois en voiture à l'université. Le véhicule a dérapé sur une plaque de verglas. Coup du lapin. La mort fut instantanée. » Clarissa était restée sans voix. « Le plus terrible, avait poursuivi son hôtesse, est que cette voiture lui avait été offerte deux jours auparavant, par sa mère, pour fêter ses 20 ans. »

Le bonheur écrit à l'encre blanche sur des pages blanches.

Longtemps, cette phrase hanta l'esprit de Clarissa. Où trouver une explication à ces monstruosités qui nous frappent sans apparent discernement ? Interrogations de tous les jours, se dit-elle, puériles, et pourtant si lourdes à porter dès que l'on est concerné.

Je suis convaincu que notre évolution obéit à des schémas harmonieux et structurés, avait affirmé William. Janet entrait-elle dans ces *schémas harmonieux* ? Difficile de le croire.

– Le dîner est servi !

La vieille dame s'arracha à sa méditation et se rendit à la cuisine. Elle y trouva Morcar déjà assis, et Maclean en train de poser au centre de la table une assiette garnie d'impressionnants biftecks.

Les traits du professeur semblaient moins crispés, les yeux moins éteints. Après s'être séparé de Clarissa, il avait marché longtemps avant de se retrouver dans Glasgow Green. Avisant un coin tranquille du parc, loin des chevaux municipaux et des visiteurs, il s'était laissé tomber au pied d'un arbre, et toute sa vie conjugale avait défilé dans son esprit comme un vieux film en noir et blanc. Ce fut l'heure du bilan et de tous les trains manqués. Il en avait conclu que tout l'amour que pouvait ressentir un homme pour une femme – aussi grand fût-il – n'était jamais à la hauteur de celui dont les femmes étaient capables. La sienne l'avait aimé bien mieux qu'il ne l'avait aimée. Mais il était décidé à rattraper le temps perdu. Que Janet fût consciente ou non, il saurait puiser au tréfonds de lui toutes les tendresses, tous les mots qu'il n'avait su exprimer jusque-là. C'est à cela que devaient servir les tragédies : à déclencher une alarme capable d'ébranler les certitudes et de remettre en question toutes les formes d'acquis.

– Alors, Morcar ? s'enquit Clarissa. Comment s'est passé cet après-midi musical ? Vous n'avez pas été déçu ?

– Pas du tout. Elle joue admirablement. Je crois qu'elle mentait un peu.

– Non. Je connais bien Kathleen. C'est une perfectionniste. La médiocrité lui est insupportable.

– Elle travaille pour vous depuis longtemps ?

– Deux ans environ.

Le jeune homme enchaîna sur une de ces questions aussi abruptes qu'inattendues dont il avait le secret :

– Avez-vous déjà aimé, Mrs Gray ?

La vieille dame battit des paupières :

– Si j'ai aimé ?

– Oui. Quand vous étiez plus jeune.

Elle prit le professeur à témoin :

– Franchement, il me surprend de plus en plus, votre petit-fils.

– Que voulez-vous... C'est un Maclean.

– Il est bien plus que cela, mon cher. Il est *lui*.

Elle confia :

– Oui. J'ai aimé. Il y a longtemps. Après la guerre.

– C'est curieux...

Clarissa le dévisagea avec étonnement. Il leva doucement les épaules :

– C'est vrai. On ne pense jamais ou presque que les personnes...

Il hésita sur le terme.

– Âgées ? compléta Clarissa.

– Heu... oui. Enfin... qui ont dépassé le stade de la jeunesse, ont pu aimer et être aimées.

– C'est absurde. D'abord il faudrait me dire à quel stade de l'existence commence la vieillesse. Croyez-vous que les vieux n'ont pas de passé amoureux ? Comment avez-vous été fabriqué, mon garçon ? Sur Internet ?

– En fait, c'est à cause de mes parents. J'ai toujours eu du mal à les imaginer dans cette situation.

Maclean ne put s'empêcher de sourire :

– Rassure-toi. Nous avons aimé, nous, les vieux. J'ai aimé, j'aime ta grand-mère. Passionnément. Et sois convaincu que nous avons fait toutes les folies répertoriées dans les encyclopédies amoureuses.

Il précisa en adressant au jeune homme un regard soutenu :

– Je dis bien *toutes*.

Les joues de Morcar rosirent un peu. Il changea prudemment de sujet.

– Qu'avez-vous décidé ?

– À quel propos ?

– Du code Marie Stuart.

– Tu te doutes bien que je m'y serais déjà attaqué, s'il n'y avait eu le problème de Janet. Pour l'instant, je n'en ai ni l'envie ni le courage.

La romancière observa le garçon à la dérobée : « Décidément, il a de la suite dans les idées. »

Elle voyait juste.

– Je crois que tu as tort, reprit Morcar. Tu devrais le faire pour Janet.

– Pour Janet ?

– Te souviens-tu de ce qu'elle t'a reproché hier soir ?

Il cita de mémoire :

– « Tu avais le feu et la passion en toi. » Elle a dit aussi : « Tu étais plein de vie il y a encore quelques années. Tu as perdu ta flamme. » Je pense que si elle te savait à nouveau motivé, elle serait contente.

En guise de réponse, Maclean enfouit son visage dans ses mains et resta immobile. Priait-il ou éprouvait-il un malaise ?

– Ne faites pas attention aux propos de ce jeune homme, plaida Clarissa. Il...

Le professeur se leva d'un seul coup et quitta la table :

– Où allez-vous ?

– À la cave. Récupérer mes archives ! Je vais me battre. Je serai Robert Bruce à Bannockburn. À trois contre six !

Le vent d'est qui s'était mêlé à la pluie frappait comme
à coups de boutoir la façade de l'immeuble.

– C'est la fin du monde ! grommela Clarissa. En plus,
il fait froid. Vous avez bien fait d'allumer la cheminée.

Un verre de scotch à la main, elle avait retiré ses chaussures et se tenait à demi étendue sur le canapé du bureau.
Morcar s'était glissé près de son grand-père et observait,
fasciné, les notes qu'il était en train d'aligner sur des feuilles volantes. Sur la gauche de Maclean, un cahier était
ouvert sur lequel se découpaient, superposées, des séries
de signes, de lettres, de mots et d'abréviations. Par
moments, on eût dit des hiéroglyphes.

Voici précisément ce que voyait Morcar :

a	b	c	d	e	f	g	h	i	k	l	m	n	o	p	q	r	s	t	u	x	y	z

Nulles ff. ⌐ . ⌐ . d .   Dowbleth ơ

and	for	with	that	if	but	where	as	of	the	from	by

so	not	when	there	this	in	wich	is	what	say	me	my	wyrt

send	lᵉͬe	receave	bearer	I	pray	you	Mte	your	name	myne

Au bout d'une trentaine de minutes, Clarissa risqua :
– Alors, William ? Vous vous y retrouvez ?
Il n'y eut point de réponse.

Au fur et à mesure que le décryptage se poursuivait, on avait l'impression qu'un filet sombre étendait ses mailles sur le visage du linguiste. Ses rides se creusaient. Les poches qui bordaient naturellement ses yeux enflaient et se couvraient d'ombres violacées.

Lorsqu'il posa son crayon, Maclean n'était plus Maclean, mais un autre, tant sa physionomie s'était métamorphosée.

Clarissa se redressa, alertée par l'atmosphère pesante qui s'était insinuée dans la pièce, presque à leur insu.

Elle articula avec peine :

– William ?

Il garda le silence.

– William ! répéta-t-elle, prise d'une angoisse aussi soudaine qu'inexpliquée.

– Je vous entends, rétorqua Maclean, les yeux toujours dans le vague. Je n'ai pas fini mon travail. Je peux vous dire que nous sommes devant quelque chose d'extravagant. Et le mot est faible.

Clarissa s'approcha du bureau :

– Mais encore ?

– Vous souvenez-vous de la première idée qui vous a traversé l'esprit lorsque vous avez découvert ces pages ?

– Bien sûr. J'ai pensé que quelqu'un se jouait de moi.

– Tout me pousse à ressentir la même chose. Et pourtant...

Il s'empara de l'un des feuillets sur lequel il avait reporté en clair des extraits du texte chiffré :

– Je vous conseille de vous asseoir et d'ouvrir grand vos oreilles :

« Tempesta unus[1].

Je lui ai dit mes appréhensions. Je lui ai confié mes ter-
reurs. Il a rejeté tous mes arguments, il refuse de me croire.
Pourtant je connais le fils d'Amram. C'est un sage. Un
intuitif. Un être courageux. Il m'a toujours fait l'effet d'une
personne en qui l'on pouvait avoir confiance. Sa réaction
m'a beaucoup surpris. À présent que je l'ai quitté, je me sens
si seul. Si seul. Je me demande pourquoi il a réagi de la
sorte... ? Pourquoi ce scepticisme ? Il me connaît. Il me sait.
À moins que ce ne soit de l'optimisme ? Il a tort. J'ai parlé
à Iah-Hel. Il est convaincu comme je le suis : nous ne sommes
qu'au début de l'horreur.

Tempesta unus.

La réunion vient de se terminer. J'ai observé Yeshoua et
le Sicaire durant tout le temps que Kaliel parlait. C'est sûr,
une expression de malaise habitait leurs traits. Surtout Ye-
shoua. Lui, habituellement si serein, avait l'air d'un homme
en proie aux tourments. Il devient urgent que j'interroge la
femme de Magdala et Yôsep. Peut-être accepteront-ils de
m'aider ?

Trois meurtres déjà ! Yeliel, Elemiah, et maintenant
Hekamiah. Qui sera le prochain ? Qui ?

Eadem tempesta.

La femme de Magdala a raison. Pour trouver l'auteur
de ces atrocités, nous devons essayer de découvrir le mobile

---

1. Pour des raisons que le lecteur comprendra aisément, le texte
a été traduit en langue française, alors qu'originellement il fut
rédigé en anglais.

qui le pousse à agir. Le fils d'Amina qui a l'esprit rude et soupçonneux des gens du désert devrait pouvoir me conseiller dans ma quête. Mais voudra-t-il ? Si seulement j'avais le soutien du fils d'Amram ou celui de Yeshoua ! Mais l'Égyptien s'entête. Il se renferme. Et le Juif refuse de m'entendre. Je me sens seul. Si seul.

Tempesta unus.

Quatrième meurtre. Cette fois c'est Simon Barjona qui a trouvé la dépouille de Mihahel. Il m'a aussitôt fait venir. Oh ! La vision de cette gorge tranchée se vidant de son sang ! Et ce regard ! Comment oublier ce regard ouvert sur le néant, les pupilles dilatées, vidées de leur lumière ? Et cette expression ! Quelle désespérance transpirait d'elle ! Désespérance et terreur.

Que faire lorsque l'on est confronté à l'insondable ? La mort ! La mort ici ! La mort !

Qu'allons-nous devenir ? Quel devenir ?

Serai-je le prochain ? Je sens que l'étau se referme.

Ayez pitié de nous ! »

Le silence retomba.

Ce fut Morcar qui parla le premier :

– Vous y comprenez quelque chose ? Comparé à ce charabia, le texte chiffré paraît presque plus limpide. Qui sont tous ces gens cités ?

En guise de réponse, le professeur interrogea Clarissa .

– Quelle heure est-il ?

– 21 h 15. Pourquoi ?

Il tendit la main vers l'appareil et composa un numéro.

Au bout de trois sonneries, une voix empreinte d'un épouvantable accent étranger résonna dans l'écouteur :

– Bacovia, j'écoute.

– Vasile, ici William Maclean. Je ne te réveille pas, j'espère ?

Un gros rire éclata à l'autre bout du fil :

– Pour me réveiller, encore eût-il fallu que je sois endormi ! Tu sais bien que j'ai le sommeil en horreur. Tout ce temps perdu ! Sinon, comment vas-tu ?

– J'ai besoin que tu me rendes un service. Peux-tu venir immédiatement ?

– Chez toi ? Maintenant ? As-tu vu le temps qu'il fait ?

– Oui, Vasile. C'est important. Enfin... je crois que ça l'est.

L'homme parut hésiter, mais guère longtemps :

– Très bien. Prépare-moi un bon *toddy*. J'arrive.

William raccrocha.

– À présent, murmura Clarissa, si vous m'expliquiez ?

Le linguiste contourna son bureau et marcha vers la cheminée :

– Vous me connaissez depuis longtemps. Vous savez que je ne suis pas homme à me laisser influencer par des histoires à dormir debout. Cependant, je reconnais que je suis troublé. Troublé pour trois raisons. La première s'appuie sur votre récit ; ce cadavre aperçu, aussitôt disparu. La deuxième est liée à la texture même des feuilles et à celle de la reliure ; sans parler du code Babington. Ainsi que vous le faisiez remarquer, pour quelle raison une personne se serait-elle échinée à monter un tel scénario ? Un aliéné ? Un farceur ? J'ai du mal à m'en persuader. La troisième raison enfin se fonde sur cet Irlandais assassiné mentionné par l'inspecteur Stuart. Cette ressemblance avec *votre* victime. Vous voyez ? Il y a trop de coïncidences...

— Et vous ne croyez pas aux coïncidences. Je sais.

Morcar était venu les rejoindre.

— Mais qu'y a-t-il dans ce texte de si particulier ?

— Je ne suis pas un spécialiste des livres sacrés. Je sais néanmoins qui est Yeshoua.

— Jésus..., répondit Clarissa.

— Jésus, confirma Maclean. Le Messie que l'on vous a enseigné. On a souvent tendance à l'oublier, mais il était juif. Jésus n'est qu'une déformation de *Iesous*, en grec. Mais le nom d'origine est Yeshoua.

Il s'empressa de poursuivre :

— Il y a aussi cette allusion à *la femme de Magdala*. Nul besoin d'être théologien pour l'identifier à la Marie Madeleine que l'on surnommait Marie de Magdala.

Un éclair transperça la pièce. L'espace d'une seconde, une lueur jaunâtre inonda le bureau avant de s'évanouir.

— Très bien, concéda Mrs Gray. Va pour Yeshoua-Jésus et pour la pécheresse. Je ne vois toujours pas ce qu'il y a de bouleversant dans ces gribouillis, sinon une suite de phrases incohérentes et de noms martiens.

— Et les meurtres ? fit observer William. Qu'en faites-vous ?

Il récupéra un feuillet sur son bureau et lut :

— « *Trois meurtres déjà ! Yeliel, Elemiah, et maintenant Hekamiah. Qui sera le prochain ? Qui ?...* »

Clarissa fit une moue dédaigneuse :

– Fariboles...

– Fariboles ? Vous me sidérez ! Où est donc passé votre génie, Mrs Clarissa Gray ? Votre incomparable sens de l'analyse, votre esprit de déduction ? Vous me décevez. Voilà ce qu'il advient à force de vivre en ermite.

– Du respect, Mister Maclean ! Êtes-vous seulement conscient des sornettes que vous venez de nous lire ? De toute ma vie je n'ai entendu pareil galimatias.

En guise de réplique, Maclean récita d'une voix forte :

– *Oh ! La vision de cette gorge tranchée se vidant de son sang ! Et ce regard ! Comment oublier ce regard ouvert sur le néant, les pupilles dilatées, vidées de leur lumière ? Et cette expression ! Quelle désespérance transpirait d'elle ! Désespérance et terreur.*

Il tendit la feuille à la vieille dame :

– N'est-ce pas – à quelques détails près – la description que vous m'avez faite de votre cadavre ? J'ai une mémoire d'éléphant, vous savez ! Je vous cite : « Il avait la gorge tranchée juste en dessous de la pomme d'Adam et son sang se répandait sur le tapis. » Et vous avez précisé : « Et cette expression ! Quelle désespérance transpirait d'elle ! Désespérance et terreur. » Ce sont les mots ! Les mêmes mots !

Le linguiste posa les mains sur ses hanches et toisa Clarissa :

– Alors ? Fariboles ?

Un voile recouvrit les prunelles de la vieille dame. Elle arracha le document des mains de son interlocuteur et se plongea dans sa lecture. Quand elle eut fini, elle leva les yeux, décontenancée :

– Qui est cet homme que vous avez appelé ?

– Vasile. Vasile Bacovia. Il est professeur d'histoire des religions à l'université et parle six langues couramment, dont l'hébreu.

– Bacovia ?

– Il est né à Bucarest il y a une soixantaine d'années. C'est mon ami, mais c'est surtout un esprit brillant. Licencié en philosophie à l'âge de 21 ans, docteur six ans plus tard. Il a beaucoup écrit et longtemps sillonné l'Europe, allant de conférence en colloque ; privilège exceptionnel lorsque l'on sait le régime qui sévissait alors en Roumanie. En 1985, l'université de Glasgow lui a proposé la chaire d'histoire des religions. Il n'a pas hésité.

– Et tu penses qu'il pourra nous aider ? interrogea Morcar.

– Il y a de fortes chances. Oui.

Et il ajouta, presque à voix basse :

– Nous allons avoir besoin de lui...

Il y eut un nouveau coup de tonnerre. Si fort qu'il couvrit presque la sonnerie de la porte. Maclean se précipita pour ouvrir. Un homme d'une soixantaine d'années se tenait sur le seuil. En l'observant, Morcar se dit que de toute sa jeune existence il n'avait vu personnage aussi gros et gras. Il était de surcroît court de bras et de jambes, avec un visage rond et joufflu habillé d'épaisses moustaches noires.

– Bordel de bordel ! jura l'homme en repliant son parapluie dégoulinant. Il pleut des chiens et des chats ! Dis-moi que tu m'aimes, Maclean. Sinon je repars.

Il entra dans l'appartement, plus en roulant qu'en marchant :

– Seule une femme amoureuse mérite que l'on sorte par ce temps de chiotte !

Avisant tout à coup la présence de Clarissa et de Morcar, il s'interrompit net :

– Oh ! Pardon.

– Ne vous excusez pas, cher monsieur. Vous avez raison.

Elle précisa avec un demi-sourire :

– Pour ce qui est de la galanterie... Hélas, il pleut souvent et les galants se font rares. Vous méritez une médaille pour être venu.

Vasile Bacovia fit un pas en avant, prit la main que la vieille dame lui tendait et l'effleura de ses lèvres en s'inclinant.

– Vasile Bacovia. Mes hommages, madame...

Maclean fit les présentations :

– Mrs Clarissa Gray. Tu as certainement entendu parler d'elle.

Le Roumain adopta une mine confuse.

– Mrs Gray ! insista son hôte. L'auteur de romans policiers.

– Heu... C'est que je ne lis jamais ce genre d'ouvrages. Je n'ai guère le temps.

– Ne vous excusez pas, cher monsieur, lança la romancière.

Et d'ajouter :

– Hormis les miens, tous les autres sont si fades.

8

APRÈS AVOIR parcouru les notes que Maclean lui avait soumises, Bacovia siffla la dernière gorgée de grog au scotch qu'on lui avait servi :

– Amusant, fut son premier commentaire. Très amusant.

Tant bien que mal, il essaya de caler sa masse adipeuse dans le fauteuil :

– Que dire ? J'ai bien retenu vos explications. J'admets que l'affaire est assez singulière ; je veux parler surtout de ce cadavre volatilisé et de son jumeau retrouvé à plusieurs miles de Lamlash. S'il n'y avait eu mort d'homme, vous pensez bien que je n'aurais pas accordé une once d'importance à ces amphigouris. Cela étant, je suis prêt à vous éclairer sur le contenu du carnet...

– Les premières pages, rectifia Maclean. Je n'en ai décodé que quatre.

– Les premières pages... Je n'y ai rien découvert que vous ne sachiez déjà : ce sont bien les noms des personnages bibliques. Quant au reste...

Il fit un geste des deux mains qui voulait souligner

son impuissance, à moins que ce fût son manque d'intérêt.

— Leur identité ? questionna la vieille dame.

— Prenons-les dans l'ordre : « le fils d'Amram ». Aucun doute possible... c'est de Moshe dont il est question.

— Moshe ? répéta Clarissa.

— Moïse, si vous préférez.

— *Le* Moïse ?

— Je n'en connais guère d'autres qui soient aussi célèbres, madame. Oui. *Le* Moïse. La Torah nous précise qu'il était fils d'Amram et de Yochevet. Quant à l'origine de son nom, elle est une énigme en soi. Voilà des siècles que les exégètes s'échinent à nous fournir une explication qui tienne la route. J'ai compulsé nombre d'hypothèses, aucune ne me paraît convaincante. La plus répandue consiste à dire que l'étymologie du nom s'inspire des conditions dans lesquelles Moïse fut sauvé. Ainsi, la princesse égyptienne qui l'a trouvé dans son berceau de papyrus aurait opté pour le nom de Moshe parce qu'elle l'avait « tiré des eaux ». En hébreu, *meshiti* signifiant « eaux ». Cette spéculation est risible, car elle sous-entendrait que la fille du Pharaon – une Égyptienne pure souche – maîtrisait la grammaire hébraïque.

— Vous parliez de plusieurs hypothèses, rappela Clarissa.

— Oh oui ! Et je me garderais bien de vous les énumérer ! Toutefois, j'ai une certaine préférence pour la théorie émise par Freud, même si elle est imparfaite. Selon le célèbre psychiatre viennois, Moïse serait la transcription du terme égyptien « mosis », ou « mose », signifiant « enfant » ou « fils de ». Il s'inscrirait ainsi dans la longue liste des Thoutmosis, ou Ptahmosis. Si l'on accepte la démarche irrespectueuse qui consiste à briser les tabous bibliques, l'hypothèse d'un Moïse au nom égyptien ne me paraît pas totalement improbable.

Au-dehors, le vent avait redoublé d'intensité et les bourrasques faisaient un remue-ménage assourdissant.

– Si nous revenions au carnet, suggéra la romancière, manifestement impatiente. Qu'en est-il des autres noms cités ?

– *Yeshoua*... Yeshoua qui signifie en hébreu « Yahvé sauve ». Si nous faisons fi des spéculations fantaisistes, son histoire nous paraît aussi incertaine que l'origine du nom Moïse.

Clarissa fit un bond sur son divan :

– Vous voulez dire que Jésus n'aurait pas existé ?

Vasile Bacovia se voulut rassurant :

– Loin de moi cette pensée ! Disons que l'existence de Jésus n'est attestée qu'à travers des textes dont il n'est pas l'auteur et le seul acte d'écriture qu'il ait jamais commis se résume à un mot tracé sur le sable avec un doigt.

– Quelle importance ? objecta Mrs Gray, n'est-ce pas la particularité de la plupart des fondateurs de religion ? Ni Mahomet ni Moïse n'ont écrit une seule ligne. En d'autres domaines, nous pourrions citer Socrate, pilier de la philosophie occidentale, ou encore Bouddha. Est-ce pour autant que nous devrions remettre en question leur existence ?

Le Roumain croisa ses mains sur son ventre replet :

– Vous avez raison, Mrs Gray. Cependant, permettez-moi de rectifier. Si pour les chrétiens et les musulmans la question ne se pose pas, en revanche, au regard des juifs, Moïse, lui, passe pour être l'auteur des cinq ouvrages qui composent l'Ancien Testament.

– Et les Évangiles ? insista Clarissa. Les Actes des apôtres ? Qu'en faites-vous ?

– Rassurez-vous, je ne les renie ni les rejette. Seulement voilà, en tant qu'historien des religions, j'ai pour principe de réfléchir et de soupeser les arguments ainsi que le ferait un juré de cour d'assises : les faits, rien que les faits. Si j'ai bien compris, vous écrivez des romans policiers, n'est-ce pas ?

Mrs Gray émit quelque chose qui ressemblait plus à un borborygme qu'à une réponse.

– Je présume donc que lorsque vous concevez votre criminel, vous vous efforcez d'élaborer contre lui des preuves matérielles et tangibles. Eh bien, votre serviteur agit pareillement.

Il répéta :

– Les faits, rien que les faits. Et croyez que la plupart de ceux qui sont mentionnés dans les différents textes sacrés n'auraient jamais été reconnus par une cour de justice digne de ce nom. Voyez l'épisode de la Nativité transmis par Luc. Sous le règne du roi Hérode, l'ange Gabriel se rend à Nazareth, et s'adresse à Marie – une vierge fiancée à un homme du nom de Joseph. Le séraphin annonce à la jeune fille : « Sois sans crainte, car tu as trouvé grâce auprès de Dieu. Voici que tu concevras dans ton sein et enfanteras un fils, et tu l'appelleras du nom de Jésus. »

Bacovia leva un index :

– Souvenez-vous : « Cela se passait sous le règne

d'Hérode » et je précise, car ce ne sont pas les rois du même nom qui manquent, qu'il s'agit d'Hérode le Grand. Luc poursuit, je cite : « Or, il advint, en ces jours-là, que parut un édit de César Auguste, ordonnant le recensement de tout le monde habité. Ce recensement, le premier, eut lieu *pendant que Quirinius était procurateur de Syrie.* » Voyez-vous où est l'incohérence ?

Sans laisser à son auditoire le temps de répondre, il enchaîna :

– Nous sommes confrontés à deux données historiquement inconciliables. Nous savons quelle année et, approximativement, quel jour Hérode est mort : une semaine avant la Pâque juive, entre le 12 et le 13 mars de l'an 4 *avant notre ère.* Ce fut peu après une éclipse solaire, relatée par de nombreux témoins. Pour ce qui est de Quirinius, il fut bien en fonction en Syrie, mais uniquement à partir de l'an 6 ou 7 *de notre ère*, date du fameux recensement.

Il prit le trio à témoin :

– Hérode étant mort en l'an 4 *avant notre ère*, l'annonce faite à Marie n'a pas pu avoir lieu *après cette date*, puisque l'on nous dit qu'elle se produisit sous le règne d'Hérode. Vous êtes d'accord ?

Maclean et Clarissa ne purent qu'acquiescer.

– Quant au recensement, il s'est déroulé au plus tôt en l'an 6 de notre ère, date de la nomination de Quirinius.

Il prit une brève inspiration.

– En conclusion : Marie serait restée enceinte pendant près *de dix ans* ! Ainsi...

– Monsieur Bacovia, coupa la vieille dame. Vous avez devant vous une croyante. Moitié catholique par ma mère et protestante par mon père. Non pratiquante, je l'avoue, mais croyante tout de même. Qu'essayez-vous de nous dire ?

Le Roumain se mit à rire :

— Rassurez-vous, je ne tiens nullement à déstabiliser votre foi, mais seulement à attirer votre attention sur le fait que les textes sacrés sont pétris de contradictions et d'inepties.

Morcar, qui jusque-là s'était contenté d'écouter sagement, décida de s'immiscer dans le débat :

— Et quid des Évangiles ? Dans nos cours de catéchisme, on nous a toujours expliqué qu'ils étaient l'œuvre de témoins oculaires. Serait-ce faux ?

— Bonne question, mon garçon. Ces témoignages existent en effet, mais ils manquent totalement de rigueur.

Il s'interrompit et questionna :

— Morcar ? c'est bien ton prénom ?

— Oui.

— Eh bien Morcar, tu n'es pas sans savoir que le risque de déformation, voire de trahison, est inhérent à toute traduction. *Traduttore, traditore*, disent les Italiens. Personnellement, j'estime que si les apôtres se sont mis à parler et à écrire le grec, leur structure mentale n'en est pas moins restée avant tout araméenne. Penser dans une langue, écrire dans une autre n'est jamais sans risque.

Au prix de mille difficultés, le théologien s'extirpa de son fauteuil et lança à Maclean :

— Cette discussion m'a donné soif. Aurais-tu une bière ?

Le professeur partit vers la cuisine, en même temps que Morcar se levait.

– Je crois que je vais aller dormir, dit le jeune homme. J'ai les yeux qui se ferment. J'avoue que ce débat m'a un peu donné le tournis.

Il salua Mrs Gray, Bacovia et son grand-père, et se retira.

– Alors, s'enquit le théologien en louchant sur Clarissa. Que vous inspirent ces informations ?

La vieille dame ne répondit pas. Elle était ailleurs, entraînée par un flot de pensées confuses. Tout avait commencé par une affaire policière. Une scène qui aurait pu somme toute être banale s'il n'y avait eu la disparition incompréhensible du cadavre. Et à présent, voilà que tout semblait imploser. À se demander si elle n'assistait pas au début d'une aventure hautement plus complexe, une sorte de jeu de patience dont elle devrait découvrir chaque carte.

Elle tendit la main vers Bacovia :

– Pourriez-vous avoir la gentillesse de me passer les notes prises par William ?

Le Roumain obtempéra.

Elle parcourut rapidement les feuillets :

– Qu'en est-il du « Sicaire », du « fils d'Amina », de ce « Simon Barjona » et de tous ces noms aux consonances hébraïques, tels que Yeliel, Elemiah, Kaliel, Hekamiah... ?

– En principe, le Sicaire serait Judas. Je dis en principe car, à l'instar de certains protagonistes de l'épopée biblique, l'origine de son nom pose elle aussi problème. Certains font dériver le nom d'Iscariote du latin *sicarii*, « sicaires », « hommes au couteau », terme utilisé par l'historien juif Flavius Josèphe pour désigner les Zélotes ; un mouvement nationaliste farouchement opposé à l'occupation romaine.

Épuisé de rester debout, Bacovia se laissa choir lourdement sur le divan en poussant un profond soupir :

– Si vous saviez comme je souffre d'être aussi gros ! C'est un véritable cauchemar. Parfois j'ai l'impression de porter un dinosaure sur les épaules.

– Un dernier effort. Qui sont les autres ?

Ce fut Maclean qui répondit :

– Iah-Hel, Yeliel, Elemiah, Kaliel, Hekamiah, Mihahel. Voilà un certain temps déjà que des esprits lumineux ont décrété que les anges, s'ils existent, possèdent une carte d'identité et un livret de famille.

– Je ne vous suis pas. Les anges ?

– Iah-Hel, Yeliel, Elemiah, Kaliel sont supposés être des noms d'anges. Ils pullulent dans tous les ouvrages ésotériques. Certains mentionnent même le grade de ces créatures – ailées, cela va de soi –, leur matricule et leur signe astrologique.

Bacovia ricana :

– Épargnez-moi, je vous prie, de commenter ces fadaises.

– Et le « fils d'Amina » ?

– Il figure sans doute aucun le prophète Mahomet. Son nom, Mohammed, en arabe, qui signifie « Le Loué », était assez courant. Son père se prénommait Abd Allah et sa mère Amina. Que vous dire de plus que vous ne puissiez apprendre dans les livres ?

Il prit une courte inspiration :

– Quant à ce Simon Barjona, il n'est autre que Pierre.

– Pierre... saint Pierre ?

– Son vrai nom serait plutôt *Kepha*, qui signifie

« rocher » en araméen. C'est la dérivation grecque qui l'a surnommé Petros, masculin du mot *petra*, « pierre ».

La romancière se sentait étouffer. Autour d'elle, tout tournait et vacillait. Elle se leva soudainement et bondit vers Maclean qui revenait avec deux bières.

– Ne pourriez-vous ouvrir un peu la fenêtre ?

– Avec ce déluge ? Nous allons être inondés.

La vieille dame afficha une moue exaspérée et alla se rasseoir.

– Mes amis, lança Bacovia. Si vous n'avez plus de questions, je vais rentrer dormir. Enfin, essayer.

– Je me permettrai de solliciter une nouvelle fois ton aide, dit Maclean. Malgré l'incongruité de ce texte, j'ai l'intention d'en poursuivre la transcription. Tu voudras bien ?

– Bien sûr, ne serait-ce que pour le plaisir de découvrir jusqu'où l'auteur de ce carnet cherche à nous entraîner.

Il se tourna vers Clarissa :

– Vous n'auriez pas un remède contre l'insomnie ?

– Si, répliqua la vieille dame avec humeur : lisez mes romans...

9

À PEINE se fut-il retiré que Mrs Gray leva les bras au ciel :

– Cet homme est un cas, William ! Et un bel iconoclaste.

– Reconnaissez au moins qu'il maîtrise parfaitement ses connaissances religieuses.

La romancière balaya l'air de la main avec dédain :

– Tout ce que je veux bien reconnaître, c'est qu'au XVᵉ siècle on l'aurait allégrement poussé sur un bûcher.

– Sans doute. Mais nous ne sommes plus au XVᵉ siècle, et Galilée ou Darwin, s'ils étaient vivants, auraient le droit de s'exprimer sans risquer l'anathème.

– Il n'en demeure pas moins que je n'apprécie pas beaucoup cette manière de jouer avec les croyances.

Maclean haussa les épaules :

– Désolé, ma chère, il ne joue pas. C'est un homme de science, un historien. Il relate des faits, les étudie, et tente de séparer le bon grain de l'ivraie. Puis-je vous poser une question ?

– Faites.

– Accepteriez-vous qu'après votre mort on débite des âneries sur votre compte ?

Il adopta un ton caricatural :

– Mrs Clarissa Gray, la célèbre romancière, est née au Mozambique. La plupart de ses romans ne furent que de vulgaires plagiats. On lui savait un goût prononcé pour les personnes de son sexe, et...

– Arrêtez ! Vous êtes ridicule.

– Ça vous irrite, n'est-ce pas ? Voyez-vous, si j'étais Moïse, Mahomet ou Jésus, je serais furieux moi aussi d'entendre des inepties sur mon compte.

– Je suis de l'avis de grand-père.

Clarissa et William tournèrent le regard vers le seuil du salon où Morcar, tel un diable sorti d'une boîte, venait d'apparaître.

– Que fais-tu ici ?

– Je n'arrive pas à dormir. J'ai un mal de tête épouvantable.

La romancière pointa vers lui un index menaçant :

– Je vous ai entendu !

– Parce que vous croyez sincèrement à toutes ces histoires de pomme, de serpent et de déluge ?

– Ne dites donc pas de sornettes ! Savez-vous ce qu'est une métaphore ? Une parabole ? La Bible n'est faite que de métaphores et de paraboles à décrypter. C'est ainsi qu'il faut la lire, et non pas au premier degré. Pas sous la lentille du microscope d'un Roumain athée.

Elle consulta sa montre :

– 2 heures du matin !

– Vous avez raté le dernier bus. Je vous raccompagne, dit Maclean.

– Pas question.

– Alors laissez-moi vous appeler un taxi.

– Vous n'y songez pas ! À cette heure-ci, j'en aurais au moins pour dix livres. Non. Je préfère marcher. Il ne pleut plus et l'hôtel n'est pas loin. Un peu d'air frais ne sera pas de refus. En revanche, je vous demanderai de me prêter un parapluie. Au cas où...

– Vous êtes insupportable, pesta Maclean.

– Vous avez laissé entendre à votre ami que vous souhaitiez terminer le décryptage. Croyez-vous que nous pourrions nous voir demain ?

– Absolument. À peine réveillé, j'irai rendre visite à Janet. Ensuite, je dois assister à une réunion présidée par le recteur. Nous pourrons nous retrouver à mon bureau aux environs de midi.

– Parfait. Midi donc.

Elle serra contre sa poitrine les pans de son trench-coat et se courba un peu sous l'effet d'une bourrasque. L'asphalte était encore trempé, et elle se dit qu'elle allait ruiner la paire de chaussures achetée cinq ans plus tôt, à prix d'or, chez Maybole.

Elle avançait et, dans le même temps, Moïse, Jésus et les autres ne cessaient d'arpenter son esprit.

Que retenir de cette avalanche d'informations ? Quel rapport pouvaient-elles avoir avec cet inconnu venu mourir chez elle, à Lamlash ? Où était le lien, où le chercher ?

Elle se demanda comment Archie Rhodenbarr eût agi dans une affaire aussi complexe. Du flegme avant tout et de la méthode : interrogatoire et observation.

Quatrième meurtre. Serai-je le prochain ? Je sens que l'étau se referme.

De cette mosaïque de phrases arrachées au carnet, Clarissa n'en avait retenu que trois ou quatre.

Il est convaincu comme je le suis : nous ne sommes qu'au début de l'horreur.

Le début de l'horreur... D'autres meurtres se préparent-ils ?

Pour trouver l'auteur de ces atrocités, nous devons essayer de découvrir le mobile qui le pousse à agir.

La romancière se surprit à ricaner. Le mobile ? S'il ne manquait que le mobile ! Quand ? Où ? Et les suspects ? Plus important encore : le corps et l'identité de la victime. Elle n'avait rien. Son dossier était vide.

À tout bien réfléchir, elle n'allait pas s'éterniser à Glasgow. Mais avant de rentrer, elle irait quand même au bout de la transcription de ce mystérieux carnet. Il fallait qu'elle sache.

Dans un bruit mat, quelques gouttes de pluie s'écrasèrent sur la toile de son imperméable. Fort heureusement, l'hôtel n'était plus très loin. Elle déplia le parapluie de Maclean et allongea le pas.

Presque simultanément résonna dans son dos l'écho de pas pressés.

Quelqu'un marchait derrière elle.

Son premier réflexe fut de se retourner. Mais elle n'osa pas.

Elle accéléra.

Celui qui la suivait fit de même. À la pesanteur de sa démarche, au martèlement de ses talons sur le pavé, elle ne doutait pas que ce fût un homme. Il se rapprochait.

Devait-elle lui faire face ?

Non. Trop risqué.

Elle pressa l'allure.

L'enseigne lumineuse de l'Argyll se détachait maintenant à une centaine de mètres. Cent mètres... Cent miles. Sa main serra plus fort son parapluie. La vision d'elle en train de se défendre avec cette arme dérisoire traversa son esprit. Se calmer. Garder son sang-froid. Ce n'était certainement qu'un dîneur attardé qui regagnait son domicile. Rien de plus.

Cinquante mètres. Trente.

Elle ne marchait plus. Elle courait presque.

Entendait-elle les halètements de son poursuivant ou était-ce son propre souffle ?

Une main se referma sur son épaule.

Elle poussa un cri de terreur et fit volte-face.

Un homme était là, englué dans la pénombre. Si près qu'elle pouvait sentir son haleine ; trop près pour qu'elle pût lire ses traits. D'ailleurs, elle n'essaya pas tant elle était submergée par la panique.

Il balbutia quelque chose. Elle entendit une menace.

– Non ! hurla-t-elle. Lâchez-moi !

L'inconnu eut un mouvement de recul. Elle en profita pour lui balancer son parapluie grand ouvert au visage et fonça vers l'hôtel.

Arrivée sur le seuil, elle se faufila dans la porte à tam-

bour, manquant de se coincer les mains. John, le réceptionniste de nuit, resta un instant interdit à la vue de cette
vieille dame qui avait l'air d'avoir croisé la mort. À bout
de souffle, Clarissa s'effondra dans ses bras.

– Que se passe-t-il, Mrs Gray ? Qu'est-il arrivé ?

Entre deux hoquets, la romancière bégaya :

– Quelqu'un... Quelqu'un...

Sans se retourner, elle montra la rue du doigt :

– J'ai été agressée.

– Agressée ?

Le réceptionniste l'entraîna avec précaution vers l'un des
sièges qui meublaient le hall :

– Êtes-vous blessée ? Voulez-vous que j'appelle un
médecin ?

Elle fit non.

– Un verre d'eau peut-être ?

Elle refusa derechef.

– Un brandy ?

Elle acquiesça.

– Je vous l'apporte.

Il fila en direction du bar.

La vieille dame resta immobile, l'œil rivé sur la porte
d'entrée.

Dehors, la pluie qui s'était remise à tomber de plus belle
giclait avec violence sur les battants vitrés.

Pourquoi l'avait-on attaquée ? L'avait-on réellement
attaquée ? À mesure que la tension retombait et que les
battements de son cœur retrouvaient un rythme plus régu-
lier, ses idées devenaient plus claires. L'angoisse des dernières heures n'était-elle pas responsable de la réaction

extrême qu'elle avait eue ? Du peu qu'elle se souvînt, l'inconnu n'était pas armé. Alors ? Un vulgaire voleur à l'arraché qui en voulait à son sac ? Non. Un voleur digne de ce nom n'amorce pas son attaque en posant sa main sur l'épaule de sa victime.

– Votre brandy, Mrs Gray. Je me suis permis d'y faire fondre un sucre.

Elle prit le verre à cognac et le porta à ses lèvres. Aussitôt elle crut défaillir.

Son « agresseur » se tenait debout sous la pluie et la fixait à travers les battants de la porte. Dans ses prunelles ne luisait aucune animosité ; on y détectait même quelque chose qui ressemblait à du désarroi. Le verre s'échappa de ses mains alors que l'homme pivotait sur les talons.

– Mrs Gray ! Ça ne va pas ?

Elle pointa son index droit devant :

– Il... C'est lui... Rattrapez-le !

Le réceptionniste bondit à l'extérieur, indifférent aux trombes d'eau qui dévalaient du ciel. Il jeta un regard circulaire dans la rue. On n'y voyait presque rien, mais assez cependant pour constater qu'elle était déserte.

– Je suis désolé, Mrs Gray, dit-il en revenant sur ses pas. Il n'y a personne.

Il ajouta :

– Il a dû fuir. Voulez-vous que je prévienne la police ?

Elle se hissa péniblement hors de son siège :

– Non. C'est inutile. Merci pour tout, John. Je vais aller me coucher.

– Vous êtes sûre ? Vous ne souhaitez pas un autre brandy ?

– Non... merci encore.

Le miroir de l'ascenseur lui renvoya le reflet de son visage. Ses rides déjà profondes s'étaient creusées un peu plus, ses yeux cernés trahissaient une immense fatigue. Elle se dit qu'ainsi, maintenant, elle ressemblait à une vieille.

– *Pardonnez-moi. Auriez-vous l'heure ?*

– *8 h 25.*

– *Du matin bien sûr ?*

Ce jeune homme vêtu d'un kilt de gala, croisé sur le ferry deux jours plus tôt... Bien sûr ! C'est lui qu'elle avait entrevu dans le bus qui la conduisait en début de soirée chez Maclean. Ce personnage qui tout à l'heure lui avait fait si peur : encore lui ! Il n'avait donc fait que la suivre durant tout ce temps ? Si elle avait eu une quarantaine d'années de moins, elle se serait offert le plaisir narcissique de mettre cette assiduité sur le compte de son physique. Mais là ? Elle étudia les traits fanés que lui renvoyait la glace. Pour la pourchasser de la sorte, fallait-il que ce gamin fût amoureux des antiquités : « Plus ma femme vieillit, plus je suis amoureux d'elle. » Ce commentaire de sir Mallowan, égyptologue et époux de la grande Agatha Christie, aurait pu prêter à sourire. Mais ce désaxé n'avait rien de sir Mallowan et Clarissa n'était pas Mrs Christie.

La porte de l'ascenseur lui ouvrit le passage vers le couloir qui menait à sa chambre.

Un instant plus tard, elle était allongée sous les draps, lumière éteinte, dévastée par mille et une réflexions.

L'éventualité que ce jeune homme pût être lié de près ou de loin au personnage venu mourir chez elle commençait à prendre forme dans son esprit. Dans ce cas, pour

quelle raison adoptait-il un comportement aussi extravagant ? Pourquoi ne l'abordait-il pas sans détour, au lieu de
se contenter de la suivre ici et là ? Était-il possible que ce
fût lui le meurtrier ? Non... absurde.

Alors, une coïncidence ?

Elle éteignit la lampe de chevet et la pièce sombra dans
les ténèbres.

À quelques blocs de là, assis sur son lit, Morcar, lui, ne
dormait toujours pas. La petite boule qui, en début de
soirée, s'était formée au creux de son estomac lui faisait
maintenant presque mal. Ce n'était pas une vraie douleur,
mais autre chose qu'il avait de la peine à cerner. Dans ses
oreilles, dans son corps résonnait, têtue, la musique de
Jean-Sébastien. Elle coulait en cascade entre les doigts de
Kathleen, elle assourdissait la pièce, elle couvrait les
rumeurs du monde. Quelle était la nature de cette prodi-
gieuse émotion ? Où prenait-elle sa source ? Morcar ne
savait pas. Morcar ne pouvait pas savoir puisque c'était la
première fois qu'il l'éprouvait. Déferlantes d'ivresse indicible, et surtout ce manque, cet abîme de manque.

Il se revoyait, debout, bras croisés derrière la jeune
femme dans la petite chambre meublée du seul piano. Elle
avait la tête penchée sur les touches, l'œil plein de lumière.
Et lui, si proche d'elle, pouvait sentir l'odeur de ses cheveux à moins que ce fût les senteurs de sa peau. Il ne savait
pas. Il n'aurait pu faire la différence ; de même qu'il était
incapable de définir avec certitude si l'origine de son émoi
provenait de Kathleen ou de la musique de Jean-Sébastien.

La violence de ces sensations neuves était-elle ponctuelle ou se prolongerait-elle à l'infini ? Si elle se prolongeait, elle ne pouvait qu'être synonyme d'une souffrance que seule la présence de la jeune femme aurait une chance d'apaiser. Oui. Sûrement. Proche d'elle, il aurait moins mal. Il devait continuer de s'imprégner de sa présence, de ses mots, de sa voix, jusqu'à ce que la soif mystérieuse qui le taraudait fût étanchée. Alors il guérirait. Heureusement, l'attente ne serait pas longue : il devait retrouver Kathleen aux alentours de midi au Willow Tea Room. C'était elle qui avait provoqué ce rendez-vous. Irritée par l'ignorance dont Morcar avait fait preuve lors du déjeuner alors qu'elle lui confiait sa passion pour Mackintosh, elle s'était portée volontaire pour combler ses lacunes et il s'était empressé d'accepter avec la plus grande docilité.

Plus que quelques heures.

Il ferma les yeux, un peu rassuré, et se laissa prendre par le sommeil.

Ce fut la sonnerie du téléphone qui réveilla Clarissa.

Elle chercha à tâtons le combiné et décrocha.

– Mrs Gray ?

La voix lui était inconnue.

– Pardonnez-moi d'appeler de si bonne heure. Je devais vous parler.

– Qui êtes-vous ?

Clarissa loucha vers les aiguilles phosphorescentes qui brillaient sous l'écran du téléviseur : 6 heures du matin.

À l'autre bout du fil, la voix répondit :

– Vous me connaissez... Enfin, nous nous sommes croisés.

Elle décréta sans le moindre doute :

– Vous êtes le jeune homme du ferry !

– Oui...

– Et celui du bus. Celui qui m'a agressée !

– Non. Non. Je voulais juste vous parler. Vous m'avez fait si peur...

– Moi ?

La vieille dame alluma la lumière :

– Vous avez un sacré toupet ! Il vous arrive souvent de vous livrer à ce genre de jeu ? Que me voulez-vous ?

– Le carnet... Est-il toujours en votre possession ?

Clarissa sursauta violemment :

– Le carnet ? Mais... comment êtes-vous au courant ? Qui...

– Répondez-moi, je vous en conjure ! Avez-vous toujours le carnet ?

Elle s'entendit répondre par l'affirmative et perçut un soupir de soulagement.

– Ne vous en séparez surtout pas ! Déchiffrez son contenu au plus vite. Le temps presse, Mrs Gray. Chaque instant qui passe nous rapproche de la fin. *Notre* fin !

Elle avait du mal à suivre tant le débit de la voix était devenu précipité.

– Voudriez-vous avoir l'extrême amabilité de répondre à mes questions ? Je dois savoir qui vous êtes. Comment connaissez-vous l'existence de ce carnet. Et...

Il la coupa :

– Ne m'en veuillez pas, je vous en prie. Vous révéler

mon identité ne vous servirait à rien. D'ailleurs, vous ne me croiriez pas. Et si je vous le disais, personne ne vous croirait.

– L'homme assassiné... Vous le connaissiez ? Répondez-moi !

– Oui. Il m'était très proche. Et plus que cela. C'était...

Il s'arrêta, cherchant ses mots.

– Son nom ? assena Clarissa. Son nom !

– Gabriel.

– Gabriel ? Mais encore ?

La vieille dame ne cherchait plus à se contrôler. Elle hurlait presque.

– Calmez-vous, adjura l'inconnu. Calmez-vous...

À l'évidence, l'énervement de son interlocutrice avait sur lui des effets dévastateurs. Il trouva néanmoins la force de poursuivre :

– Nous avons besoin de votre aide. Gabriel me l'a dit : *Il se pourrait qu'un être en leur bas monde soit susceptible de trouver la solution...*

Il récita à la manière d'un enfant :

– *Mrs Clarissa Gray, 6 Glenkiln Monamore Road. À Lamlash, île d'Arran. Écosse.* Déchiffrez le carnet, vous comprendrez tout. Déchiffrez-le ! Il n'y a plus un instant à perdre. Sinon *il* nous tuera tous et les ténèbres s'abat-tront sur le monde.

Il conclut dans un souffle :

– Il y va de la vie de Mrs Maclean... Faites vite !

– Janet ? Expliquez-moi !

Il n'y eut pas de réponse. À la voix de l'inconnu venait

de succéder un signal monocorde et continu. Il avait interrompu la communication.

La romancière demeura interdite, le combiné contre sa joue, abasourdie. Il lui fallut quelques secondes avant de se ressaisir et de composer le numéro de la réception.

– John ?

– Bonjour, Mrs Gray.

– Auriez-vous identifié le numéro de téléphone de la personne que vous venez de me passer ? De nos jours, c'est chose possible, paraît-il.

– Je crains de ne pas comprendre. De quelle personne voulez-vous parler ?

– De celle qui vient de m'appeler, bon sang !

– Pardonnez-moi, Mrs Gray, mais je ne vous ai passé aucune communication. Il n'y a pas eu un seul coup de fil de la nuit.

Il se ravisa :

– Oh ! uniquement pour la 112. C'était une erreur.

La vieille dame déglutit avec peine :

– Vous voulez dire qu'il n'y a pas eu d'appel pour moi ?

– Non. Aucun. D'ailleurs, si cela avait été le cas, j'aurais pris la liberté de ne pas vous le transférer après les émotions que vous avez subies hier soir.

Elle se répéta pour elle-même, la voix cassée :

– Aucun appel.

Assise sur le rebord du lit, elle se prit la tête entre les mains. Comment s'installe la folie ? Entre-t-elle subrepticement, à petits pas ? S'insinue-t-elle dans notre cerveau à la manière d'un cheval de Troie ?

Tel un automate, elle se rendit dans la salle de bains et s'aspergea à plusieurs reprises le visage avec de l'eau fraîche.

Il y va de la vie de Mrs Maclean...

Elle regagna la chambre et l'arpenta de long en large. Se libérer de l'angoisse. Ne pas se laisser piéger par le doute. Réfléchir.

Un jour qu'elle se documentait pour *Le jardinier de Hillington*, elle avait lu : « *L'hallucination est une percep-tion sans objet.* » Un peu comme un court-circuit des sens qui fonctionneraient « à vide » et enverraient aux autres secteurs « conscients » des incitations qui n'auraient été suscitées par aucun objet. *Or, il y avait le carnet.* Il était « l'objet » qui contrariait cette analyse. Il était la *preuve*, la seule, que les événements vécus par Clarissa ne pou-vaient être rangés dans la catégorie des hallucinations.

Il y va de la vie de Mrs Maclean...

Elle retourna vers le téléphone et forma sur le cadran le numéro du professeur.

Il répondit à la première sonnerie.

– Willy – elle l'appelait rarement par son diminutif –, c'est Clarissa. Il faut que nous nous voyions immédiate-ment.

– Que vous arrive-t-il ? Vous avez l'air bouleversée.

– Je vous expliquerai. Pouvons-nous nous retrouver dans un quart d'heure à l'université ?

– Impossible. Vous savez bien que je dois aller voir Janet. Plus tard.

– Dans ce cas, je vous rejoins à l'hôpital. Attendez-moi.

– Vous n'y pensez pas. Je vous ai parlé de cette réunion avec le recteur...

– C'est de la plus extrême urgence, vous dis-je !

– Le recteur...

– Au diable le recteur ! Il s'agit de la vie de Janet ! Je crois qu'elle est en danger.

Il y eut un temps de silence à l'autre bout du fil avant que Maclean ne réplique :

– Je vous attends à mon bureau.

10

EN PROIE à la plus grande confusion, Maclean allait et venait en glissant nerveusement sa paume le long de sa barbe.

– Que vous dire, Clarissa ? Soit ce jeune homme est un pur produit – un de plus – de votre imagination, soit...

– Un produit de mon imagination ? Vous douteriez de ma parole ? Vous ?

– Je n'ai jamais dit que j'en doutais. Je m'interroge, ce qui n'est pas la même chose.

Elle se laissa choir sur le Chesterfield :

– J'apprécie la nuance.

– Allons, ma chère, ne soyez pas susceptible ! J'essaie seulement d'être rationnel dans une histoire qui ne l'est pas. Avant que vous ne me coupiez la parole, j'allais mentionner une seconde possibilité : ce jeune homme pourrait exister. Et dans ce cas, ce serait dramatique.

– Pourquoi dramatique ? interrogea Morcar, attablé devant l'ordinateur.

– Parce que cela signifierait que nous sommes confrontés à une affaire autrement plus complexe que celle que nous envisagions et que nous serions tous concernés. Les termes que ce personnage énigmatique a employés sont en tout cas suffisamment éloquents. Il a bien déclaré : « Chaque instant qui passe nous rapproche de la fin » ?

– *Notre* fin. Il a dit *notre*.

– Il a dit aussi : « Il nous tuera tous et les ténèbres s'abattront sur le monde. » Et surtout, ce qui à mes yeux me paraît le plus important, il a mentionné la maladie de Janet. Vous auriez dû la voir ce matin. Une ombre... Je ne sais plus quoi penser.

La romancière fit signe à Maclean de s'approcher.

– Mettons que je sois devenue schizophrène ou qu'une maladie mystérieuse soit en train de faire son œuvre à mon insu, croyez-vous que cette affection, aussi grave soit-elle, aurait pu m'amener à concevoir « inconsciemment » un objet aussi savant ?

Elle sortit le carnet de son sac et le brandit :

– Aurais-je été capable de fabriquer l'encre, le papier, cette reliure copte ? Rédiger un texte religieux, moi qui n'ai plus ouvert une Bible depuis mes cours de catéchisme ? Vous m'en croyez capable ? Et cette seconde dépouille retrouvée par l'inspecteur Stuart... Serait-elle aussi une création de mon cerveau ?

Le linguiste resta silencieux. Tout lui criait que Clarissa disait la vérité alors que, dans le même temps, son esprit scientifique avait du mal à l'admettre.

– Bon sang ! s'écria tout à coup Morcar. Je ne vous comprends pas.

Il désigna le carnet :

– Elles sont là vos réponses ! Vous vous tourmentez, vous doutez de tout, alors qu'il suffirait de vous mettre au travail. C'est absurde, non ?

Il se tourna vers son grand-père :

– Si cet homme disait la vérité et que la vie de Janet soit réellement en danger, alors ce n'est plus de l'absurdité, c'est de l'inconscience.

Maclean regarda son petit-fils un long moment avant de répondre :

– Tu as raison. Absurde est le mot.

Il tendit la main vers la vieille dame :

– Donnez-moi le carnet.

Elle s'exécuta sans mot dire.

Il le prit, le plaqua avec force sur le bureau :

– Je vais avoir besoin de toi, Morcar. À en juger par nos trouvailles précédentes, il y a fort à parier que nous serons confrontés de nouveau à des noms bibliques ou à des termes hermétiques. Dans ce cas, nous aurons encore besoin des lumières de Bacovia. Lorsque j'aurai terminé, je te communiquerai les noms et tu les transmettras via le net à mon ami. Je vais d'ailleurs le prévenir.

Il décrocha son téléphone et appela le Roumain. L'échange fut bref.

– Il est d'accord ? s'inquiéta Clarissa.

– D'accord et ravi. Il ne l'avouera pas, mais cette histoire l'amuse beaucoup.

Il s'installa derrière son bureau et plaça bien en vue le feuillet sur lequel il avait pris soin de consigner le code Stuart :

– Si vous voulez un conseil, allez donc faire un tour. Cela risque d'être long.

En guise de réponse, le jeune homme loucha sur sa montre.

– Qu'y a-t-il ? Tu n'as tout de même pas rendez-vous ?

– Si, justement. À midi. Avec Kathleen.

– Kathleen ? s'étonna la romancière.

– Oui. Elle souhaite me faire découvrir les travaux de cet architecte dont elle raffole. Vous savez bien. Nous en avons parlé au cours du déjeuner : Rennie Mackintosh.

Clarissa considéra le jeune homme pensivement. La lenteur n'était pas le défaut premier du petit-fils de Maclean.

– Dans ce cas, dit-elle, je vous laisse à votre nouvelle amie. J'irai faire un tour dans le parc. Je n'ai jamais eu beaucoup de goût pour le rôle de chaperon.

– Ne tarde pas trop, recommanda Maclean. Nous allons avoir besoin de toi. Je t'accorde deux heures, tout au plus.

Morcar fit un petit signe en guise de salut et quitta prestement le bureau.

– Curieux bonhomme que votre petit-fils, commenta la romancière. Saviez-vous qu'il était féru de physique quantique ?

Le linguiste se mit à rire :

– Première nouvelle. Les maths n'ont jamais été sa matière de prédilection. Au grand dam de ses parents, d'ailleurs.

– Pourtant, vous auriez dû l'entendre nous parler d'électrons, d'uranium et du chat d'un physicien dont j'ai oublié le nom.

– Schrödinger ?

– C'est cela.

– Étonnant... Il aurait donc fait des progrès !

Il entrouvrit le carnet et murmura :

– À nous deux...

– Tout compte fait, décida Clarissa, je préfère patienter ici. Je vais m'allonger sur votre Chesterfield et attendre sagement que vous ayez terminé.

Maclean ne répondit pas. Il était déjà dans ses notes.

– Nous y voilà, dit Kathleen en montrant la façade écrue du 217, Sauchiehall Street. Hélas, le rez-de-chaussée est occupé par un bijoutier. Il n'en était pas de même lorsque l'immeuble était encore la propriété de Mrs Cranston. Viens. Entrons.

La salle du premier étage aurait pu émerger de la machine à remonter le temps de H.G. Wells. D'un seul coup, on était plongé au cœur des années 1900. Chaises à haut dossier, tables aux pieds à angle droit, fauteuils à claire-voie, murs tapissés de dessins polychromes. Savamment disposées, des appliques translucides diffusaient une lumière pastel qui conférait à l'ensemble une ambiance chaude et raffinée. Tout ici respirait l'aube du XXᵉ siècle.

– Mackintosh a tout dessiné, expliqua Kathleen, des abat-jour aux cuillères. Dès son ouverture, l'endroit a connu un immense succès et l'on ne rechignait pas à payer plus d'un penny sa tasse de thé pour voir et être vu.

– Intéressant, commenta Morcar sans conviction. Mais ne trouves-tu pas que c'est un peu démodé aujourd'hui ?

– Démodé ? Jamais de la vie ! L'art, le vrai, ne se démode

pas. Ce que tu vois là est l'œuvre d'un esprit largement en avance sur son temps. À 28 ans à peine, Rennie était déjà un visionnaire. Tu devrais aller jeter un œil sur ses autres créations. La Glasgow School of Art, pour ne citer qu'elle, passe pour être un phare de l'art contemporain. Tous les architectes européens s'en sont inspirés. Géométrie, cubisme, linéarité... il a maîtrisé toutes les formes.

Elle prit une profonde inspiration :

– Je me sens bien ici. J'ai souvent pensé que j'aurais été heureuse si j'avais vécu à cette époque.

Le jeune homme l'observa à la dérobée. C'est vrai qu'elle avait l'air radieuse.

– Viens-tu souvent au Willow ?

– Chaque fois que j'en ai la possibilité. Sinon, je me rends à l'autre *tea-room*, celui de Buchanan Street.

Il indiqua une table inoccupée :

– Asseyons-nous ?

– Volontiers.

Tandis qu'elle se penchait sur la carte, Morcar en profita pour la détailler. Dans ce décor suranné, le visage éclairé par ces lumières tendres, elle ressemblait à cette femme aux longs cheveux blonds, personnage central d'une toile de Botticelli : *La Naissance de Vénus*. Un jour, il y a longtemps, il avait aperçu cette œuvre, et elle s'était gravée à jamais dans sa mémoire. Il s'était souvent demandé si ce genre de créature pouvait exister dans la réalité.

– Je vais prendre un Wu Long, annonça Kathleen, et toi ?

– Je n'y connais rien. Qu'est-ce que le Wu Long ?

– Un thé noir, fermenté. Je le préfère au Darjeeling.

– Noir ?

– Presque. Invention chinoise.

– Va pour le Wu. De toute façon, je t'avoue que je n'ai pas une grande passion pour le thé. J'aurais préféré une bière.

– Désolée. Pas de bière chez Willow. En revanche, ils ont de délicieux gâteaux. On commande des *hatti kit* ?

– Volontiers.

Elle leva discrètement la main droite en quête d'une serveuse et aussitôt il se sentit prisonnier de la forme de ses doigts à moitié repliés dans le contre-jour ; des doigts auxquels il aurait voulu nouer les siens ; des doigts sur lesquels il eût voulu passer les lèvres et la langue comme l'eût fait un voyageur assoiffé, lapant avec frénésie les rares gouttes d'eau d'un étang asséché. D'où provenaient ce mal obscur ? ces pulsions démesurées qui se révélaient à lui et qu'il n'avait jamais connues ? Ce qui le déconcertait surtout c'était la rapidité fulgurante avec laquelle il avait été envahi par ce flot d'émotions. Ses pores, ses veines, son sang étaient pleins d'elle. Qu'elle vienne à disparaître et il disparaîtrait. Qu'elle s'incarne en lui et il continuerait de vivre.

– Tout va bien ?

Il réprima un sursaut :

– Oui, Kathleen, tout va bien.

Un silence absolu régnait dans le bureau de l'université.

Un jardinier était en train de tailler les haies qui bordaient le Gilmorehill Campus.

Clarissa l'observait depuis un moment déjà. Pour la dixième fois, l'homme passa la tranche de sa main le long de son front pour y effacer la sueur. Lassée par cette vision, la romancière décida de reprendre la lecture du livre qu'elle avait déniché dans la bibliothèque de Maclean : *Visible Speech*, par Ernst Wilhelm von Brücke. D'un ennui mortel.

Alors qu'elle amorçait son mouvement, elle vit quelqu'un qui traversait le campus et marchait en direction du jardinier. Dans un premier temps, elle se dit que c'était un employé ou peut-être un professeur. Pourtant, cette silhouette avait quelque chose de familier. À mesure qu'elle se rapprochait, les contours devenaient plus nets. C'était un jeune homme, à l'allure dégingandée, mince, presque maigre. Maintenant, elle pouvait distinguer sa chevelure. Blonde, bouclée. Elle murmura :

– Morcar ! Mais que fait-il ici ? Il est déjà de retour ?

Maclean, le nez dans ses documents, répondit par un grognement.

Elle continua d'observer le manège du jeune homme.

Celui-ci venait de passer à hauteur du jardinier et poursuivait sa route sans s'arrêter. Parvenu à l'extrémité du campus, il s'engouffra sous une tonnelle et disparut.

« Il ne va pas tarder à monter, se dit-elle. Kathleen a dû se lasser de ce jeunot parfois présomptueux. »

Elle alla s'allonger sur le Chesterfield et se replongea dans l'ouvrage d'Ernst Wilhelm von Brücke.

Lorsque Maclean apposa le point final, il n'était pas loin de 5 heures de l'après-midi.

La romancière dormait à poings fermés.

– Clarissa, réveillez-vous ! J'ai terminé.

– Alors ? murmura-t-elle, la voix tendue.

– Alors... rien.

– Que voulez-vous dire ?

– Rien qui nous éclaire particulièrement. Rien, sinon ceci... Un passage hallucinant.

Il allait commencer sa lecture lorsque la porte s'entrebâilla, laissant apercevoir le visage de Morcar.

– Pardon. Je suis en retard.

– Ce n'est pas grave, répliqua Maclean. Je viens tout juste de finir de décrypter.

Le jeune homme écarta le battant :

– Je ne suis pas venu seul.

Il s'effaça devant Kathleen.

– J'espère que je ne vous importune pas, dit la jeune fille, un peu gênée. Morcar a beaucoup insisté. Il m'a expliqué que vous aviez décidé de décoder le fameux carnet. J'avoue que je n'ai pas pu résister. Cette affaire est tellement mystérieuse.

Elle s'empressa de préciser :

– Si ma présence vous dérange, je peux...

– Non, l'interrompit Maclean. Il n'y a point de secret d'État. Prenez place. Le rideau va se lever.

Il ordonna à Morcar :

– Installe-toi devant l'écran et prends note lorsque je te le demanderai.

Ses feuillets à la main, il contourna le bureau et vint se camper au milieu de la pièce :

– Êtes-vous prête, Clarissa ?

– Un instant, fit la romancière.

Elle demanda à Morcar :

– Vous étiez bien dans le campus il y a environ deux heures ?

– Dans le campus ? Pas du tout.

– Vous plaisantez ? Vous êtes passé près du jardinier, puis vous avez pris le chemin sous la tonnelle.

– Vous devez faire erreur, Mrs Gray. J'étais avec Kathleen au Willow Tea-Room. Et nous sommes revenus ensemble.

Il quêta la confirmation de la jeune femme :

– N'est-ce pas la vérité ?

– Absolument. Nous ne nous sommes pas quittés un instant.

– C'est impossible ! s'exclama la vieille dame. J'étais à la fenêtre. Je l'ai vu.

Les deux jeunes gens échangèrent une expression embarrassée.

– Mais enfin, Clarissa, protesta Maclean, puisqu'ils vous disent qu'ils étaient ensemble. Vous avez dû vous tromper. Confondre avec un étudiant.

Les lèvres de la romancière furent prises d'un tremblement. Elle laissa tomber d'une voix sourde :

– Oui. Sans doute. J'ai dû confondre. Excusez-moi.

Elle posa sa main sur le bras de Maclean :

– Allez-y, William. Nous vous écoutons...

11

« *C*LARISSA GRAY, *tu me lis parce que je t'ai trouvée.
Tu me lis parce que je ne suis plus.
Comment expliquer ? Où trouver les mots pour
exprimer l'inénarrable ? Nous étions immortels, de toute
éternité, et nous voici désormais à l'image des créatures des
autres mondes. Fragiles, vulnérables, grains de poussière
condamnés à n'être plus que cela : grains de poussière.
Avons-nous péché par orgueil ou sommes-nous les misérables
victimes de notre trop grande humilité ? Dans les deux cas,
moi, Gabriel, plaide non coupable, tant pour moi que pour
mes frères. Nous ne savions pas, nous n'avons jamais rien su
puisque Dieu – s'Il existe encore – nous a toujours tenus dans
l'ignorance. D'ailleurs, a-t-Il jamais existé ? Je sais que certains d'entre nous ne jurent que par Son nom, alors que
d'autres n'y ont jamais cru. Moi, je ne sais plus. Nous sommes seuls... si seuls... La solitude est depuis si longtemps notre
lot.
Celui qui sème la mort en ces lieux possède sûrement un
grand pouvoir. La tragédie, c'est que tous ici possèdent un*

grand pouvoir. Moshe, bien sûr, Yeshoua, le fils d'Amina et les autres. Le mal se serait-il glissé en eux dans un instant de faiblesse ? Au début, je doutais. Maintenant, j'en suis convaincu et cette certitude me fait l'âme qui saigne.

Oui, celui qui tue possède un grand pouvoir. Sinon, comment expliquer qu'il se soit rendu maître de la Mort, qu'il en ait fait sa soumise et, qui sait, sa captive ? Le dégoût m'envahit. Le dégoût et la peur. Car j'ai peur désormais. Non point de mourir. Peur de partir trop tôt sans avoir eu le temps d'élucider l'ineffable mystère. Celui de la présence des étoiles, des béances de l'univers, de ces pertuis gorgés de noir qui ne me diront jamais vers quoi ils mènent, vers où. Vers qui. Je ne saurai jamais ce que contiennent les cryptes au ventre des galaxies, ni d'où monte cette rumeur fossile qui rampe depuis toujours dans le silence.

Je ne saurai ni la vie d'en bas et ses déchirures, ni le devenir des hommes. Je vais mourir plus ignorant qu'au jour de ma création, plus pauvre qu'en ce premier temps où Il m'a peut-être donné forme en prononçant mon nom.

Quand ? À quel moment surgira mon ennemi ?

Pourtant, je n'ai jamais failli. J'ai obéi. Chien docile en mal de caresses. Certes, je n'ai pas de mérite puisque la rébellion m'est inconnue et que toute pensée négative m'est étrangère. Je ne fus créé que dans un seul but : pour Le servir. Je L'ai servi. Ô combien ! Et ma ferveur était si brûlante qu'il m'eût suffi de poser la main sur les étoiles pour qu'aussitôt je les visse s'embraser.

La veille de sa mort, Raphaël me faisait part de ses doutes.

Raphaël c'était mon double. Mon souffle, mon espace.

Il a été assassiné, ainsi que le furent tous les autres.

Nous étions dix, nous ne sommes plus que trois : Daniel, Samel et moi.

Et nos instants sont comptés. Maintenant, je n'ai plus d'autre choix que de briser les lois et de prendre apparence humaine ainsi que je le fis en d'autres temps. Les conséquences, je le sais, seront terribles. Mais c'est à ce seul prix, Clarissa Gray, que mes notes te parviendront. Au prix de ma vie. »

Maclean s'interrompit, le temps de juger de l'effet produit par sa lecture, et enchaîna :

« Tempesta unus.

Je viens de faire une découverte qui me paraît de la plus haute importance. Si bouleversante que mon âme se refuse à l'accueillir. Si terrifiante que ma mort serait souhaitable. Je l'appellerais de tous mes cris.

Je dois en avoir l'absolue confirmation. Aurai-je seulement le temps ?

Tout serait dans le nombre 19 et le jumeau en 0,809. »

Le silence retomba.

Le professeur guetta la réaction de Clarissa.

– C'est tout ?

– Non. Avant ce passage que je qualifierais d'épilogue, nous avons aussi cette série de commentaires succincts rédigés dans le même esprit que les passages déjà déchiffrés :

« Eadem tempesta.

Le Juif de Tarse ne veut rien savoir. Obtus comme il l'a toujours été, il est convaincu que ces meurtres ne sont pas le fait d'un seul personnage, mais de plusieurs. Il prêche à qui veut l'entendre que Judas et les siens sont les coupables. Sa réaction ne me surprend pas. Ce renégat a toujours détesté les Douze.

« Eadem tempesta.

Edom accuse "Celui qui fut fort contre Dieu". Et inversement. Quand donc cesseront ces luttes fratricides ? Je suis las. Ce sont toujours les mêmes conflits d'intérêts qui perdurent au-delà des temps.

« Eadem tempesta.

Le fils d'Amina s'est mis en colère. Il a très mal supporté l'injure à peine déguisée que lui a lancée le Juif de Tarse à propos de je ne sais quoi. Le ton est très vite monté. Surtout lorsque le Juif lui a demandé de confirmer certains propos que celui-ci aurait tenus en public, du temps où il vivait entre La Mecque et Médine. Et le fils d'Amina confirma :

– Oui ! J'ai bien dit ces mots. J'ai bien dit : "Vous combattrez les Juifs au point que si l'un d'eux se cache derrière une pierre, la pierre dira : 'Serviteur de Dieu ! Voilà un Juif derrière moi, tue-le !'"

« Tempesta unus.

La tension est toujours aussi vive entre le Juif et le fils d'Amina. Ce dernier a réfuté avec la plus grande force avoir jamais été un instigateur de guerre sainte. Pour prouver sa bonne foi, il a rappelé la réponse qu'il avait faite un jour à Aïcha, sa jeune épouse, alors qu'elle lui demandait : "Envoyé de Dieu, nous estimons que la guerre sainte est l'acte le plus méritoire. Ne pourrions-nous donc pas la faire ?" Le Loué avait répondu : "Non, mais la guerre sainte la plus méritoire c'est un pèlerinage pieusement accompli."

Le Juif de Tarse a répliqué avec rage : "Mensonge ! Tu es un menteur !"

C'est à ce moment que Yeshoua s'est interposé entre les deux hommes. Il a pointé son index sur le Tarsiote et l'a sommé de faire silence. Son expression était terrible. On eût dit que des flammes jaillissaient de ses prunelles : "Il suffit ! Graine de traître ! Misérable opportuniste !" Le Juif s'est contenté de lui décocher un regard plein de dédain avant de se retirer.

Je dois dire que le fils d'Amina est dans les bonnes grâces de Yeshoua depuis le jour où il aurait déclaré à l'un de ses disciples : "Ne m'exaltez pas comme les chrétiens exaltent le fils de Marie. Je ne suis que le serviteur de Dieu."

Yeshoua se serait montré enchanté par cette réplique. Ce qui est normal, lorsque l'on sait ce que l'on sait à son sujet.

« Eadem tempesta.

La femme de Magdala a reproché vertement à Yeshoua d'avoir pris la défense de l'homme de La Mecque. "Comment, lui a-t-elle lancé, peux-tu prendre parti pour un homme qui a déclaré : 'Le témoignage d'une femme est la moitié du témoignage d'un homme. Cela tient à l'infériorité de son intelligence. Si on ne trouve pas deux hommes pour témoigner, alors prenez un homme et deux femmes.'"

Contre toute attente, Yeshoua répliqua avec humeur : "Il a bien raison."

« Eadem tempesta.

Elles s'arrangent pour ne jamais se croiser. Mais là, elles n'ont pu s'éviter. Je veux parler des deux femmes du vieil Abraham : Sara et Agar. La scène fut terrible. Et je me refuse à reporter ici les mots qu'elles ont échangés. Leurs deux fils – Ismaël et Isaac – ont été forcés d'intervenir pour les séparer. Mais ce ne fut pas tâche aisée.

« Eadem tempesta.

Pour la première fois, Moshe a levé la main sur Aaron. Il aurait eu une arme à portée de sa main que leur empoignade eût tourné à la tragédie. Je dois avouer que l'Égyptien a la rancune tenace. Je suis persuadé qu'il n'y a pas que cette histoire de Veau d'or entre eux, même si à ce sujet Moshe ne manque pas une occasion d'accuser son frère de trahison. J'ai bien essayé de les interroger, mais ils se sont enfermés dans un mutisme absolu.

Je me demande si tous ces gens ne sont pas capables de meurtre... »

– Voilà, conclut Maclean. Vous savez tout.

Il s'adressa à Morcar :

– Transmets ces noms à Bacovia : *Le Juif de Tarse, Aaron, Edom, Agar, Sara, Ismaël, Isaac,* « Celui qui fut fort contre Dieu ». Et dans la foulée, demande-lui si par hasard les nombres 19 et 0,809 lui inspirent quelque réflexion.

Il pivota vers Clarissa :

– Alors ? Qu'en pensez-vous ?

– Que voulez-vous que j'en pense ? Si je n'avais plus ma raison, je vous dirais que nous sommes devant le journal intime d'un personnage du nom de Gabriel, décrivant une succession d'incidents qui auraient pour cadre (elle hésita avant de murmurer presque à voix basse) le paradis.

– C'est aussi mon impression. De là à en déduire que

l'auteur de ce carnet est un joyeux plaisantin, il n'y a qu'un pas.

– Attendez ! s'exclama Morcar. Je viens de recevoir les réponses de M. Bacovia. Venez voir.

Le couple, rejoint par Kathleen, s'approcha de l'ordinateur. Sur l'écran était affiché un courrier du Roumain :

DE : BACOVIA VASILE BACOVIA@MAILCOM.SC
DATE : LUNDI 10 JUIN 2002 17 : 45
A : WMACLEAN@GLASGOWUNIV.SC
OBJET : DELIRIUM TREMENS

Mes chers amis,

J'espère que vous vous amusez autant que moi. J'ignore où se trouve la cour de récréation, mais cela a-t-il vraiment de l'importance ?

Le Juif de Tarse. Ce ne peut être que Saül, plus connu sous le nom de saint Paul, personnage ô combien controversé. Son autorité d'apôtre elle-même fut âprement contestée jusqu'au sein des communautés chrétiennes qu'il venait de fonder.

Edom. C'est Ésaü. On l'a surnommé Edom (le Rouge), de l'hébreu *dam* (le sang), parce qu'il était roux. La tradition fait de lui l'ancêtre des Édomites, peuple du désert situé entre la mer Morte et le golfe d'Aqaba. Fils d'Isaac et de Rébecca, il était le frère jumeau de Jacob, son aîné d'après les Écritures. Il se serait fait piquer son droit d'aînesse par Jacob en échange d'un plat de lentilles.

Celui qui fut fort contre Dieu. *Israël* en hébreu. Il s'agit du petit rusé, le frère d'Ésaü. Il tient son surnom d'un combat qu'il aurait livré une nuit contre un ange, envoyé par Dieu. À moins que ce fût contre Dieu lui-même ?

Sara. Femme du patriarche Abraham. Sara étant stérile, elle proposa à Abraham : « Va donc vers ma servante Agar. Peut-être obtiendrai-je par elle des enfants. » Il s'exécuta. Agar lui donna un fils que l'on appela Ismaël. Mais les choses n'en restèrent pas là. Treize ans plus tard survient le miracle : Sara – largement octogénaire – enfanta à son tour un garçon, Isaac.

Agar. Servante égyptienne d'Abraham et de Sara.

Ismaël. Fils aîné d'Abraham et d'Agar. L'étymologie hébraïque de son nom *Yishma-El* veut dire « Dieu entend ». Il serait l'ancêtre des Arabes. Pour les musulmans, c'est à Ismaël et à Abraham, son père, qu'est attribuée la fondation de la Ka'ba, l'énigmatique édifice situé au centre du sanctuaire mekkois.

Isaac. Fils d'Abraham et de Sara et père de Jacob. Son nom hébreu *Ytshaq* signifie « Sara a ri ».

Aaron. Frère de Moïse.

J'espère que mes explications vous seront utiles.

Vasile

P-S. À propos des chiffres 19 et 0,809, je suis au regret de ne pouvoir vous aider. Pas plus que les angelots, la numérologie n'a été mon fort.

Ils venaient à peine de terminer la lecture du message que le téléphone sonnait.

Maclean reconnut aussitôt la voix de Vasile Bacovia.

– Une idée m'est venue à propos de ces mystérieux nombres. Peux-tu me passer Mrs Gray ?

Le professeur s'exécuta.

– Bonjour Mrs Gray, reprit le Roumain, vous habitez bien sûr l'île d'Arran ?

– Parfaitement.

– Eh bien, figurez-vous que juste en face, sur l'îlot de Lindisfarne, réside un de mes vieux amis, Samuel Shlonsky. Il vit quasiment en ermite sur l'île sainte devenue, vous n'êtes pas sans le savoir, propriété d'un moine tibétain. Si vous aviez l'intention de poursuivre cette aventure, je pense qu'il pourrait vous aider.

– C'est très aimable à vous, monsieur Bacovia. Mais je laisse tomber. Cette histoire n'a aucun sens. Je n'ai plus rien à me mettre et je me ruine en frais d'hôtel. C'est réglé : je rentre à Lamlash.

– Ah ?

Une pointe de déception perçait dans la voix du Roumain :

– Vraiment ? C'est curieux. J'aurais mis ma main au feu qu'une femme de votre trempe serait allée jusqu'au bout de cette énigme.

– Là, il ne s'agit pas d'une énigme, mais d'un rébus. J'ai toujours détesté les rébus.

Un petit rire retentit à l'autre bout du fil.

– Ne seriez-vous pas un peu agacée, plutôt ?

– Et par quoi, cher monsieur ?

– D'être confrontée à vos limites. La reine du polar mise en défaut par un vulgaire plaisantin. Pas très flatteur, non ?

– Imaginez ce que vous voulez, monsieur Bacovia.

Elle prit une goulée d'air et conclut sèchement :

– La romancière vous dit adieu.

À peine eut-elle raccroché qu'elle laissa exploser sa colère :

– Ne vous ai-je pas dit que cet individu était fou ? Mais pour qui se prend-il ? Oser me parler sur ce ton !

– Calmez-vous. Il vous taquine. C'est tout. Dites-moi plutôt... avez-vous réellement l'intention de rentrer à Arran ?

– Bien sûr.

Les traits de Maclean s'assombrirent. Manifestement, la nouvelle n'était pas pour le réjouir.

– Qu'y a-t-il ? s'étonna Clarissa. Vous ne voulez tout de même pas que je prenne racine à Glasgow ? Vous voyez bien qu'il n'y a plus rien à tirer de ce carnet. Alors ?

– Vous avez tout de même le nom de l'auteur, fit observer soudainement Kathleen. C'est déjà un progrès.

– Ce mystérieux Gabriel ? Et alors ? Le curieux gentleman qui m'a appelée à l'hôtel m'avait déjà communiqué ce nom. Savez-vous le nombre de Gabriel qui peuplent la planète ?

– Bien sûr, rétorqua Morcar. Mais combien sont des archanges ? Car nul doute qu'il s'agisse de lui. De l'archange Gabriel.

La vieille dame mit ses deux poings sur ses hanches et considéra le jeune homme avec ironie :

– L'archange Gabriel... Nous aurions entre les mains le journal intime de l'archange Gabriel. Êtes-vous seulement conscient de l'énormité de vos propos ?

– Et le cadavre ? rappela timidement Kathleen. Qu'en faites-vous ?

– Rien ! s'écria Clarissa avec force. Rien ! Il n'a pas existé. J'ai rêvé. J'ai été victime d'une hallucination. Il n'y a jamais eu de cadavre. Et ce carnet est une sombre farce.

Elle saisit son sac, son trench-coat et marcha vers la porte.

– Attendez un instant ! s'écria Maclean. Je dois vous parler.

Il l'entraîna par le bras hors du bureau. Quand ils furent dans l'antichambre, il referma la porte et chuchota :

– Clarissa, pourriez-vous me rendre un immense service ? Je vous en conjure, ne dites pas non.

La vieille dame plissa le front et attendit la suite.

– Pourriez-vous emmener Morcar avec vous ?

Elle ouvrit la bouche pour protester, mais il se hâta d'enchaîner :

– Quelques jours seulement. Je ne me sens pas la force de jouer au précepteur, et encore moins au grand-père. J'ai besoin d'être auprès de Janet. Ne me demandez pas pourquoi, mais quelque chose me crie que seule ma présence et le témoignage de mon amour pourront l'aider à sortir de la nuit. Je vous en prie, Clarissa. Quelques jours seulement.

La romancière arbora une expression contrariée. Cohabiter avec Morcar, alors que ce jeune homme avait le don de l'agacer ?

– Alors ? gémit presque Maclean. C'est d'accord ?

– Je réfléchis...

– Quelques jours...

– Je réfléchis...

Elle revint sur ses pas et interpella Kathleen :

– Dites-moi... Votre voyage à Barcelone avec *dear* George est-il définitivement compromis ?

Un peu surprise, la jeune femme mit quelques secondes avant de répondre :

– Compromis. Oui.

– Parfait ! Que diriez-vous de passer une semaine à Lamlash ? Vous seriez mon invitée. Il fait beau. Les excursions ne manquent pas et nous en profiterions pour reprendre mon roman.

– C'est que...

– Rassurez-vous. Je ne vous imposerai pas un tête-à-tête. Je suis consciente de l'ennui mortel qu'une telle promiscuité pourrait engendrer. Mais il y aura Morcar. Notre ami se fera un plaisir de vous balader à travers l'île.

Elle décocha au jeune homme un regard appuyé :

– N'est-ce pas, Morcar ?

– Moi ? À Lamlash ?

Il chercha une confirmation dans les yeux de son grand-père.

– Oui. Ce ne serait pas une mauvaise idée, expliqua ce dernier. Tu connais la situation. Janet a besoin de moi. Ce ne serait que pour une semaine. Tu veux bien ?

Morcar haussa les épaules avec désinvolture :

– Pourquoi pas ?

Il se tourna vers Kathleen :

– Tu viens aussi ?

Il souligna sa question d'une expression tendue, les yeux littéralement immergés dans ceux de la jeune femme, comme le jour où il lui avait demandé de jouer du Bach.

Et, comme ce jour-là, elle s'entendit répondre :

– Oui.

12

« ARCHIE RHODENBARR demeura un instant pensif :
– Vous avez téléphoné à Miss Spencer ?
– Oui, monsieur. Elle et son père seront enchantés de dîner avec vous ce soir.

– Bien, dit Rhodenbarr, l'air rêveur.

Il but d'un trait le reste de sa tisane, replaça la tasse bien au centre du plateau, puis continua :

– L'écureuil ramasse les noisettes. Il les emmagasine à l'automne afin d'en profiter plus tard. L'humanité devrait tirer des leçons de ses frères animaux. Ce que j'ai toujours fait. J'ai été le chat guettant la souris, le bon chien flairant sa piste sans jamais la quitter. Et l'écureuil aussi, mon bon George. J'ai emmagasiné un petit fait par-ci, un autre par-là. Et à présent, je vais dans ma réserve chercher une certaine noisette, une noisette que j'ai mise de côté il y a, voyons... une dizaine d'années. Vous me suivez, George ?

– J'étais loin de penser, monsieur, qu'on pouvait garder des noisettes aussi longtemps, mais je sais qu'à présent, on fait des merveilles avec les bocaux à conserves.

Archie Rhodenbarr le regarda et sourit. »

Les doigts en suspens sur le clavier de l'ordinateur, Kathleen attendit patiemment la suite du texte. Elle savait d'expérience que cette attente pouvait se prolonger.

Elle jeta un regard distrait vers la fenêtre. La mer glissait lentement contre les trois rochers qui pointaient leur crête au-dessus des vagues. Quelques promeneurs déambulaient le long de la plage. Sur la droite, légèrement décalé, Morcar était assis et fixait la ligne d'horizon. De temps à autre, sa main droite se refermait sur une poignée de sable qu'il laissait filer entre ses doigts. Clarissa et lui étaient arrivés les premiers à Lamlash ; Kathleen les avait rejoints deux jours plus tard. Elle avait jugé indispensable avant son départ de mettre les choses au clair avec *dear* George. Était-ce d'avoir fait la connaissance de Morcar qui l'avait poussée à agir si abruptement ? Sans doute pas. Le ver était dans le fruit depuis un bout de temps déjà.

Morcar...

Quelle n'avait pas été sa surprise de voir que c'était lui qui l'attendait à la descente du ferry et non Mrs Gray ! Un peu gauche, il s'était approché d'elle, avait déposé un baiser furtif sur sa joue et s'était hâté de lui expliquer – comme pour rompre la gêne – que Clarissa lui avait confié la Triumph parce qu'elle se sentait trop lasse pour faire la route.

Jamais, jusqu'à ce jour, elle n'avait ressenti pour un garçon autant de sentiments contradictoires, tout en étant incapable de définir pourquoi il la fascinait. Elle se sentait attirée par lui et dans le même temps taraudée par l'envie de fuir. Chaque fois, sans qu'elle pût se l'expliquer, c'était le premier sentiment qui l'emportait. Elle voulait aller « au bout » de Morcar, peut-être pour cerner ce mélange d'orgueil et d'humilité qui se dégageait de sa personne.

Elle caressa les touches du clavier, toujours en attente de la suite.

Mais Clarissa restait silencieuse, installée dans un fauteuil du salon, absorbée par ses pensées.

La première nuit qui avait suivi son arrivée sur l'île, Kathleen s'était sans cesse retournée dans son lit, incapable de trouver le sommeil. Pourquoi avait-elle accepté ce voyage ? Pour ne pas faire de peine à Mrs Gray qui paraissait si affectée par cette affaire de carnet, ou pour se soumettre à l'injonction de Morcar ? Car il s'agissait bien d'une injonction. Une emprise soudaine, dont il lui avait été impossible de se dégager. Quelle différence avec ce cher George ! Finalement, elle se sentait soulagée d'avoir mis fin à sa liaison avant de s'embarquer pour Arran. Elle aurait préféré le faire de vive voix plutôt que par téléphone, mais se sentait néanmoins libérée. Elle ne passerait plus des heures à l'écouter vanter les beautés d'une équation et les splendeurs de la géométrie dans l'espace. Bien sûr, le pauvre n'avait rien compris. À l'instar de tous ses ex-petits amis, son étonnement s'était mué en mauvaise foi. Lui si parfait, lui qui l'aimait tant ! Pourquoi les hommes qui vous aiment pensent-ils toujours qu'aimer suffit ? Le garçon était passé tour à tour de la protestation à l'agressivité. Elle avait eu beau essayer de le raisonner, ses arguments n'avaient recueilli aucun écho. Il ne voulait pas la perdre, un point c'est tout. Alors, en dernier recours, elle avait usé de l'arme suprême : « Je n'aime pas ta peau,

George. Je me suis toujours ennuyée avec toi dans un lit. »

La réponse fut celle qu'elle avait escomptée : un *clic* furieux dans l'écouteur. George était reparti vers ses logarithmes.

La sonnerie de la porte l'arracha à sa méditation. Elle pensa tout de suite : « C'est Morcar qui revient », mais en se dirigeant vers l'entrée, elle vit à travers la fenêtre qu'il était toujours au même endroit.

Elle ouvrit. Un homme impressionnant par sa taille était debout sur le palier :

– Bonjour, mademoiselle.

Kathleen répondit au salut et quêta l'accord de son hôtesse avant d'inviter le personnage à entrer.

– Stuart ? lança la romancière sans quitter son fauteuil. Que me vaut l'honneur ?

L'imposante silhouette du policier semblait occuper toute la pièce.

Il avança lentement et se campa devant la vieille dame :

– Vous allez bien, Mrs Gray ?

– Comme quelqu'un qui a été tiré du sommeil par une crise d'arthrite. Vous ne connaissez pas cela, vous, l'arthrite ? Une plaie.

– J'imagine.

Il indiqua le divan :

– Puis-je m'asseoir ?

– Vous interrompez une séance de travail. Néanmoins, prenez place. Il me reste un semblant de bonne éducation.

Elle interpella Kathleen :

– Vous avez quartier libre. Nous reprendrons tout à l'heure.

– Parfait. Je vais en profiter pour aller me baigner.

– Alors ? questionna Clarissa.

Stuart extirpa de sa poche une enveloppe kraft et la posa sur ses cuisses avant de s'enquérir d'une voix neutre :

– Votre séjour à Glasgow fut-il agréable ?

– Un peu contrariant.

– Contrariant ?

– Une amie a dû être hospitalisée d'urgence. L'épouse du professeur Maclean.

– Rien de grave, j'espère ?

– Les médecins ne se prononcent pas. Nous devons patienter.

– C'est bien triste.

Il garda le silence, puis :

– Est-ce que le nom de Vasile Bacovia vous dit quelque chose ?

La vieille dame fronça les sourcils :

– Oui. C'est un ami du professeur Maclean.

– Comment l'avez-vous connu ?

– Je viens de vous le dire. Par l'intermédiaire de Willy, enfin, du professeur. Il me l'a présenté un soir, à son domicile. C'était il y a quatre ou cinq jours environ.

– Et ensuite, l'avez-vous revu ?

– Si vous me disiez ce qui se passe ?

Stuart s'éclaircit la voix avant d'annoncer :

– Vasile Bacovia a été assassiné.

La vieille dame rejeta la tête en arrière dans un mouvement d'effroi.

– Assassiné ? Quand ?

– Avant-hier soir. C'est sa femme de ménage qui, hier matin, a retrouvé le corps.

Clarissa se leva, en titubant presque, et se dirigea vers le guéridon où trônait un flacon de sherry. Elle se servit largement et proposa :

– Vous m'accompagnez ?

– Volontiers.

Elle emplit à moitié un second verre et revint auprès de l'inspecteur.

– Je n'arrive pas à y croire..., murmura-t-elle à plusieurs reprises.

Et à brûle-pourpoint :

– Mais pourquoi moi ? Je veux dire, pourquoi êtes-vous ici ? Je n'étais pas une intime de M. Bacovia.

L'inspecteur ouvrit l'enveloppe et en sortit une feuille de papier qu'il remit à la romancière :

– Parce que les autorités de Glasgow chargées de l'enquête m'ont demandé d'entrer en rapport avec vous, sur la base de certaines informations trouvées au domicile de la victime. Jugez vous-même...

Elle récupéra ses lunettes. Une main avait gribouillé d'une écriture hâtive :

Clarissa Gray... Joindre Shlonsky...
Le 19 ?
Valeur rituelle ?
Le 9 = ? Neuf muses nées de Zeus au cours de neuf nuits d'amour. La gestation ? Neuf semble figurer l'achèvement d'une création.

Le Ciel ? La Terre, l'enfer ? Représentés par un chiffre ter-
naire. Neuf est la totalité des trois mondes.
Le jumeau en 0,809 ?

– Alors ? questionna Stuart. Vous dites n'avoir jamais
revu M. Bacovia. Cependant, à en croire ses notes, votre
première rencontre a dû le marquer. Je me trompe ?

La romancière but une gorgée de liqueur et conserva le
silence. Toute amorce de réponse impliquait qu'elle lui
révélât l'ensemble de l'affaire et l'existence du carnet...
Primo, il ne la croirait pas ; deuzio, le fait d'avoir dissimulé
des informations à la police pouvait avoir de fâcheuses
conséquences.

Elle prit une courte inspiration :

– M. Bacovia était professeur d'histoire des religions. Il
se trouvait chez Maclean un soir où j'y étais et nous avons
parlé de tout et de rien ; de la science des nombres entre
autres. Je suppose que les notes qu'il a prises découlaient
des questions que j'ai pu lui poser.

– Et qui est Shlonsky ?

– Je crois me souvenir qu'il s'agit d'un ami de Bacovia,
féru de numérologie.

– Vos questions devaient être bougrement importantes
pour qu'il cherche à entrer en rapport avec cet homme.
Non ?

Clarissa haussa les épaules :

– Oh ! Vous connaissez les scientifiques. Ils adorent
fureter. Tout cela était sans importance.

Stuart plongea son regard dans celui de la romancière.
Il ne la croyait pas ; c'était une évidence. Avec des gestes

mesurés, il reprit l'enveloppe et en extirpa plusieurs feuillets.

– Ils adorent fureter, comme vous dites. Et que pensez-vous de ceci ?

Clarissa n'alla pas au-delà de l'en-tête de la première page.

DE : BACOVIA VASILE BACOVIA@MAILCOM.SC
DATE : LUNDI 10 JUIN 2002 17 : 45
A : WMACLEAN@GLASGOWUNIV.SC
OBJET : DELIRIUM TREMENS

Par quel sortilège les autorités avaient-elles pu récupérer le courrier électronique expédié par le Roumain ?

Elle questionna pour masquer son trouble :

– Où avez-vous retrouvé cette lettre ?

– Tout simplement dans le disque dur de l'ordinateur de feu M. Bacovia. Une vraie manne pour la police, que ces réceptacles. Vous ne vous y connaissez pas en informatique, je suppose ? Sachez que brûler des documents dans une bonne vieille cheminée est beaucoup plus fiable que les balancer dans la corbeille d'un PC. Si vous n'effectuez pas certaines manœuvres, la plupart de vos écrits restent gravés dans les circuits intégrés et peuvent être récupérés des semaines, voire des mois plus tard.

La romancière acheva de boire son sherry avant de déclarer :

– Cette lettre vous confirme bien la teneur de notre discussion au cours de cette soirée. Vous pouvez constater que le débat tournait autour des religions. Rien de bien original, lorsque l'on a la chance de rencontrer un spécialiste en la matière.

Stuart rangea les feuillets dans l'enveloppe tandis qu'un sourire ambigu animait ses lèvres :

– Autorisez-moi une question personnelle : éprouvez-vous un vague sentiment d'estime à mon égard ?

– La réponse est oui.

– Alors pourquoi me mentez-vous ?

La vieille dame rougit malgré elle.

Le policier précisa :

– Je cite de mémoire les propos de M. Bacovia : « Je suis de plus en plus convaincu que l'auteur posthume de ce carnet est un aimable facétieux. Votre cadavre vous a joué un sacré tour. »

Il croisa les bras et contempla la romancière :

– Alors ?

Désarmée, elle ne put que répéter :

– Alors...

– Si vous me disiez toute la vérité ? Ce ne serait pas plus simple ?

Elle se claustra dans un mutisme presque enfantin.

– Je ne sais pas si vous vous en rendez compte, ajouta le policier, mais il ne s'agit plus d'une affaire de fantôme. Nous avons un meurtre sur les bras. Un vrai. Avec un vrai cadavre. Il vient s'ajouter, sans que je puisse établir de lien, à celui de l'Irlandais retrouvé sur la route de Corrie. Et je ne vous ai pas tout dit...

Il la fixa avec une soudaine gravité :

– Bacovia est mort quasiment décapité. La lame de son meurtrier a entamé si profondément sa gorge que la tête ne tenait plus qu'aux cartilages. Curieuse coïncidence, vous ne trouvez pas ?

– Égorgé ? bredouilla Clarissa. Égorgé ? De la même manière que l'autre ?

– N'ayant pas examiné « l'autre », je ne peux vous répondre, hélas.

Le regard de Clarissa traversa l'inspecteur comme si elle ne le voyait plus, mais observait une chose invisible située derrière lui, très loin.

– Très bien, annonça-t-elle d'une voix décidée. Je vais tout vous dire. Mais je vous préviens : vous ne me croirez pas.

Elle ajouta très vite :

– Pas plus que vous ne m'avez crue la première fois.

– Je vous écoute.

Elle lui avoua tout. Le carnet, le code Marie Stuart, l'omniprésence du mystérieux jeune homme, le coup de téléphone et, alors qu'elle achevait son récit, une idée surgit tout à coup qui lui donna la nausée : *Et si la maladie de Janet faisait partie de ce puzzle ?* Le jeune homme n'avait-il pas déclaré : « Il y va de la vie de Mrs Maclean... Faites vite ! » ? Bacovia mort, Janet serait donc la suivante ?

Dans un ultime effort, elle confia son pressentiment et se tut, vidée. Son attention se porta machinalement vers la fenêtre ouverte sur la mer. Elle avait besoin d'air frais, d'espace. Elle se sentait étouffer. Dans le couchant, Kathleen et Morcar nageaient tout près l'un de l'autre. Trop près, se dit-elle...

– C'est une bien curieuse histoire, finit par déclarer Stuart.

Elle ironisa :

– Je suis romancière, Thomas, l'auriez-vous oublié ? J'ai un imaginaire débordant.

À peine eut-elle achevé sa phrase qu'elle se rendit compte qu'elle l'avait appelé par son prénom.

– C'est exact, dit-il, sans relever la familiarité. Pourtant, quelque chose me dit que cette fois votre imaginaire a trouvé son maître.

Il leva son verre :

– M'accorderiez-vous un autre sherry ?

Elle trotta jusqu'à la bouteille, tandis qu'il demandait :

– Et comment va Mrs Maclean ?

– État stationnaire, hélas.

Il revint s'asseoir :

– Si vous voulez mon avis, vous avez bien fait de laisser tomber cette affaire. Il se dégage d'elle quelque chose de (il chercha le mot juste) malsain.

– Malsain ?

– Nous sommes en Écosse, ne l'oubliez pas.

– Quel rapport ?

– La patrie de l'inexplicable. L'inexplicable me fait peur.

– Peur ? Et moi qui vous croyais les pieds sur terre.

Stuart se cala dans le fauteuil :

– Je suis policier, mais je suis aussi et avant tout écossais. Nous vivons dans un pays qui respire le surnaturel. Les chemins, les tourbes, les lacs, les montagnes. Et jusqu'à notre drapeau ! Lié sur une croix, au fin fond de la Grèce, saint Andrew, notre protecteur, a continué de prêcher l'Évangile jusqu'à sa mort. Le roi Angus eut une vision où saint Andrew lui disait de marcher sur ses ennemis avec une croix blanche diagonale contre le ciel bleu. Cette bannière qui le mena à la victoire est aujourd'hui notre drapeau national. Le drapeau d'une légende ! Vous pouvez sourire, mais je sais, pour en avoir été témoin, que dans certaines maisons résonnent certains soirs les lamentations de la fée Bean Sidhe, lorsque la mort s'apprête à fondre sur l'un des membres de la famille. Non loin d'ici, vous n'êtes pas sans savoir qu'à Machrie Moor se dressent de mystérieux cercles de pierres hantés par l'esprit des druides. Le Kelpie, ce cheval magique qui peut prendre la forme d'un homme afin d'attirer des jeunes filles au loin, galope dans nos vallons les nuits de pleine lune. Rappelez-vous aussi les Selkies, capables de changer de forme à volonté, pour se montrer tantôt humains, tantôt phoques. Et je ne vous parlerai pas de Nessie. Notre monstre du Loch Ness. Tout, chez nous, baigne dans la fantasmagorie. Nous ne sommes pas un pays, nous sommes un mythe incarné.

– Vous avez raison. Mais nous sommes aussi des esprits cartésiens. Le monde nous doit la pénicilline, la télévision, le golf.

– Cartésiens et celtes. Halloween n'est pas la moindre de nos traditions.

Il répéta :

– Je me méfie du surnaturel, Clarissa Gray. Méfiez-vous-en aussi...

Le silence retomba.

La vieille dame observa distraitement ses mains. Depuis qu'elle était rentrée à Lamlash, elle souffrait le martyre. Elle se refusait à avoir recours aux anti-inflammatoires qui dévastaient son estomac. Il faudrait pourtant qu'elle s'y résigne.

– Que comptez-vous faire ? questionna-t-elle enfin. J'imagine que vous allez devoir transmettre à Glasgow tout ce que je vous ai confié ?

– Vous plaisantez ? Au pire, ils vous feraient enfermer ; au mieux, ils débarqueraient ici et vous harcèleraient de questions. Non. Je ne leur dirai que l'essentiel. Vous avez connu Bacovia chez Maclean, vous avez débattu des religions. Un point c'est tout.

Elle chuchota :

– Merci, Thomas... Vous êtes quelqu'un de bien.

Il fit un mouvement évasif, brusquement intimidé.

– Dites-moi, reprit-elle. Avez-vous eu de nouvelles informations à propos de cet Irlandais retrouvé mort sur la route de Corrie ?

– Oui. Rien à voir avec l'IRA. Il faisait partie d'une bande de malfaiteurs et a été victime d'un règlement de comptes. La police de Dublin est sur la piste de son meurtrier.

– Bizarre tout de même. Comment expliquez-vous cette ressemblance avec *mon* cadavre ?

– Le hasard. Je n'ai pas la réponse.

Elle montra la feuille sur laquelle Bacovia avait couché ses dernières notes :

– Je peux la conserver ?

Il fronça les sourcils :

– N'avez-vous pas dit que vous abandonniez l'affaire ?

– Parfaitement. Mais ces gribouillis n'ont rien à voir avec

mon histoire d'ange. C'est juste un souvenir de ce pauvre Bacovia.

Il poussa la feuille vers elle :

– Gardez-la. Je possède un double.

Elle conserva un instant le silence, puis :

– Finalement, nous nous connaissons depuis des années et je ne sais rien de vous.

– Peut-être n'y a-t-il pas grand-chose à savoir.

– Êtes-vous marié ? Avez-vous des enfants ?

– Non. Je ne suis pas un homme que l'on épouse. Les ours font peur.

Le ciel crépusculaire s'était glissé dans le salon. Clarissa tendit la main vers la lampe posée près du divan.

Stuart se leva alors que jaillissait la lumière.

– Je vous laisse. Vous avez du travail. Je vous tiendrai au courant.

Elle fit mine de se lever, mais il la retint d'un geste :

– Ne vous dérangez pas.

Alors qu'il repartait vers la porte, il l'entendit qui disait :

– Si vous ne faites rien de particulier samedi soir, venez donc dîner à la maison. Je déteste cuisiner, mais pour vous je ferai un effort.

Il fit volte-face, les yeux ronds :

– Vous n'êtes pas sérieuse ?

– Si, répliqua-t-elle avec un sourire en coin. Je déteste cuisiner.

– Dans ce cas, je me chargerai du dessert. Je suis passé maître dans l'art de préparer des *carrot cakes*. Ce sera toujours ça de réussi. À samedi, Mrs Gray.

Clarissa attendit quelques instants. Lorsqu'elle entendit

la voiture de Stuart s'éloigner, elle se précipita vers le téléphone et composa le numéro des renseignements.

— Shlonsky, murmura-t-elle à la standardiste, Samuel Shlonsky. Je n'ai pas son adresse, mais je sais qu'il habite à Lindisfarne...

13

M ORCAR était couché contre Kathleen. Dans la chambre pleine de nuit, il lisait son corps, son visage, avec ses mains. Lentement, ses doigts prenaient la forme des courbes et des vallons. La peau était douce, et les senteurs iodées qui s'en dégageaient avaient un goût de sel. C'était donc cela un corps de femme ? Une île, un naufrage. Sa langue effleura timidement l'aréole d'un sein ; la pointe se raidit au contact de sa salive. Morcar ne savait plus si c'était lui qui se nourrissait de Kathleen ou si c'était Kathleen qui se désaltérait au contact de ses lèvres.

Il déplaça sa joue contre le bas-ventre de la jeune femme dans un geste d'enfant en manque. Par-delà les murs de la pièce, on entendait les battements de la mer qui submergeaient leurs battements de cœur.

Il glissa sa bouche vers l'entrecuisse, presque timidement, craignant un refus, de peur de briser le cristal, que le miracle n'aille pas à son terme. De la sentir qui s'écartait, qui s'offrait, qui lui faisait don sans retenue du plus intime de son être, il s'enhardit et but à la source.

Elle se cabra légèrement.

L'univers entier était là, incarné dans cette béance, cette cicatrice qui donnait la vie. L'univers, le cosmos, la Voie lactée, les constellations, le mouvement des planètes, la radiation mystérieuse des quasars ne faisaient plus qu'un en ces quelques centimètres de chair, de sang et d'eau.

Morcar ne s'était jamais senti si proche de la vérité. La seule. Jusque-là, il n'avait su des Pléiades que leur miroitement glacial. À présent, il percevait leur chaleur. Et c'était bien.

Kathleen gémissait.

Était-ce plaisir ou douleur ? Plaisir sûrement. Le mélange de leurs peaux était si bon pour Morcar qu'il n'aurait pu en être autrement pour elle. Quelque chose lui soufflait que l'osmose serait imparfaite s'il ne s'insérait en elle. Il se releva et se coucha sur le corps de la jeune femme. Torse contre seins, ventre contre ventre, souffle contre souffle. Elle poussa un cri de délivrance quand ils ne firent plus qu'un.

Maintenant, tout était si clair, si évident. L'ultime mystère se révélait dans toute son innocence. Et il comprit que l'éternité, la vraie, ne pouvait être que là, en cet instant précis et dans leurs semences confondues.

L'aube les retrouverait soudés l'un à l'autre.

Et l'aube venait de jaillir du fond de la mer.

Clarissa se glissa dans sa robe de chambre en soie ; seul luxe qu'elle se fût jamais offert, et encore, parce qu'elle avait eu l'occasion d'acquérir pour un prix raisonnable des mètres de brocart auprès d'un marchand ambulant de Madras.

Elle se rendit directement à la cuisine. Dehors, le ciel était maussade, moucheté de nuages gris sale. Pendant que l'eau frémissait dans la bouilloire, elle disposa sur la table son sacro-saint bol de porridge, pressa un jus de pamplemousse frais et sortit du frigo deux œufs, des tranches de lard et de la marmelade d'orange amère. Une dizaine de minutes plus tard, son petit déjeuner était prêt.

C'est alors qu'elle portait le jus de fruit à ses lèvres qu'elle vit le jeune homme vêtu d'un costume prince-de-galles. Venait-il seulement d'apparaître dans l'encadrement de la porte ou était-il là depuis un moment déjà ? Elle laissa échapper le verre qui s'écrasa sur le sol dans un bruit sourd, cependant que le jeune homme levait la main en un geste implorant :

– Non ! N'ayez pas peur ! Je ne vous veux aucun mal.

Il fit mine d'avancer.

– Ne bougez pas ! s'écria-t-elle. Restez où vous êtes !

Elle précisa :

– Je vous préviens : je ne suis pas seule. Mon fils et sa fiancée sont au rez-de-chaussée.

Le personnage sourit avec indulgence :

– Allons, Mrs Gray, vous savez bien que vous n'avez pas d'enfant. Il s'agit de Morcar, le petit-fils du professeur Maclean, et de Kathleen, votre secrétaire. Je vous le répète. Ne craignez rien. Accordez-moi seulement quelques minutes. Il est sur mes traces. Il ne va pas tarder à me retrouver.

– *Il* ? De qui parlez-vous ?

– De celui qui a tué Vasile Bacovia. Bacovia et tous les

autres. Et bientôt ce sera au tour de Janet Maclean. Ce soir... demain...

– Janet va mourir ?

– Elle est déjà presque morte... Ce n'est plus qu'une question d'heures. Moi-même je suis en sursis.

Il glissa une main nerveuse dans ses cheveux :

– Vous aussi, Mrs Gray. Vous ne pouvez ignorer que vous courez un grand danger. Je me demande d'ailleurs pour quelle raison mystérieuse il n'a pas encore cherché à vous éliminer. Mais votre tour viendra, c'est sûr.

Le dialogue s'était amorcé à l'insu de la vieille dame.

– Celui qui tue est doté de pouvoirs immenses... Vous en êtes consciente, n'est-ce pas ?

Il osa un pas en avant. Devant son absence de réaction, il s'enhardit et s'approcha un peu plus. Bientôt, il fut devant la table et tout naturellement s'assit sur la chaise vide en concluant :

– Sinon, comment expliquer que nous soyons devenus de misérables mortels ?

– *Nous* ?

– Iah-Hel, Yeliel, Elemiah, Kaliel, Raphaël, Mihahel et, bien sûr, le plus noble d'entre nous, celui qui a tenté en vain de vous joindre : Gabriel.

Clarissa s'agita sur sa chaise :

– Si vous vouliez bien me faire l'insigne honneur de commencer par le début ?

– Je ne demande pas mieux, Mrs Gray. Voilà des jours que j'essaie de m'entretenir avec vous. Sur le ferry, dans le bus. La dernière fois, alors que vous rentriez à votre hôtel, j'ai failli réussir. Mais vous m'avez fait si peur...

En d'autres circonstances, cette dernière remarque aurait fait pouffer de rire Clarissa.

– Si vous me disiez enfin qui vous êtes ?

– Daniel. Je fais partie des anges qui appartiennent à la sphère mineure. J'évoluais dans l'ombre de Gabriel. J'étais son confident, son ami, pour employer l'une de vos expressions.

– Vous êtes un... ?

Elle se refusait à articuler le mot. Ce fut lui qui prit les devants :

– Un ange, oui.

Elle se mordit la lèvre inférieure :

– Un ange...

– Oui, je sais. Je vous choque parce que je ne suis pas tel que vous nous imaginez. D'ailleurs, nous n'avons jamais saisi pourquoi vous aviez opté pour cette étrange figuration. Les ailes, l'auréole, etc. Et surtout pourquoi vous avez décrété que seuls les anges masculins ou – pire – asexués existaient. Il existe aussi des anges femelles. Elles sont au nombre de trois : Yeliel, Iah-Hel, et Samel.

– Et je dois vous croire...

– Parce que vous doutez encore ? Comment est-ce possible ? Vous avez pourtant lu le carnet ! Vous avez décrypté les notes de Gabriel. Il a donné sa vie pour venir à vous et vous doutez ?

Il se pencha vers elle :

– Vous *devez* me croire, Mrs Gray ! Non seulement parce que vous avez vu Gabriel mort, mais aussi – j'allais dire surtout – parce que vous êtes femme. Que faites-vous de votre instinct ? N'est-ce pas un don qui vous différencie des mâles ? Il devrait vous crier que je ne vous mens pas !

Clarissa souleva les bras et les laissa retomber :

– Mettez-vous à ma place... monsieur Daniel, et sachez que mon instinct féminin ne m'empêche pas d'être quelqu'un de rationnel. De plus, pour votre malchance, je n'ai rien d'une grenouille de bénitier, rien non plus d'une fanatique des Saintes Écritures. Je suis profondément croyante, mais ma croyance a des limites.

Il secoua la tête avec gravité :

– J'ai honte de l'avouer, mais je suis en accord avec ce dernier point. Parfois, je me demande si au tréfonds de moi je ne suis pas athée, ou disons agnostique. C'est plus prudent...

– Un ange agnostique...

– Est-ce ma faute ? Je n'ai jamais vu cet être ou cette force suprême que l'on surnomme Dieu. Il fait l'objet de toutes les rumeurs. Chez nous aussi il a ses partisans et ses détracteurs.

– *Chez vous* ?

Daniel parut écrasé par la difficulté de la tâche.

– C'est l'endroit que vous, humains, appelez le « paradis ».

Clarissa se figea. Alors qu'une voix intérieure lui criait qu'elle se trompait, elle voulut tout de même se convaincre que la déraison qui, depuis le début, gouvernait cette incroyable histoire, venait enfin d'atteindre son point culminant. Après avoir pris une profonde inspiration, elle s'exprima d'une voix aussi calme que son état le lui permettait :

– Récapitulons. Vous êtes un ange agnostique. Vous arrivez du paradis.

L'autre confirma avec un naturel désarmant.

– Prouvez-le-moi.

– Je vous demande pardon ?

– Vous avez bien compris. Si vous souhaitez que nous poursuivions cet entretien, donnez-moi la preuve de ce que vous avancez.

– Quelle preuve ?

– Qu'est-ce que j'en sais ! Vous n'avez pas d'ailes, pas d'auréole, mais vous possédez bien des pouvoirs, non ?

– Oh ! Si peu.

– Dans ce cas, cher monsieur, je crains que notre conversation s'arrête là.

Il se leva, marcha jusqu'à la fenêtre ouverte sur le jardinet qui jouxtait l'arrière de la maison. Clarissa le vit qui scrutait les alentours, à l'affût de quelqu'un ou de quelque chose. Rassuré, il ferma les yeux et récita – car il s'agissait bien d'une récitation :

– *John Keats. Du génie. La beauté à l'état pur. Ah ! Si seulement j'avais pu me laisser aller à mon autre passion : la poésie. Mais mes lecteurs m'auraient-ils suivie ? Prendre un pseudonyme ? J'y ai songé : Mary Westmacott.*

Sur sa lancée, il enchaîna :

– *Liberté. J'étais libre. Martyrisée par mes crises d'arthrite, seule, mais libre. Au départ, pourtant, rien ne me prédisposait à vivre autrement que dans un carcan. Mon père, Lord Archibald Gray, brillant homme d'affaires, membre du Parlement, conservateur obstiné et inventeur du despotisme, m'avait éduquée pour la seule fonction féminine*

qu'il concevait : celle de mère et d'épouse... Pauvre Janet.
Tous ces personnages en souffrance dont on se dit qu'ils ne
l'ont pas mérité. Loterie fielleuse gouvernée par on ne sait
qui ni pourquoi.

Il se décida à rouvrir les yeux et fixa la vieille dame :

– *Chère Mrs Gray, vous devriez savoir que le bonheur écrit*
à l'encre blanche sur des pages blanches.

– Arrêtez ! hurla Clarissa. Arrêtez !

Il poursuivit quand même, indifférent à l'émoi qu'il
suscitait. Le son de sa voix était devenu métallique. Plus
glacial que toutes les banquises ; plus lointain que les
plus vieilles galaxies. Il émanait de ces étoiles mortes
depuis des millions d'années et dont l'éclat nous parvient
encore :

– *Il s'appelait Jean. Il me modela comme si j'eusse été faite*
de glaise. J'avais adoré chaque instant, aimé ses mains posées
sur moi. Je l'avais respiré, je m'étais fondue en lui.

Clarissa bondit de son siège et plaqua violemment sa
paume sur les lèvres du jeune homme.

– Taisez-vous ! vous dis-je. Taisez-vous !

Il fit un bond en arrière, surpris :

– Calmez-vous. Je ne voulais pas vous heurter. Vous...

– Vous rendez-vous compte de ce que vous venez de
faire ?

Elle s'exprimait en hoquetant, au bord des larmes.

– Vous souhaitiez une preuve...

– Révéler la pensée des êtres ? Mettre leur âme à nu !
Fouiller leur intimité ! Ne voyez-vous pas que c'est monstrueux !

– Je vous avais prévenue. Les anges ont peu de pouvoirs,

particulièrement les anges mineurs ; je n'avais que cette preuve à vous offrir. Ne m'en tenez pas rigueur. Votre âme vous appartient, de même que vos pensées. Je ne suis qu'un buvard. J'absorbe les pans de vie de certains êtres, mais je suis incapable de les retransmettre à qui que ce soit si ce n'est à leur propriétaire.

– Il n'en demeure pas moins que c'est monstrueux. Vous vous êtes comporté comme un vulgaire cambrioleur.

– Non, Mrs Gray. Comme un miroir. Je suis devenu pendant quelques instants votre reflet. C'est tout.

Elle alla se rasseoir et s'enferma dans le silence.

– Il faut que nous parlions, maintenant, dit-il en la rejoignant. Pitié. Le temps presse. Vous ne voulez pas que Janet meure, n'est-ce pas ? Et vous ne voulez pas mourir, pas maintenant ?

Elle gomma discrètement ses joues humides :

– Je vous écoute.

Il joignit les mains dans une attitude recueillie :

– Tout a commencé par le meurtre de Kaliel. Nous l'avons découvert (il hésita sur le terme) un matin ou une nuit. Le...

Elle le coupa aussitôt :

– Un matin ou une nuit ?

– C'est que nous n'avons pas la même notion que vous du temps. Jour, nuit... L'éternité s'écoule hors des saisons, des heures, des couchants ou des aurores. Mais ne m'interrompez pas, s'il vous plaît. Je vous l'ai dit, le temps nous est compté.

Elle vit défiler les mots latins inscrits dans le carnet :

Tempesta unus, eadem tempesta... « Temps un, même temps »... Elle était donc là l'explication...

Il poursuivit :

– Ainsi, il y eut le premier meurtre. On retrouva Kaliel la gorge tranchée. C'était horrible. La terreur la plus extrême émanait de tout son être. Mais nous aussi étions horrifiés. Et pour cause... *Nous, les anges, étions devenus mortels.* Mortels ! Comprenez-vous ce que cela représente ? Jusque-là, les affres de la fin, la cassure, l'arrêt de tout nous étaient inconnus. Nous étions de toujours, nous vivions pour toujours. La pensée que tout pouvait s'achever d'un seul coup ne nous a jamais effleurés. La peur, l'angoisse et le questionnement nous furent longtemps sentiments étrangers, jusqu'à ce que...

Manifestement, la description de sa condition nouvelle le plongeait dans la plus totale désespérance. Clarissa se retint pour ne pas lui lancer que sa prise de conscience n'éveillait en elle aucune compassion, que ce qu'il décrivait là était le destin de milliards d'humains.

– Après l'assassinat de Kaliel, ce fut au tour d'Elemiah. Des femmes-anges mouraient aussi. Nous étions dans l'impuissance, simples témoins d'un odieux compte à rebours.

Il énuméra en prenant appui sur ses doigts :

– Dix, neuf, huit...

– Dix ? releva Clarissa. Pourquoi commencez-vous par dix ?

– Parce que tel est – il rectifia – *était* notre nombre. Dix anges, divisés en deux états. Trois supérieurs et sept inférieurs. À l'heure où je vous parle, il n'en reste plus que deux : Samel et moi. Samel étant un ange majeur. Un ange-femme. Mais elle est tapie quelque part et n'ose plus se manifester tant sa peur est grande.

– Vous n'êtes que dix ?

Elle sourit malgré elle :

– Et moi qui pensais que nous avions tous un ange gardien.

– Encore une de vos idées reçues. Nous avons déjà bien du mal à nous protéger nous-mêmes ; si en plus nous devions nous occuper de l'humanité...

Il désigna la théière :

– J'ai la gorge si sèche.

Elle poussa la tasse vers lui et en profita pour s'informer :

– Face à cette hécatombe, comment avez-vous réagi ? Vous n'êtes quand même pas restés les bras croisés à guetter la prochaine victime ?

– Bien sûr que non ! Gabriel a immédiatement pris la direction des opérations et nous nous sommes organisés pour tenter de percer à jour l'instigateur de ces crimes monstrueux. Seulement voilà, nous avons très vite été dépassés par la difficulté de la tâche.

– Malgré vos pouvoirs ?

– Je vous l'ai dit, ils ne sont pas aussi puissants que les hommes se plaisent à l'imaginer ; sans compter que nous sommes victimes d'un handicap de taille : la connaissance du mal nous étant totalement étrangère, nous sommes privés de cet esprit si – pardonnez-moi l'expression – retors, propre aux humains. Comment décrypter des agissements néfastes, comment les prévenir, alors que nous ignorons tout de la pensée qui les guide ? Pour vaincre le méchant, il est indispensable de réfléchir en méchant. Cette démarche nous est étrangère.

– Et Dieu dans cette affaire ? Pourquoi n'avez-vous pas réclamé son aide ? Vous vivez bien au paradis, non ? On ne saurait rêver meilleure situation et, si j'en crois les Écritures, vous êtes supposés avoir été créés par Lui ! L'armée céleste, c'est vous !

Daniel dodelina de la tête tristement :

– Oh ! Mrs Gray. Ce ne sont pas nos appels au secours qui ont manqué, soyez-en convaincue. À genoux, debout, suppliants... Nous avons pratiqué toutes les formes de prières, sangloté toutes les adjurations. Hélas, nous n'avons pas obtenu la moindre réponse. Il n'y a pas eu l'ombre d'un signe. Rien. Le silence.

Il laissa échapper un soupir :

– D'ailleurs, n'êtes-vous pas vous aussi ses créatures ? Vous répond-Il lorsque vous gémissez vers Lui ?

Il désigna les doigts déformés de la vieille dame :

– Regardez vos mains... Vous est-il arrivé de prier pour que cette affection disparaisse ?

– J'ai eu cette faiblesse, oui. Dans un mouvement de désespoir.

– Et vous n'avez pas été entendue. Nous sommes – dans une moindre mesure – logés à la même enseigne.

– Un *serial killer* au paradis, soliloqua la vieille dame à voix basse, un ange agnostique et un Dieu indifférent. Tout ceci est d'une logique absolue. Mais poursuivez tout de même.

– Gabriel était féru de vos ouvrages...

– Voulez-vous répéter ?

– C'est la stricte vérité. Gabriel dévorait vos romans. Il lui arrivait même, tant il était impatient, de ne pas attendre la parution du prochain livre et de se glisser chez vous pour lire le manuscrit en cours derrière votre épaule. Pourquoi êtes-vous si surprise ? Ah ! Je comprends ! Toujours ces stéréotypes... Nous lisons beaucoup, figurez-vous. Notre bibliothèque contient tous les livres de l'univers. Heureusement. Sinon l'éternité nous serait devenue insupportable. Pour ma part, j'ai une passion pour Camus. Connaissez-vous *Le Mythe de Sisyphe* ? Un joyau. Il fut longtemps mon livre de chevet. Probablement à cause de cette idée de l'absurde si admirablement explicitée : « Lever, métro, des heures de bureau ou d'usine, repas, sommeil et lundi, mardi, mercredi, jeudi, vendredi et samedi sur le même rythme... » Vous n'allez pas me croire, mais c'est un peu notre existence. Nous végétons, nous nous languissons, jusqu'au jour où un ordre survient et nous voilà envoyés en mission dans votre monde.

– Un ordre de Dieu donc...

– Je suppose. Comment en être sûr ? Un ordre violent en tout cas, une impulsion insoutenable. Plongés dans un état second, nous nous mettons en route, et nous suivons à la lettre les directives. Une fois notre mission accomplie, nous revoilà propulsés dans notre condition première et tout recommence : *sommeil et lundi, mardi, mercredi, jeudi, vendredi et samedi...*

– Si nous revenions à ces meurtres et à votre ami Gabriel ?

– Vous avez raison, je m'égare. Ainsi que je vous le disais, Gabriel était passionné par vos intrigues policières. Il pensait que vous étiez un véritable génie. Alors, un jour, devant notre impuissance, il a émis l'idée de vous confier l'enquête. Il estimait que, s'il existait une personne au monde capable de découvrir le meurtrier, ce ne pouvait être que vous.

– Vous m'en voyez flattée. Mais, mon ego dût-il en souffrir, j'ai beaucoup de mal à croire que votre ami Gabriel ait jeté son dévolu sur moi pour la seule raison qu'il appréciait mes romans.

– Vous n'avez pas tort. Il existe, du moins je le pense, plusieurs autres éléments qui ont influencé sa démarche : votre refus du monde, votre exil, votre rejet des honneurs, et surtout un point essentiel : vous êtes une femme.

Clarissa fronça les sourcils.

– Oui, reprit Daniel, aux yeux de Gabriel, les femmes sont supérieures aux hommes. Elles le sont par leur instinct, leur grande sensibilité, leur capacité à résister à la souffrance, la faculté qu'elles ont de porter et de donner la vie. Si on y ajoute la perspicacité, le sens de l'analyse d'un écrivain de romans policiers, l'ensemble peut se révéler hautement efficace. C'est pour toutes ces choses que Gabriel vous a choisie.

– Mener une enquête au paradis, voilà qui manquait à mon palmarès.

– Vous ne me croyez toujours pas. Pourquoi persistez-vous dans l'ironie ?

Elle éluda la réponse et s'enquit :

– Pourquoi le carnet de Gabriel mentionne-t-il une suite de personnages bibliques ? Je veux parler de Moïse et des autres. Que veulent dire ce nombre : 19 et cette phrase sibylline : « Le jumeau est en 0,809 » ?

– Je n'en ai pas la moindre idée. En revanche, pour ce qui est des personnages, l'explication est simple : ils nous côtoient. Ils partagent le même lieu. On trouve ici et là des représentants de la Torah, du Nouveau Testament, du Coran. Mais aussi certains adeptes de Bouddha et quelques laïques. Tout ce monde ne dépasse pas la trentaine. Ne me demandez pas pourquoi ni en vertu de quoi le tri se fait. Je serais incapable de vous répondre. Une chose est sûre : voilà un bail qu'il n'y a pas eu de nouveaux arrivants. Dommage. C'est un peu lassant de voir toujours les mêmes têtes. Mais au-delà du fait que ces personnages vivent à nos côtés, il y a une raison plus importante encore à leur présence dans le carnet.

Il se versa une seconde tasse de thé avant d'annoncer :

– J'ignore comment Gabriel est parvenu à cette conclusion : pour lui, il ne faisait aucun doute que le coupable se trouvait parmi ces gens. La dernière action qu'il a accomplie fut de dresser la liste de ceux qu'il suspectait le plus.

Il glissa la main droite dans la poche intérieure de sa veste et en sortit une feuille pliée en quatre qu'il confia à la vieille dame :

– La voici.

Elle déplia la feuille et lut :

MOSHE

YESHOUA

MOHAMMED.

Cette fois, Clarissa ne put s'empêcher de partir d'un éclat de rire :

— Moïse, Jésus, Mahomet ? Le meurtrier en série serait l'un de ces prestigieux personnages ?

— Il en était persuadé.

— Soyons sérieux. Vous imaginez Jésus ou Mahomet un couteau de boucher à la main en train de trancher la gorge d'un ange ?

Daniel fit une moue dubitative :

— Je reconnais que c'est inconcevable, mais Gabriel, lui, semblait en être convaincu.

— Sur quelles bases ? Quels indices ? Quel motif pousse-rait ces prophètes à trucider vos congénères ? Pour tout meurtre, il faut un mobile, comprenez-vous ? On ne tue pas gratuitement, pour le simple plaisir de tuer. Ou alors on est fou.

— Que vous répondre ? Je vous répète que ce sont les conclusions auxquelles était parvenu Gabriel. Je n'en sais pas plus. Hélas. Dans les derniers temps, mon ami était devenu... comment dites-vous ? Paranoïaque ? C'est bien le terme ?

Elle confirma.

— Il n'osait même plus se confier à moi. Il voyait des menaces partout. Il vivait en reclus. Éteint. Prostré.

— Résumons-nous. Un meurtrier en série sévirait au paradis. Devant votre incapacité à l'identifier, Gabriel se serait rendu chez moi pour me confier l'affaire et ses soup-çons. Il aurait été rattrapé par l'assassin et égorgé sur place. C'est bien cela ?

— Absolument. Mais sachant qu'il était en sursis, il a pris

le soin de déposer le carnet à la consigne de Brodick. Ainsi, s'il venait à être assassiné à son tour, une preuve subsisterait. Pour les mêmes raisons, il a jugé plus sûr de me confier la liste des suspects et m'a chargé de vous la remettre au cas où il disparaîtrait.

— Et pour quelle raison avez-vous attendu si longtemps pour me la remettre ?

Daniel répondit par une question :

— N'était-il pas plus sensé de vous laisser le temps de décrypter le carnet et d'assimiler une partie de ses éléments ?

— Si ma mémoire est bonne, Gabriel a écrit dans son carnet : « *Maintenant, je n'ai plus d'autre choix que de briser les lois et de prendre apparence humaine comme je le fis en d'autres temps.* » Expliquez-moi...

— Bien qu'identiques à vous physiquement, nous n'avons pas la possibilité d'intervenir sur Terre tels que nous sommes. Nous serions réduits en poussière. Nous sommes donc contraints d'attendre que décède un humain pour endosser son enveloppe. Moi-même j'ai saisi l'occasion de la mort d'un jeune homme distrait qui traversait, ici sur l'île, une rue de Kildonan hors des passages cloutés.

— J'en déduis donc que votre ami a accaparé le corps de ce malfaiteur irlandais abattu sur la route de Corrie ? D'où la ressemblance...

— C'est exact.

La romancière se leva brusquement et se dirigea vers un petit tableau blanc qui lui servait de pense-bête, accroché au-dessus de l'évier. Elle prit le feutre rouge qui y était lié par une cordelette et inscrivit d'une écriture cassée :

19 heures. 1 heure 45. Hiatus : cinq heures. Ardrossan/ Brodick. *O'Casey ? Mais avant ?*

Elle s'informa :

– Quand avez-vous discuté avec Gabriel pour la dernière fois ?

– Le jour où il m'a remis la liste des suspects. Juste avant de s'incarner pour vous rencontrer.

– C'est-à-dire le jour même où il s'est embarqué d'Ardrossan pour Brodick. Pourriez-vous situer l'heure de votre dernière rencontre ?

– Heu... je crois bien que c'était aux alentours de 5 heures 30 de l'après-midi de vos heures terrestres. Je m'en souviens parce qu'il m'avait dit de le suivre à Ardrossan. Il savait que deux hommes allaient mourir. Le premier à Ardrossan vers 6 heures, et le second, le lendemain à l'aube, à Kildonan.

– Il a donc endossé le corps du premier et vous a laissé le second.

– Exactement. Pourquoi ces questions ? Ce ne sont que des détails.

La romancière s'enflamma :

– Écoutez-moi attentivement, monsieur Daniel. Je suis un auteur de romans policiers, et c'est bien en tant que tel que votre ami Gabriel m'aurait élue. Vous l'avez rappelé, s'il m'a choisie, c'est pour mon aptitude à décortiquer les indices, fussent-ils les plus anodins. Les éléments « terrestres » de votre puzzle ne s'emboîtent pas.

– Quelle importance ! Vous avez le nez collé à la fresque alors que vous devriez prendre du recul !

– Vous êtes inconscient, ma parole ! Vous faites irruption dans ma cuisine pour m'annoncer que vous êtes un ange, agnostique de surcroît, qu'un tueur sévit au paradis et qu'il pourrait se cacher entre Moïse et Jésus et, pour couronner le tout, vous me racontez que l'archange Gabriel en personne – fervent lecteur de mes romans – se serait incarné dans le corps d'un voyou irlandais pour venir me confier l'enquête. Et je ne devrais pas chercher à approfondir les choses !

Elle avait crié sans s'en rendre compte.

Il répliqua avec la même intensité :

– Vous réclamiez une preuve ! Ne vous l'ai-je pas donnée ?

Elle récupéra la tasse et versa le thé :

– J'ai besoin de réfléchir.

– Vous n'en avez pas le temps ! Demain, ou ce soir, vous serez peut-être morte. Et moi aussi.

Il était à deux doigts de fondre en larmes :

– Nous sommes peut-être peu perspicaces, nous les anges. Mais c'est fou ce que vous les humains êtes incrédules.

– Que voulez-vous ? Chacun ses faiblesses.

Elle s'empressa d'ajouter :

– Il y a une dernière question – la plus essentielle – que je ne vous ai pas posée. Si j'acceptais de me lancer dans cette aventure, pourriez-vous me dire par quel enchantement je pourrais agir ? Aux dernières nouvelles, vos suspects sont au paradis et moi sur Terre. Avez-vous l'intention de me tuer pour que je sois en mesure de les interroger ? Car vous pensez bien que tout enquêteur digne de ce nom doit se livrer à un interrogatoire en bonne et due forme. Alors ?

– Effectivement. C'est un argument. Cependant, je sais que Gabriel avait envisagé une solution. Elle doit être consignée quelque part dans ses dossiers. Je vais la retrouver.

– Très bien. Alors je vous propose que nous nous revoyions quand vous aurez mis la main dessus.

Il se leva, l'air épuisé, et laissa tomber dans un soupir :

– Ai-je le choix ? À bientôt, Mrs Gray. Enfin... si je ne suis pas mort avant.

14

ENVELOPPÉE dans un chandail, elle marchait le long de la plage encore déserte. Pas une ride sur la mer. Tout était si paisible, si serein. À l'est se découpait la silhouette brune de l'île sainte.

Figurez-vous que juste en face, sur l'îlot de Lindisfarne, réside un de mes vieux amis, Samuel Shlonsky... Si vous aviez l'intention de poursuivre cette aventure, je pense qu'il pourrait vous aider.

Les renseignements téléphoniques n'avaient pu lui communiquer l'adresse de cet homme. Mais elle ne doutait pas qu'une fois sur place, il serait aisé de le retrouver. Lindisfarne n'était pas une île, mais un îlot.

« Mon instinct féminin ne m'empêche pas d'être quelqu'un de rationnel. » Rationnelle, elle l'avait été toute sa vie. Son œuvre était là pour en témoigner. Élaborées avec une rigueur quasi mathématique, ses intrigues ne laissaient guère de place à la fantaisie. Le plan devait tenir ; les personnages gardés en laisse ne pouvaient se permettre le moindre écart. Elle avait entendu certains auteurs expliquer que, parfois, au fil des pages, il arrivait que leurs héros échappent à leur contrôle. Clarissa, elle, n'avait jamais connu cette situation. L'eût-elle connue, qu'elle eût aussitôt réagi pour y remédier et faire rentrer le rebelle dans les rangs. À se demander si cette attitude d'extrême rigueur n'était pas un legs empoisonné de son cher père, si ferme en tout, si étroit dans ses pensées. Elle avait tout fait pour ne pas tomber dans ce piège ; sûrement pas assez, puisque de toute évidence quelques gènes têtus influençaient encore sa vision du monde.

Nous sommes peut-être peu perspicaces, nous les anges. Mais c'est fou ce que vous, les humains, êtes incrédules.

Et si – malgré les apparences – toute cette affaire tenait la route aussi rigoureusement que les intrigues imaginées au fil de ses romans ? Après tout, une partie de l'humanité ne croyait-elle pas dur comme fer que Moïse avait fendu les eaux de la mer Rouge, que Jésus avait guéri le lépreux et le paralytique, multiplié les pains et les poissons, qu'il est ressuscité, que la vierge Marie enfanta sans pour autant se départir de sa virginité, que le Coran fut dicté par Dieu lui-même à Mahomet, que l'enfer existe, et le diable, et le Jugement dernier... En quoi l'idée d'un tueur au paradis serait-elle plus inconcevable ?

Vous devez me croire, Mrs Gray ! Non seulement parce que vous avez vu Gabriel mort, mais aussi – j'allais dire surtout – parce que vous êtes femme. Que faites-vous de votre instinct ?

– Vous vous êtes levée de bonne heure ?

La voix de Morcar détourna la romancière de ses

réflexions. Elle ne l'avait pas entendu venir. Il était torse nu, en maillot de bain, et l'examinait avec un demi-sourire.

– À mon âge, répliqua-t-elle, la grasse matinée est un luxe que l'on n'a plus le droit de s'offrir. Kathleen dort-elle encore ?

Il prit un air innocent pour répondre :

– Suis-je le gardien de Kathleen ?

– Bien sûr que non. Je posais simplement la question.

Ils firent quelques pas côte à côte, puis Morcar fit observer :

– J'ai cru entendre des éclats de voix tout à l'heure. Vous avez reçu de la visite ?

– Un voisin...

– Si tôt ?

Elle opéra une volte :

– Vous ne seriez pas un peu indiscret ?

– Je reconnais que oui. Parfois.

– Mauvaise habitude.

Ils reprirent leur marche le long de la grève, jusqu'au moment où le jeune homme rompit à nouveau le silence :

– Si j'étais à votre place, je laisserais tout tomber.

– Ah ? C'est curieux. Vous sembliez au contraire avoir une tout autre opinion.

– C'était avant la mort de Bacovia.

Elle le dévisagea avec stupéfaction :

– La mort de Bacovia ? Comment êtes-vous au courant ?

– J'ai entendu l'inspecteur Stuart vous annoncer la nouvelle.

– Décidément, mon ami, vous avez les oreilles qui

traînent. Et pour quelle raison la mort de Bacovia devrait-elle me pousser à abandonner ?

Il ne répondit pas.

– Alors ? insista-t-elle.

– Parce que la prochaine victime risque d'être vous, Mrs Gray.

L'assurance avec laquelle il avait dit ces mots lui fit froid dans le dos. Ne sachant que répondre, elle s'en tira par une pirouette :

– Nul n'est maître de sa vie. Je rentre. Et vous ?

– Je vais nager un peu.

– Très bien. Mais soyez prudent : les courants sont traîtres dans le coin.

Il filait déjà vers la mer.

Sitôt de retour, elle se rendit dans la cuisine et fit bouillir de l'eau. Le thé froid de ce matin lui avait laissé un goût amer dans la bouche. Kathleen la rejoignit.

– Bien dormi ? s'enquit Clarissa.

La jeune femme baissa les yeux comme si elle craignait que sa nuit eût laissé des traces compromettantes.

– Très bien. Et vous, Mrs Gray ?

– Voilà plus de quarante ans que je ne sais plus à quoi ressemble une vraie nuit. L'âge, je suppose, doublé de cette sensation de perdre du temps. Savez-vous que l'homme passe plus des trois quarts de sa vie à dormir ? Absurde, non ?

Elle désigna un placard :

– Vous trouverez votre chocolat en poudre sur l'étagère du haut, ainsi que vos céréales. Le lait est dans le frigo.

La jeune femme s'activa tout en s'informant :

– Avez-vous l'intention d'écrire aujourd'hui ?

– Il le faut. J'ai aussi du courrier en retard auquel nous devrions répondre. Avez-vous contacté Mrs Pettycoat ?

– Oui. Elle m'a promis qu'elle passerait faire le ménage cet après-midi.

– Je vous saurais gré de la surveiller. Elle est adorable, mais elle a une fâcheuse tendance à partir avant l'heure.

Un temps passa.

Kathleen laissa tomber :

– Je n'arrête pas de me demander ce que peut signifier la conclusion rédigée par Gabriel.

– Quelle conclusion ?

– *Le jumeau est en 0,809*. Je me demande s'il n'existe pas à l'université des ouvrages qui traitent de la numérologie ou de la théorie des nombres. Il serait peut-être intéressant de...

Clarissa allait répliquer lorsque la sonnerie du téléphone retentit. Elle décrocha aussitôt le combiné mural. En quelques secondes l'expression de son visage se transforma. Ses doigts se crispèrent si fort sur l'appareil que les phalanges prirent le blanc laiteux des os. Quand elle raccrocha, elle dut prendre appui contre le réfrigérateur pour ne pas s'écrouler.

Morcar, qui venait à son tour de faire irruption dans la cuisine, se précipita vers elle et la retint par le bras.

– Mrs Gray ! Que vous arrive-t-il ?

Kathleen vint prêter main-forte au jeune homme

La vieille dame indiqua un siège du regard et s'y laissa accompagner.

– Voulez-vous que nous appelions un médecin ?

Elle refusa d'un geste.

– C'était Maclean, articula-t-elle enfin d'une voix étouffée. Janet est tombée dans le coma.

– Ce n'est pas vrai ! se récria Morcar.

– Si. Ça s'est passé dans la nuit.

– Pour quelle raison ? Que disent les médecins ?

– Du peu que j'ai compris, ils sont complètement déroutés.

Les deux jeunes gens se dévisagèrent, atterrés.

– Le professeur doit être effondré, dit Kathleen à voix basse.

– Brisé, oui.

Janet va mourir ?

Elle est déjà presque morte... Ce n'est plus qu'une question d'heures. Vous aussi, Mrs Gray. Vous ne pouvez ignorer que vous courez un grand danger.

Les mots de Daniel s'étaient mis à tambouriner dans la tête de Clarissa.

Cette fois c'en était trop. Elle aurait la peau de ce salopard, sur Terre ou au paradis !

Elle se leva d'un coup et partit vers le salon à la recherche de ses clefs de voiture.

– Où allez-vous ? s'affola Kathleen.

Elle roulait pied au plancher. Sa fureur avait dévasté d'un seul coup toutes ses réticences, tous ses doutes. Tant pis si au bout du compte elle était l'objet d'une manipulation démoniaque, tant pis si elle se couvrait de ridicule, maintenant elle voulait savoir, elle *devait* savoir. Le regard fixe, elle ne cessait de se repasser certaines phrases échangées avec l'ange. *Oui. L'ange*, dit-elle à voix haute, déterminée à incruster définitivement cette conclusion dans son esprit. Elle avait juste besoin d'une ultime preuve. Une seule.

Quand avez-vous discuté avec Gabriel pour la dernière fois ?

– Le jour où il m'a remis la liste des suspects. Juste avant de s'incarner pour vous rencontrer.

– Pourriez-vous situer l'heure de votre dernière rencontre ?

– Heu... je crois bien que c'était aux alentours de 5 heures 30 de l'après-midi de vos heures terrestres. Je m'en souviens parce qu'il m'avait dit de le suivre à Ardrossan. Il savait que deux hommes allaient mourir. Le premier à Ardrossan vers 6 heures, et le second, le lendemain à l'aube, à Kildonan.

Clarissa avait pris le ferry de 7 heures 30. Par conséquent, le jeune homme dont Daniel aurait pris le corps n'avait pu trouver la mort qu'entre le lever du soleil et cette heure.

Elle ralentit à peine en entrant dans le port, bifurqua à l'angle d'Alma Road et pila devant le commissariat.

– L'inspecteur Stuart est-il là ? lança-t-elle en déboulant à l'accueil.

– Mrs Gray ? fit l'agent de service, un peu surpris. Oui. Il est dans son bureau. Je crains qu'il ne soit pas seul. Je...

Elle n'attendit pas la suite et fonça dans le couloir qui s'ouvrait sur la droite.

L'autre n'eut pas le temps de partir à ses trousses que déjà elle était devant la porte de l'inspecteur. Sans prendre la peine de frapper, elle entra dans la pièce :

– Il faut que je vous parle. C'est urgent !

Stuart la dévisagea, interloqué. L'homme qui était assis en face de lui fit de même.

– Maintenant ? s'inquiéta l'officier. Ne pourriez-vous pas patienter ? Je n'en ai plus pour longtemps.

– Maintenant, assena la romancière.

– Mrs Gray...

Elle prit possession du seul siège disponible en affichant une mine butée.

L'inspecteur échangea un regard gêné avec son visiteur. Ce dernier comprit le message muet et s'éclipsa en décochant au passage un coup d'œil réprobateur vers l'intruse.

– Vous avez de la chance, releva le policier. C'était un ami.

– Écoutez-moi, Thomas, j'ai besoin de votre aide. Vous possédez certainement vos entrées à la morgue de Kildonan et à celle d'Ardrossan.

– Heu..., tout dépend du renseignement que vous cherchez.

– Rien de très compliqué, ni d'illégal. J'aimerais savoir si dans l'après-midi du 8 juin, un homme est mort à Ardrossan entre 17 heures 45 et 18 heures 15. Et un autre, le lendemain à l'aube, ici, sur l'île, à Kildonan avant 7 heures 30 du matin. Une précision : ce dernier, un jeune homme de 25 ans environ, aurait été écrasé par une voiture.

– Décidément, grogna Stuart, vous ne m'épargnez rien.

Ne m'aviez-vous pas promis de ne plus donner suite à cette affaire ? Ne...

– Je vous en prie, faites-moi confiance. Je veux juste satisfaire ma curiosité. Rien de plus.

– Je n'en crois pas un mot !

– Si. C'est la stricte vérité !

– Pourriez-vous au moins me dire d'où vous vient cet intérêt soudain pour nos chers disparus ?

– Soyez gentil. Ne me posez pas de questions. Je vous promets de tout vous expliquer en temps et en heure. Quand pourrez-vous m'obtenir ces informations ?

L'inspecteur allongea ses jambes en se calant la nuque contre le mur :

– Disons une quinzaine de jours ?

– Quinze jours ! Vous n'y pensez pas ! Il sera trop tard.

– Dix ?

– Non, Thomas, il me les faut demain.

Il eut un petit rire :

– Est-ce que votre invitation à dîner tient toujours ?

Elle fronça les sourcils :

– Quel rapport ?

– Répondez-moi.

– Bien sûr. Samedi.

– Nous sommes mardi. Dans quatre jours donc.

La vieille dame s'impatienta :

– Je sais compter ! Oui. Quatre jours.

– Pas de surgelés. D'accord ?

– À quel jeu jouez-vous, bon sang ?

– Donnant, donnant. Pas de surgelés.

Elle poussa un long soupir :

– D'accord.

Il se mit aussitôt à pianoter sur le clavier de son ordinateur :

– Que faites-vous ?

– Je réponds à votre demande. À la seconde partie du moins.

– Là ? Avec cette ferraille ?

– Cette ferraille, comme vous dites, contient les enregistrements de tous les décès accidentels ou suspects survenus sur l'île durant les quatre-vingt-dix derniers jours. Ensuite, ces renseignements seront transférés et stockés dans un ordinateur central, à Edinburgh.

Quelques minutes plus tard, un ronronnement feutré se fit entendre. Stuart continua de pianoter puis se leva, récupéra la feuille sortie des entrailles d'une imprimante et lut d'une voix neutre :

– James O'Connor. Né le 30 mars 1976, domicilié 23, Mayish Road à Kildonan. Renversé par un véhicule de marque Rover, immatriculé BR602 XP, alors qu'il traversait hors des clous. 8 juin 2002. 6 heures 40.

Il glissa la feuille sous le nez de la vieille dame en concluant :

– Vous avez de la chance.

Le cœur de la romancière battit la chamade. Ainsi, Daniel avait dit vrai.

– Et pour l'homme d'Ardrossan ?

– C'est fait. J'ai envoyé un *mail* à mes collègues ; ils devraient me répondre dans l'heure qui suit.

Elle se leva avec un visage d'enfant rayonnant et spontanément déposa un baiser sonore sur la joue de Stuart :

– Vous êtes un chou, Thomas ! Merci.

Il la retint par le bras et déclara avec gravité :

– Rappelez-vous ce que je vous ai dit, Clarissa : je me méfie du surnaturel. Méfiez-vous-en aussi...

Elle se voulut rassurante :

– Oui. Oui. Bien sûr...

Installée au volant de sa Triumph, elle jubilait. Elle la tenait, sa preuve. Elle sortit un calepin de son sac et griffonna :

1 – Le cadavre de Gabriel.
2 – Le ticket de consigne et le carnet.
3 – La texture du carnet, des pages, de l'encre.
4 – La maladie de Janet.
5 – La dépouille jumelle de O'Casey.
6 – L'assassinat de Bacovia.
7 – Le pouvoir de Daniel.
8 – Le jeune homme écrasé.
9 – Le mort d'Ardrossan ?

Sur ce dernier point, elle n'avait pas encore de certitude, mais elle ne doutait pas un instant que les gens d'Edinburgh confirmeraient le décès de cet inconnu dans le créneau horaire indiqué par Daniel. Maintenant, il ne lui restait plus qu'à prier – l'idée la fit sourire – pour que *son* ange se manifestât rapidement. Sans son aide, elle se retrouverait dans un cul-de-sac. En effet, passe encore de ne pouvoir inspecter le lieu des crimes, mais comment progresser en éludant cette étape la plus élémentaire qu'était l'interrogatoire des suspects ? « Je sais que Gabriel avait envisagé une solution », avait laissé entendre Daniel. Oui, mais laquelle ? De quelle façon un mortel pouvait-il entrer en rapport avec des morts ? Les guéridons frappeurs ? Le *weegee board* ? Des médiums ? Clarissa savait d'emblée qu'il était hors de question pour elle d'accepter de faire appel à l'un de ces stratagèmes foireux. La seule pensée de se voir assise entre deux bougies, dans une pièce noyée de pénombre et d'effluves d'encens lui semblait inconcevable. L'unique fois de son existence où elle avait eu la faiblesse de consulter une voyante s'était achevée sur une crise de fou rire irrépressible. D'ailleurs, elle n'avait accompli cette démarche que pour les besoins de son huitième roman. *Le cas Fletcher*. Elle ne s'en était jamais remise d'avoir eu à débourser cinquante livres pour écouter des fadaises du genre : « Vous allez recevoir un courrier » (elle recevait à l'époque une dizaine de lettres par jour), « Vous êtes jalousée » (quel écrivain ne le serait pas lorsque ses ventes crèvent le plafond !), « Mais quelqu'un vous protège là-haut. – Qui donc ? avait-elle demandé. – Votre mère, avait rétorqué la voyante » (sa pauvre mère était encore vivante).

Cinquante livres... Elle se voyait encore compter les billets sous l'œil hautement inspiré de la dame.

Gabriel avait envisagé une solution. Elle avait beau réfléchir, elle ne voyait pas laquelle.

Quoi qu'il en soit, il n'était plus question pour elle d'attendre les bras croisés.

Elle mit en marche le moteur de la Triumph et prit la direction du port.

Assis au chevet de sa femme, William Maclean ne parvenait toujours pas à s'accoutumer à ce visage figé, à ce corps immobile, ce bras décharné dans lequel s'écoulaient de petites gouttes porteuses de vie sucrée qui glissaient de la potence à la veine, avec une régularité de métronome. La potence, appellation curieuse pour définir les porte-sérum pourtant diffuseurs de survie. De chaque narine émergeaient deux tubulures lactaires où circulait le flux d'oxygène ; myriades de molécules vitales, transparentes, impalpables, invisibles. Détail étrange, les yeux de Janet restaient grands ouverts, et ses pupilles oscillaient régulièrement de gauche à droite à la manière d'essuie-glaces. Que cherchaient-ils à entrevoir ? Quel mystérieux grimoire essayaient-ils de déchiffrer, à moins que ce fût le Livre des Morts ? Sitôt sa lecture achevée, Janet s'en irait-elle pour toujours ? Dans ce cas, William lui emboîterait le pas et tous deux s'enfonceraient dans les abysses. Car, il en était sûr, il ne pouvait y avoir que cela de l'autre côté du miroir : les abysses. Son esprit scientifique lui interdisait d'imaginer quoi que ce soit après l'ultime départ. L'apparition de l'homme sur Terre n'était que le fruit d'un hasard. Il disparaîtrait comme il était venu : par hasard. Croire en un plan divin était absurde. Autant imaginer que la disparition des dinosaures avait été préméditée, que la météorite responsable de leur éradication avait été lancée à travers l'espace par un dieu biologiste.

Et pourtant...

Comment expliquer ? Où trouver les mots pour exprimer

l'inénarrable ? Nous étions immortels, de toute éternité, et nous voici désormais à l'image des créatures des autres mondes. Fragiles, vulnérables, grains de poussière condamnés à n'être plus que cela : grains de poussière. Avons-nous péché par orgueil ou sommes-nous les misérables victimes de notre trop grande humilité ?

Si les mots du carnet disaient vrai, alors... Gabriel existait, et Moïse et Jésus, et la vie après la mort. Et Dieu.

Dans un mouvement inconscient, William Maclean se laissa glisser hors du fauteuil où il avait passé la nuit et s'agenouilla, mains jointes, comme au jour de sa première communion.

15

IL N'ÉTAIT pas loin de 15 heures lorsque Clarissa mit pied à terre. Elle était restée plus de quatre heures coincée au port ! Tributaire des marées, le bateau n'avait appareillé qu'aux alentours de 14 heures 45. Depuis la nuit des temps, Lindisfarne vivait au rythme du flux et du reflux de la mer. Terre brune de quelques miles, mouchoir de poche flottant sur les eaux, l'îlot était devenu depuis quelques années le lieu de toutes les méditations. Ce n'était pas l'esprit de saint Molaise qui faisait souffler sur l'austère rocher un vent de spiritualité ; même si au VIᵉ siècle ce prince irlandais s'y était installé pour vivre et mourir en solitaire. Ce n'était pas non plus la présence du monastère bénédictin, érigé sur le site d'un ancien prieuré fondé neuf cents ans plus tôt par saint Aidan, protecteur de l'île, qui expliquait que Lindisfarne fût devenu l'un des endroits les plus sacrés du monde anglo-saxon. La raison était ailleurs et avait pour nom Yeshé Losal. Quelques années auparavant, ce lama tibétain, inspiré par un élan de fraternité, avait décidé de se rendre acquéreur de l'île pour y établir un centre consacré à « la Paix mondiale et la Santé » et y créer une réserve naturelle pour la protection des espèces. L'ex-propriétaire, Mme Kay Morris, qui exigeait au départ sept cent cinquante mille livres, céda Lindisfarne au lama pour près de la moitié de la somme. La raison ? La Vierge lui était apparue un soir et lui avait vivement conseillé de vendre à ce prix pour servir la paix et la méditation. Pouvait-on souhaiter meilleurs augures pour un centre de rencontres interreligieuses ?

Soutenu et financé par Samye Ling, l'une des institutions les plus anciennes du bouddhisme tibétain en Europe, le nouveau centre était ouvert aux pratiquants de toutes les religions, mais sous certaines conditions : point de consommation de drogue, d'alcool ou de tabac, point d'animaux importés sur l'île, adopter une conduite décente ainsi qu'une approche respectueuse de l'environnement.

Clarissa étudia le dépliant qu'elle avait pris soin de récupérer à l'accueil du port de Brodick. À l'intérieur, un plan en double page reproduisait les bâtiments essentiels. À la droite du quai, sur un mont volcanique, les vestiges du château érigé par Henry VIII ; au sud-ouest, la flèche de St. Mary's Church ; à l'ouest, celle de St. Cuthbert's Church ; au nord-est, celle de St. Aidan's Church : pas moins de trois églises pour une centaine d'habitants et pas une synagogue. À ces édifices religieux s'ajoutaient un musée, la Marygate House, une construction qui réunissait les locaux de l'association tibétaine, un point d'information, un marché, un pub, un temple, bouddhiste cela va de soi, tandis qu'en retrait se découpaient plusieurs bungalows qui servaient de sites d'hébergement pour les mystiques venus des quatre coins du monde. Cependant, ce qui frappait le plus le visiteur, c'était cette nécropole composée de bateaux de pêche échoués sur la plage. Les esquifs sommeillaient là, coques rongées par le sable et les embruns, mâts couchés, voiles élimées, enfermés dans des sarcophages de sel. Un cimetière sans croix. Spécialisée dans la pêche aux harengs, cette flottille avait été l'honneur et le symbole de Lindisfarne. Il y avait plus d'un siècle de cela.

Le ciel s'était brusquement assombri et un crachin huileux commençait à suinter. Il ne manquait plus que des éclairs, et le paysage se transformerait en un décor lugubre et fantomatique.

Sans plus attendre, Clarissa se dirigea vers le point d'information.

Une toute jeune fille, le visage constellé de taches de rousseur, était assise derrière une vitre ornée à mi-hauteur d'un hygiaphone et devisait avec un personnage revêtu d'une tunique orange. Décidément, pensa la romancière, le monde était devenu bien étrange. Elle attendit avec impatience la fin de l'échange. Cinq minutes, sept, ces deux-là n'en finissaient pas de papoter. Alors elle se décida à apostropher l'homme :

– Monsieur, je ne sais pas si vous l'avez remarqué, il risque de pleuvoir et je n'ai pas de parapluie.

Le personnage joignit aussitôt les mains à hauteur de son thorax et se pencha légèrement en avant dans une attitude empreinte d'humilité :

– Oh ! Pardonnez-moi.

Il s'écarta prestement.

Clarissa approcha sa bouche de l'hygiaphone :

– Vous ne sauriez pas comment il me serait possible de joindre un ami qui réside sur l'île ? Il s'appelle Samuel Shlonsky.

– Appartient-il aux responsables de l'association ?

Déformée par l'hygiaphone, la voix de la jeune fille ressemblait à celle d'un robot.

– Quelle association ?

– Celle qui rassemble les membres pour la Paix mondiale et la Santé.

– Je n'en sais trop rien. Peut-être.

– Je vérifie.

La jeune fille se plongea dans l'examen d'une feuille dactylographiée :

– Shonsky ? C'est bien ça ?

– Non. Shlonsky. Avec un l.

– Le prénom ?

– Samuel.

La romancière bouillait.

Quelques minutes passèrent. Elle entendit la voix métallique qui annonçait :

– Désolée. Personne de ce nom.

– Vous en êtes sûre ?

– Vous savez, les membres pour la Paix mondiale ne sont que six.

– Et s'il habitait tout simplement sur l'île ?

– C'est possible. A-t-il le téléphone ?

Clarissa répondit par la négative.

– Alors, je regrette, madame. Il n'y a aucun moyen de retrouver son adresse.

– Une mairie ? Y a-t-il une mairie ?

– Une mairie ? Vous n'êtes pas sérieuse. Lindisfarne est territoire privé, et nous sommes si peu nombreux. À quoi servirait une mairie ?

La vieille dame fulminait. En venant ici, elle avait fait montre d'une incroyable légèreté.

– Pardonnez-moi, madame...

C'était le personnage à la tunique qui s'adressait à elle.

– Oui ?

Il désigna la jetée :

– Vous voyez cet homme qui reprise ses filets ?

Elle confirma.

– Il s'appelle Angus. Il vit ici depuis toujours. Rien de ce qui se passe sur l'île ne lui est étranger. Interrogez-le. Je suis sûr qu'il saura vous renseigner.

Les traits de Clarissa se détendirent. Finalement, il était très bien, ce monsieur, même avec sa tunique.

Elle remercia et marcha vers la mer.

– Confuse de vous importuner, dit-elle en se penchant vers le pêcheur. Mais je cherche un ami.

L'homme ne daigna pas relever la tête.

– Nous cherchons tous un ami, grogna-t-il. Vous risquez de chercher longtemps.

– Il s'appelle Shlonsky, Samuel Shlonsky.

Le pêcheur ne prit pas la peine de réfléchir :

– Le Juif ?

– C'est cela.

– Il habite sur l'autre versant.

– C'est loin d'ici ?

– Vous êtes à Lindisfarne, madame...

– Y a-t-il un moyen de s'y rendre ?

– Quatre roues. Deux. Une barque, ou une paire de jambes.

La vieille dame désigna l'embarcation :

– M'emmèneriez-vous ?

– Tout dépend...

Elle fouilla dans son sac :

– Dix shillings ?

Alors seulement il se redressa, et Clarissa put constater que la peau de son visage était à l'image de son filet : un trémail formé de nœuds. Il questionna :

– D'où venez-vous, madame ?

– D'Arran. Pourquoi ?

– Les gens d'Arran n'ont-ils aucun respect pour la nature humaine ? Dix shillings ?

Et il se désintéressa d'elle.

– Vingt ?

Pas de réponse.

– Quarante ?

– Mon bateau ne comprend que les chiffres déclinés en livres. Pas moins de trois.

Clarissa manqua de s'étrangler.

– Trois livres !

– Et c'est parce que je suis dans un bon jour.

– Très bien, soupira-t-elle, mais pour ce prix-là, vous me ramènerez. Je n'en ai pas pour longtemps.

– Quatre avec le retour. Et je vous accorde une heure. Pas une minute de plus.

Elle céda tout en pestant intérieurement contre les exploiteurs.

La maison de Samuel Shlonsky se dressait au bord d'une falaise à pic. Mais ce n'était pas une maison, c'était un amas de pierres, de murs de guingois grignotés par le lierre et les herbes folles. Elle s'arrêta devant la porte et, confrontée à ce bois vermoulu et rongé, elle hésita à frapper. Chose curieuse, les persiennes étaient closes.

Elle osa deux coups. Trois. Il y eut un bruit de pas.

Un petit homme apparut, le crâne glabre, la silhouette sèche. Les yeux cachés derrière des lunettes, il examina la vieille dame l'air soupçonneux. Quel âge pouvait-il avoir ? Soixante-dix ? Soixante-quinze ? Il avait le nez en patate, ses joues disparaissaient sous une épaisse barbe à l'abandon ; c'est à peine si l'on distinguait les commissures de ses lèvres.

– Bonjour. Vous êtes bien monsieur Shlonsky ?

– Cela dépend des heures. Qui êtes-vous ?

– Mon nom est Clarissa Gray. Je souhaiterais m'entretenir avec vous quelques instants.

– Pourquoi ?

– Je suis une amie de Bacovia.

– Vasile ?

Elle confirma.

– Que devient ce vieux fou ? Toujours à l'université de Glasgow ?

– Non.

– Mais encore ? Ne me dites pas qu'il est reparti en Roumanie ?

Clarissa afficha un air gêné :

– Puis-je entrer, monsieur Shlonsky ? Je vous expliquerai.

Il s'écarta pour lui livrer passage.

Bien que la pièce principale ne fût éclairée que par des bougies, on pouvait deviner qu'en opposition avec l'aspect extérieur tout ici respirait l'ordre et la propreté. Le mobilier était spartiate, mais chaleureux. Des livres couvraient les murs. Un échiquier en bois sculpté était disposé sur une petite table.

Shlonsky invita la vieille dame à s'asseoir et proposa d'emblée :

– Je viens de faire du thé. En voudriez-vous ?

– Volontiers.

Il revint quelques instants plus tard avec un plateau chargé d'une théière en étain et de deux tasses. Tout en servant sa visiteuse, il s'informa :

– Alors ? Bacovia ?

– Je crains que la nouvelle ne vous attriste.

La silhouette du petit homme se raidit :

– Lorsque l'on use de ce genre de préambule, la suite est irrémédiablement la même. Il est mort ?

Elle répondit par l'affirmative.

Il y eut un long silence ponctué par l'éclatement des vagues au pied de la falaise.

– C'est bien dommage, finit par déclarer Shlonsky. Nous n'avons pas suffisamment profité l'un de l'autre. Tout va si vite. Tout est si bref.

Son visage se crispa :

– C'était mon ami.

Il avait tout dit dans ces trois mots.

– Crise cardiaque, je suppose ? Il était si gros. Je l'avais prévenu.

– Non, monsieur Shlonsky. Le cœur n'y est pour rien.

– Ah ?

Elle aspira une goulée d'air avant de révéler :

– Il a été assassiné.

– Assassiné ? Pourquoi ? Comment ?

– C'est une longue histoire. Invraisemblable aussi ; du moins en apparence.

Elle se hâta d'ajouter :

– C'est la raison de ma visite.

Shlonsky croisa les bras sur la table :

– Je vous écoute.

Kathleen se roula sur le sable puis ajusta doucement son corps contre celui de Morcar. Le crachin qui s'effilochait ne les gênait pas. En étaient-ils seulement conscients ?

– Tu m'as envoûtée, chuchota-t-elle. Je crois que je t'aime.

– Aimer... Le verbe s'est fait chair.

La remarque la fit sourire. Il chercha sa bouche et la scella de la sienne avec une fougue où affleurait la désespérance. Ils restèrent soudés jusqu'à manquer de souffle. Morcar emprisonna les épaules de la jeune fille et la souleva légèrement :

– J'aurais aimé que tu sois ma sœur, dit-il doucement.

– Ta sœur ?

– Pourquoi cet étonnement ? N'est-ce pas ainsi que les anciens Égyptiens appelaient l'être aimé ?

– Oui. Mais tu n'es pas pharaon et je ne suis pas ta sœur. Tes professeurs ne t'ont-ils pas enseigné que notre civilisation est frappée de trois interdits : l'inceste, le cannibalisme et le meurtre ?

– L'inceste entre frère et sœur ne devrait pas faire partie de cette liste.

La gravité avec laquelle il s'était exprimé déclencha le rire de Kathleen :

– Pour quelle raison ?

– Parce qu'il figure une naissance indivisée, un œuf inséparé par-delà le temps et les hommes.

Elle le dévisagea silencieusement et répéta :

– Tu es vraiment quelqu'un d'étonnant, Morcar.

Changeant brusquement de sujet, elle confia :

– Je suis de plus en plus obsédée par cette affaire d'anges assassinés. Tu te souviens de la mystérieuse phrase de Gabriel : « Le jumeau est en 0,809 » ?

– Absolument.

– J'ai bien envie d'aller fouiner dans la bibliothèque de l'université. Je suis persuadée de trouver quelque chose, un indice qui nous permettrait de comprendre ce message.

– C'est possible. Mais Mrs Gray risque de ne pas apprécier. N'a-t-elle pas décidé de mettre un point final à tout ça ?

Un sourire espiègle anima les lèvres de la jeune femme :

– En apparence. Tu connais mal les femmes. Elles sont changeantes. Très changeantes...

Samuel Shlonsky quitta sa chaise et marcha vers son échiquier. D'un geste mesuré, il déplaça le cavalier blanc et fixa la partie, échafaudant le coup suivant.

– C'est une seconde nature chez moi. Lorsque je me trouve devant une difficulté qui me dépasse, je brouille mon esprit et l'entraîne ailleurs.

Il se tourna vers la romancière :

— Savez-vous jouer aux échecs ?

Elle fit non de la tête.

— Dommage. C'est un jeu passionnant. Peut-être le plus passionnant du monde. La mort, la vie, la peur, l'hésitation, l'anticipation, la violence, la compassion parfois ; le goût du pouvoir toujours. La somme de tous les sentiments humains est réunie dans ces soixante-quatre cases.

Il récupéra un stylo sur une étagère et revint s'asseoir.

— La vie m'a enseigné que, si nous sommes confrontés à un problème trop complexe, nous devons nous efforcer de réfléchir, non seulement en scientifiques, mais aussi en artistes. Je reviens au jeu d'échecs. À l'instar de toute science, car c'en est une, ce jeu est aussi un art. Une partie d'échecs fait jaillir des émotions esthétiques tout aussi intenses que la vue d'un Rembrandt ou d'une sculpture de Michel-Ange. L'histoire des échecs a connu nombre de ces parties grandioses où l'esthétisme l'emporta sur la force pure.

Clarissa s'angoissait. Les minutes lui étaient comptées et son hôte s'égarait, il n'avait même pas exprimé d'opinion à propos de ce qu'elle lui avait confié. Elle décida de l'interrompre.

— Quelle conclusion tirez-vous de notre aventure ? Y croyez-vous ? Pensez-vous que je sois la cible d'un détraqué ?

— Vous me surprenez, Mrs Gray. J'ai lu certains de vos livres, et ce qui m'a le plus frappé c'est votre science de la construction. Une construction quasi mathématique. Alors réfléchissons « scientifiquement ». Imaginons que la maladie de Janet soit le fruit du hasard, que le cadavre qui agonisait dans votre entrée soit la résultante d'un dérèglement de votre cerveau vieillissant, que la découverte de cet Irlandais, ressemblant trait pour trait à l'homme décédé, soit elle aussi à mettre au compte des coïncidences, que ce jeune homme ne soit pas un ange, mais un personnage doué d'un extraordinaire sens télépathique, supposons même qu'il soit l'auteur du carnet et l'instigateur de tous ces événements. Il n'en demeure pas moins que Bacovia a bel et bien été assassiné. Cette tragédie à elle seule justifie que l'on tente de percer le mystère de cette affaire. D'origine céleste ou humaine, un meurtrier a frappé, il mérite d'être identifié et si possible châtié.

Il tira la feuille vers lui, souligna certains mots à l'aide de son crayon et en raya d'autres :

– Soyons artistes et enfants. Ne conservons que l'essentiel. C'est-à-dire, voyons... le 19, et *Le jumeau est en 0,809* ?

Un imperceptible sourire apparut sur ses lèvres :

– Dix. Soixante-quatre cases. Six plus quatre égale dix. Amusant.

– Dix ? répéta Clarissa.

– Dans la guematria, chaque lettre a une valeur numérique. La guematria étant un procédé qui consiste à utiliser la valeur numérique des lettres d'un mot, ou d'un groupe de consonnes, pour l'interpréter en le rapprochant d'un autre mot ayant la même valeur numérique ; ceci, bien sûr, en partant du principe que chaque lettre possède sa propre valeur. C'est un procédé qui était connu des anciens Grecs, mais qui a surtout pris toute son ampleur à travers la littérature hébraïque.

– J'avoue ne pas très bien comprendre.

– Prenons un exemple tiré de la Torah. Jacob nous dit dans

le passage de la Genèse XXXII, 5 : « J'ai séjourné chez Laban. »
La valeur numérique de « J'ai séjourné » est égale à 613. Par
conséquent, la phrase sous-entend que, pendant son séjour
chez Laban, Jacob a observé les 613 commandements.

– Six cent treize commandements ?

– Oui. Impressionnant, n'est-ce pas ? Nous, les Juifs,
appelons ces commandements des *mitsvot*. Ce sont des
préceptes que l'on se doit d'essayer de mettre en pratique
au cours d'une vie.

Elle avait du mal à suivre, mais se garda bien de le
montrer.

– Pour moi, poursuivait-il, le sens du nombre 10 est
évident.

– Ah ?

– Nous sommes face au Créateur.

– Ne m'en veuillez pas, mais que voulez-vous dire par
« face au Créateur » ?

– Chez nous, le nom de Dieu est par définition impro-
nonçable. En revanche, nous pouvons nous adresser à Lui
en utilisant des surnoms. Il en existe... dix. Je vous ferai
remarquer au passage que l'islam en suggère quatre-vingt-
dix-neuf. Le centième étant secret et ne devant être révélé
qu'au jour du Jugement dernier. Ce n'est pas tout. Je
présume que vous n'avez jamais entendu parler des *sefirot* ?

Elle répondit par la négative.

– Alors disons, en extrapolant, que c'est un terme de la
Kabbale qui désigne les dix nombres primordiaux ou
idéaux, et les émanations dans lesquelles se manifeste le
monde divin. On distingue trois *sefirot* supérieurs, de
nature purement intellectuelle, et sept inférieurs, appelés

sefirot d'édifice, qui jouent le rôle de causes secondaires par rapport au monde extradivin.

Aussitôt les mots de Daniel revinrent à l'esprit de Clarissa : « Nous étions dix anges, divisés en deux états. Trois supérieurs et sept inférieurs. » Encore une coïncidence ? Elle chassa cette pensée et fit observer à son interlocuteur :

– Je vous ferai remarquer que Gabriel a mentionné le nombre 19. Pas 10.

Samuel tapota sur la feuille de la pointe de son stylo :

– Bien sûr. Nous ne sommes qu'à la première étape. La seconde en sera la confirmation. Il y a un certain esthétisme, voire de l'élégance dans la manière qu'utilise Gabriel pour nous mettre sur la voie. Dans le chiffre en question se trouvent non pas une, mais deux indications, l'une étant le complément de l'autre.

Il se cala dans son siège et ôta ses lunettes.

– Avez-vous déjà compulsé le Coran ?

– Jamais.

– Vous auriez dû, vous qui vous intéressez aux énigmes. Ce livre est caractérisé par un phénomène unique que vous ne trouverez dans aucun autre livre ; 29 de ses sourates – ou chapitres, si vous préférez – commencent par une série « d'initiales coraniques » composée d'une à cinq lettres. Quatorze différentes lettres sont concernées, soit la moitié de l'alphabet arabe. Nul n'est jamais parvenu à trouver la raison de la présence de ces lettres. Or, il se trouve que ces « initiales coraniques » sont intimement associées au nombre 19.

Le Juif choisit un livre sur une étagère. Il l'ouvrit à la page précise et le plaça devant Clarissa :

– Lisez...

Elle eut une expression ennuyée :

– Je n'ai pas mes lunettes.

Ce fut Samuel qui récita :

– « *19 se trouve au-dessus.* » Sourate 74, verset 30. Coïncidence peut-être... mais le Coran est composé de 114 sourates. Selon la Genèse, Dieu aurait créé le monde en six jours et se serait reposé le septième. Si nous divisons le nombre de sourates par six, qu'obtenons-nous ?

– Je n'ai jamais été très forte en calcul mental. Dix-neuf ?

– Exactement. Un hasard, selon vous ?

Clarissa ne sut que répondre.

– Coïncidence de plus. Le message le plus sacré du Coran est *la illah et lalah* qui signifie : « Il n'est qu'un seul Dieu. » Savez-vous combien de fois le mot « un », en arabe « *wahid* », désignant Dieu apparaît dans les versets ?

– Toujours dix-neuf ?

Il confirma :

– Votre Gabriel vous a laissé un indice de choix.

– Vous allez me trouver lente, mais je ne vois pas en quoi la figuration du nom de Dieu pourrait m'aider à trouver l'assassin des anges, de Bacovia, et demain peut-être, celui de Janet Maclean ?

– C'est une clef. Quelle porte ouvre-t-elle ? Je l'ignore.

Clarissa glissa la main dans ses cheveux :

– Il y a quelque chose qui me déroute. Pour étayer votre raisonnement à propos de ce nombre supposé représenter Dieu, vous ne vous êtes appuyé que sur deux des trois religions monothéistes, excluant la troisième, à savoir le christianisme. Pourquoi ? Ne se pourrait-il pas qu'il existât aussi quelques valeurs ou quelques lettres symboliques dans le Nouveau Testament ?

Samuel Shlonsky modula un soupir :

– Vous faites erreur, Mrs Gray. *Je* n'ai rien choisi délibérément. C'est Gabriel – s'il s'agit bien de lui – qui nous soumet le nombre 19. Or il n'existe aucune trace de ce nombre dans le Nouveau Testament. On recense bien entendu pléthore d'autres valeurs numéraires, telles que quarante, ou sept, ou quatre-vingt-dix-neuf, ou trois, ou encore, dans l'Apocalypse, le célèbre chiffre de la Bête, 666, mais point de 19.

– Ce qui voudrait dire ?

Il médita, puis :

– J'ai mon idée. Prenez-la pour ce qu'elle vaut : une simple hypothèse. Paradoxalement, et malgré les apparences, les deux religions qui sont les plus proches l'une de l'autre sont l'islam et le judaïsme. Quoiqu'elles s'en défendent, quelle que soit la rage qui, de nos jours surtout, les habite, elles furent fécondées par le même sperme, celui d'Abraham. Permettez-moi de vous rafraîchir la mémoire. « L'Éternel dit : "Ta femme Sara te donnera un fils, tu l'appelleras Isaac, j'établirai mon alliance avec lui, comme une alliance perpétuelle, pour être son Dieu et celui de sa race après lui. En faveur d'Ismaël aussi, je t'ai entendu : je le bénis, je le rendrai fécond, je le ferai croître extrêmement, il engendrera douze princes et je ferai de lui une grande nation." » Les deux enfants furent circoncis par leur père, les deux enfants enterreront celui-ci dans la grotte de Makpéla. Le christianisme n'est pas apparenté à ces deux-là. Au contraire, je constate à regret qu'il a versé plus de sang juif et de sang musulman que l'inverse. Les Croisades, l'Inquisition, la Shoah sont là pour en témoigner. Le nombre 19 serait en quelque sorte un raccourci vers le nom de Dieu, un élagage volontaire. Il mène à l'essentiel et évite les confusions.

Il leva les yeux vers la romancière :

– Je vous choque ?

– Disons que je vous trouve un tantinet partial.

Shlonsky retourna vers l'échiquier et déplaça le cavalier noir.

– En revanche, dit-il lentement, je ne vois pas encore ce que viennent faire ici le nombre 0,809 et cette allusion au jumeau.

Il pivota :

– Pouvez-vous me confier le carnet quelques jours ? Je voudrais l'étudier plus attentivement. Il se pourrait que la réponse s'y trouve dissimulée. Et dans ce cas, je vous assure que je la trouverai.

– À condition que vous en preniez grand soin. Je n'aimerais pas le perdre.

– J'y veillerai. Vous pouvez me faire confiance.

La vieille dame conserva le silence.

– Je vous confie le carnet, dit-elle en se levant.

Elle griffonna sous les notes de Bacovia son numéro de téléphone et ajouta :

– Vous me tiendrez au courant ?

– Bien sûr.

Il la raccompagna jusqu'au pas de la porte.

Dehors, le crépuscule avait pris possession du paysage. Et Angus, le pêcheur, n'était plus là...

16

— IL EST parti ! s'exclama Clarissa, furieuse. Il m'avait pourtant promis de m'accorder une heure.

Shlonsky eut un sourire indulgent.

— Une heure ? Voilà plus de trois heures au moins que nous discutons.

La mer n'était plus qu'une immense étendue mauve et or.

— Avez-vous une voiture ? s'enquit la romancière, tout à coup affolée.

Le Juif montra le cadran de sa montre.

— Oui. Mais il est plus de 18 heures.

— Et alors ?

— Même en roulant à tombeau ouvert, vous n'arriverez pas à temps. La marée, vous comprenez ? Nous entrons dans la phase de basse mer. C'est ma faute, j'aurais dû vous prévenir. (Il fit un geste fataliste.) Il n'y aura pas de bateau avant l'aube.

— Ce n'est pas possible ! Je dois rentrer !

— Vous n'avez pas d'autre choix que de passer la nuit ici.

Si vous ne craignez pas de dormir sous le même toit qu'un mécréant, ma maison vous est ouverte. Demain, à la première heure, je vous accompagnerai au port.

Elle pensa à Kathleen et à Morcar qui ne manqueraient pas de s'alarmer.

– Très bien, dit-elle. J'accepte votre invitation. Mais je dois téléphoner chez moi. Pourriez-vous me conduire au village ?

– Bien sûr. Nous en profiterons pour dîner et, à défaut de débattre des hommes et de Dieu, vous me parlerez de vos romans.

Assis devant l'ordinateur de Kathleen, Morcar effleura de son index l'écran sur lequel était affiché un échiquier en trois dimensions. Lorsque son adversaire internaute joua le Fou blanc en C5, il poussa un cri de triomphe.

– Il est foutu !

Sans hésiter, il mangea le pion G7 avec sa tour placée en G8.

– Je ne comprendrai jamais rien à ce jeu, soupira Kathleen. Du peu que j'en sais, tu es en mauvaise posture. Pourtant, tu jubiles.

– C'est parce que tu n'as pas vu jouer la treizième partie qui, en 1972, opposa Fisher à Spassky. La plus remarquable partie du XXᵉ siècle. Ce type court à sa perte.

– En 1972 ? Je n'étais pas née ! Toi non plus, d'ailleurs.

Une légère rougeur teinta les joues du jeune homme :

– Il existe des livres, non ?

– Et tu sais par cœur les rencontres les plus célèbres ?

Morcar s'éclaircit la voix :

– Non, certaines... enfin... deux ou trois.

Son adversaire venait de répliquer : tour en C1 mange C4.

– Et maintenant ? questionna Kathleen. Que vas-tu faire ?

– Tour en D7. Plus que quatre coups...

Sur l'écran, la tour blanche en E4 plaça le Roi de Morcar en échec. Imperturbable, le jeune homme le déplaça en F1.

– Il est perdu, murmura-t-il avec une expression ravie.

Son adversaire déplaça le Fou en D4. Morcar répondit aussitôt par Fou en D2. Et il croisa les bras. Au bout de quelques secondes, un message clignota au centre de l'écran :

J'ABANDONNE.

Puis :

FISHER *VERSUS* SPASSKY. 1972.
J'ÉTAIS CONVAINCU D'AVOIR TROUVÉ LA PARADE. CHAPEAU !

– Je ne vois pas pourquoi cet imbécile se dégonfle, grogna Kathleen.

– J'en aurais pour deux heures à t'expliquer. Sache simplement qu'en persistant il courait droit au mat, et qu'un bon joueur le voit venir.

Il changea brusquement de sujet :

– J'ai trouvé bizarre le coup de fil de Mrs Gray. Je me demande bien ce qu'elle est allée faire sur l'île sainte.

– Se documenter pour son prochain roman.

– Je n'en suis pas si sûr.

– Pourquoi ? Tu sembles bien préoccupé tout à coup.

– Je suis inquiet pour elle.

– Tu crois qu'elle a décidé de s'occuper à nouveau du carnet ?

– Possible. À cause de l'assassinat de Bacovia.

Elle fit un bond en arrière :

– Bacovia ? Assassiné ?

– La gorge tranchée.

– Mais comment l'as-tu appris ?

– N'a-t-elle pas reçu hier la visite d'un policier ?

– Un policier ?

– Tu ne le savais pas ?

– Comment aurais-je pu ? protesta Kathleen. J'ai ouvert la porte à un homme qui m'a dit bonjour, et Mrs Gray l'a appelé par son nom : « Stuart », je crois. Ensuite, je suis partie te retrouver sur la plage.

– C'était bien un inspecteur, assura Morcar. C'est lui qui lui a annoncé la mort de Bacovia.

La jeune fille se tut, déroutée. Elle sentait confusément qu'un élément de compréhension lui échappait, mais ne parvenait pas à l'identifier. En vérité, il lui eût suffi de se poser la bonne question : comment Morcar pouvait-il être au courant ? Ne l'avait-elle pas vu par la fenêtre, la main plongée dans le sable qu'il laissait filer comme de l'eau entre ses doigts... ?

La taverne était chaude. Pintes de bière et verres de scotch s'entrechoquaient discrètement entre les murs couverts de boiseries couleur havane. Visages imberbes, figures émaciées barrées de moustache rousse ou blonde ;

hommes en complet, jeunes en blue-jeans, personnalités hétéroclites venues des quatre coins de l'Europe. Tous rassemblés sur l'île sainte, inspirés par la même quête, le même désir : comprendre, s'interroger, méditer.

Samuel Shlonsky se pencha légèrement vers Clarissa et chuchota :

– Ils cherchent. Alors qu'il n'y a rien à trouver.

La romancière avala la dernière bouchée de tarte aux pommes avant de faire observer :

– Avez-vous toujours été aussi pessimiste, monsieur Shlonsky ?

– Pessimiste ? Non. Je ne pense pas l'avoir jamais été. Optimiste inquiet est un qualificatif qui me conviendrait mieux.

– M'autorisez-vous à me montrer indiscrète ?

– Vous ne risquez rien. Allez-y.

– J'ai du mal à vous cerner. Qui êtes-vous ?

Il haussa les épaules :

– Longtemps je fus un autre. Aujourd'hui je suis moi. Samuel Shlonsky.

– Mais encore ?

– Vous voulez vraiment savoir ?

Elle confirma.

– Très bien. Ainsi que vous avez pu le constater, je vis dans la pénombre. La lumière du jour m'est devenue une offense. Et je n'aime plus les hommes. J'ai connu, vécu trop d'horreurs, et mes yeux sont à jamais blessés. Né dans le judaïsme, éduqué dans la religion d'Abraham, je me suis longtemps cru dans la vérité, convaincu que j'étais différent du reste du monde. L'idée contraire ne m'a jamais traversé l'esprit. C'eût été impossible. Pas à Varsovie en tout cas. Pas dans les années 40. Et si par extraordinaire mon âme d'enfant en était venue à oublier ma condition, le petit brassard de dix centimètres de large et l'étoile jaune sur laquelle était libellé *Jude* me l'auraient vite rappelé. Mon père était un proche de Mordekhaï Anilewicz, chef du mouvement sioniste-socialiste Hachomer Hatzair. Il fut l'un des instigateurs de l'insurrection du ghetto et l'un des premiers à tomber sous les balles. Ma mère a suivi peu après. Je les ai vus se vider de leur âme. J'ai entendu leur dernier souffle et il a longtemps résonné dans ma mémoire avec la violence d'un ouragan. Je venais d'avoir 12 ans.

Il but une gorgée de thé avant d'enchaîner :

– Je vous épargne ce qui a suivi et par quels détours j'ai débarqué un jour en Israël, poussé par la peur, pour trouver un havre définitif. Là, j'ai voulu comprendre ce qui nous était arrivé. J'ai cherché à expliquer l'origine de cette haine que nous soulevions partout où nous passions. Ce fut long et complexe.

– Et vous avez trouvé ?

– Oui.

Il lâcha :

– Dieu.

Clarissa fronça les sourcils :

– Dieu serait donc le grand responsable ?

– Réfléchissez. Il y a plus de trois mille ans, quand mes pères lancent l'idée monothéiste, ils le font dans un univers dominé par le paganisme et l'idolâtrie. Les empereurs romains sont l'équivalent des dieux. Les Grecs célèbrent Zeus et Apollon. Les Égyptiens prient Horus et Amon.

Aton n'étant qu'une tentative malheureuse, un essai non transformé. Hélas.

– Pourquoi hélas ?

– Parce que, si cette parenthèse monothéiste avait connu le même succès que celle d'Abraham, il est probable que la destinée de mon peuple eût été bien différente. Toute l'animosité des païens se serait alors tournée non vers les descendants d'Abraham, mais vers ceux d'Akhenaton, non vers les Juifs, mais vers les Égyptiens.

Il marqua une courte pause :

– Voyez-vous, Mrs Gray, le drame de notre peuple fut d'avoir eu raison trop tôt. Remontez le temps. Imaginez le monde de l'époque. Des statues à la gloire de Jupiter, de Neptune, de Baal, des taureaux sacrés, et j'en passe, recouvraient la surface des terres dites civilisées. Et voilà qu'une poignée d'individus débarque et proclame : « Il n'existe pas *des* dieux mais *un* Dieu. » De plus : « On ne peut le représenter, il n'a pas de visage et il n'a point de nom. Il n'est nulle part, il est partout. » Je ne sais pas si vous vous rendez compte de l'impact qu'une telle affirmation a pu avoir sur les esprits d'alors, de ses retombées tant philosophiques que sociales. En décrétant cela, mes ancêtres se plaçaient irrémédiablement au ban de la société. C'est ainsi que tous nos malheurs ont commencé.

– J'imagine que cette conclusion a dû vous conforter dans votre sentiment de différence.

– Oui. Mais je ne m'en suis pas senti mieux pour autant. Convaincu que nous étions porteurs d'un message essentiel, je me suis interrogé sur ce que nous en avions fait. Je peux vous dire aujourd'hui que si la haine a été entretenue c'est beaucoup par notre faute. Au lieu de partager ce message sacré, nous nous sommes repliés sur nous. Au lieu de nous ouvrir, nous nous sommes recroquevillés. Certes, nous avions des raisons ô combien valables pour nous comporter de la sorte, mais je suis convaincu – à tort peut-être – que nous aurions dû avoir le courage de nous ouvrir au monde, plus tôt, plus vite. C'est notre perception de peuple élu qui nous a aveuglés et a entretenu notre ego.

Clarissa afficha un air réprobateur :

– Je vous trouve bien dur, monsieur Shlonsky. Vous oubliez le ressentiment de vos voisins. Ils n'aspirent qu'à vous éradiquer.

– Dur, non. Utopiste peut-être. Je reste convaincu que rien de grand ne peut être accompli sans risque et sans audace. Nous manquons d'audace alors que nous sommes cernés par des lâches. Je ne parle pas des peuples arabes, mais de leurs dirigeants. Ces potentats qui parcourent leurs pays en costume trois-pièces de chez Savile Row en proclamant qu'ils sont prêts à mourir jusqu'au dernier enfant palestinien. Ces chefs de tribus, dont la veulerie n'a d'égal que les fortunes qu'ils ont détournées dans des coffres helvético-luxembourgeois. Nous étions les dépositaires d'un message divin. Nous portions une immense responsabilité, nous avions un devoir sacré à assumer. Souvenez-vous des propos de ce Juif dont les chrétiens se sont emparés en le surnommant Christ. Que disait-il ? « Vous êtes le sel de la terre. Mais si le sel vient à s'affadir, avec quoi le salera-t-on ? Il n'est plus bon à rien qu'à être jeté dehors et foulé aux pieds par les gens. Vous êtes la lumière du monde. » Nous, Juifs, étions destinés à être la lumière et le sel du monde. Mais nous avons failli. Et comment mon âme ne saignerait-elle pas lorsque je constate que nos barbus rivalisent d'obscurantisme avec les plus obscurs mollahs et les sclérosés de la curie romaine ?

– C'est pour cette raison que vous êtes venu vous réfugier ici ? Dans un centre tibétain ?

– Non. Je me suis penché sur les livres, l'Histoire, la petite, la grande. J'ai examiné à la loupe les deux autres religions monothéistes pour finalement aboutir à une certitude, plus affligeante encore : rien. Il n'y a rien. Ni le christianisme ni l'islam ne trouvent grâce à mes yeux. Je sais aujourd'hui que je ne suis qu'un mécréant. Et cette religion me suffit. Je ne me torture plus. Je ne cherche plus à définir qui a raison, qui a tort, qui est dans le vrai ou le faux. Je suis moi. Intègre. Libre de toute entrave. Je ne me laisse plus dicter ma pensée, ni par des gens enturbannés ni par d'autres en tunique. Ma conduite n'est plus motivée par l'improbable. J'ai rayé de ma vie tous les clergés, tous les cultes, renversé les statues, arraché les bâillons. Et, croyez-moi, je respire un air autrement plus pur. Ici, je suis en terrain neutre.

Il s'arrêta et fixa sa visiteuse :

– Je voudrais vous poser une question, Mrs Gray. Pourriez-vous me dire à quelle religion appartenait Adam ?

Comme elle haussait les épaules pour souligner son incapacité à répondre, il déclara avec un sourire :

– Je suis Adam, Mrs Gray.

Kathleen pointa son index sur la page Web qui venait de s'afficher à l'écran et lut lentement : « La numérologie est cette discipline qui s'appuie sur les nombres, à l'instar de l'astrologie qui s'appuie sur les astres, pour étudier la personnalité et le destin de chacun de nous. Les nombres sont donc censés avoir le pouvoir d'influencer notre vie et notre comportement. »

– Arrête ! soupira Morcar. Voilà plus de deux heures que tu te balades sur des sites qui n'ont aucun intérêt. Comment peux-tu imaginer que les nombres puissent exercer une influence sur notre destinée ou que l'addition des lettres de ton nom ou de ton prénom débouche sur un portrait de ton caractère ?

– Au lieu de critiquer, fais plutôt un effort pour essayer de comprendre. La numérologie n'est pas une fadaise ! Tu as lu comme moi que des gens comme Pythagore ou Platon se sont intéressés à cette science et qu'elle remonte à la nuit des temps.

Morcar secoua la tête :

– Arrête, Kathleen. Tu perds ton temps.

– Très bien. Alors dis-moi pourquoi Gabriel aurait cité les fameux nombres 19 et 0,809, sinon pour nous transmettre une information cruciale sur la personnalité du tueur ?

Le jeune homme n'eut pas le temps de répliquer, elle pianotait déjà sur le clavier en enchaînant :

– Tiens. Juste pour le plaisir...

Elle inscrivit dans une case les six lettres qui composaient le prénom de Morcar :

– Que fais-tu ?

– Je calcule ton thème...

Elle cita :

– M = 13 – O = 15 – R = 18 – C = 3 – A = 1 – R = 18. Total : 68. 6 plus 8, égale 14. Soit 5.

Elle inscrivit ce dernier chiffre et cliqua à l'aide de la souris sur une case.

Un texte apparut au bout de quelques secondes.

– Amusant, non ? « 5 est le nombre de l'harmonie et de l'équilibre. C'est aussi celui de la grâce divine. Selon la Kabbale, c'est le chiffre de l'Homme parfait, débarrassé du côté animal. Selon la Bible, il est le symbole de l'Homme-Dieu de par les cinq plaies du Christ en croix. À ce titre, il est aussi considéré comme le nombre de la grâce. Envisagé comme le médiateur entre Dieu et l'univers. »

Elle jeta un coup d'œil malicieux vers Morcar :

– Tu m'en as caché des choses ! Je serais donc amoureuse d'un homme parfait !

– Cela suffit, lança le jeune homme avec une brusquerie inattendue.

D'un geste ferme, il déconnecta l'ordinateur.

– Pourquoi ? Pourquoi fais-tu ça ?

Il la fixa avec gravité :

– Parce que je ne veux pas qu'il t'arrive malheur à toi aussi, Kathleen. Je ne veux pas...

Dans la chambre à coucher que Shlonsky avait mise à sa disposition, Clarissa comptait les vagues qui battaient contre la falaise et les heures et les minutes qui la séparaient du retour de l'aube.

Depuis qu'elle avait posé sa tête sur l'oreiller, un manège virtuel formé de lettres et de nombres ne cessait de tourner

au-dessus du lit. *19... 0,809... Jumeau... 10... sourate 74,
verset 30... Il n'est qu'un seul Dieu. Le jumeau est en 0,809.*
Confusion, dérive. Plus elle progressait, plus le ciel s'obs-
curcissait. Dès qu'elle soulevait un voile, un autre retombait
et le mécanisme paraissait sans fin. Où était Daniel ? Elle
imaginait l'ange en train de farfouiller dans des tiroirs invisibles, dans un bureau aux murs invisibles, dans une demeure
sans portes ni fenêtres. Ne se pourrait-il pas qu'il ait été
assassiné à son tour ? Dans ce cas, tout était perdu. L'affaire
s'arrêterait de la même façon qu'elle avait commencé : sur
le néant. Brusquement, elle s'aperçut qu'elle ne lui avait pas
posé la question que le premier venu aurait posée s'il avait
eu la chance de dialoguer avec un ange. À quoi ressemblait
le paradis ? Comment y vivait-on ? Quelle langue parlait-
on ? Avait-on faim ? Soif ? Y avait-il des plaines, des rivières,
des fleuves, des animaux ? Y trouvait-on encore l'arbre au
fruit défendu ? Faisait-il chaud ? Froid ? Marie Madeleine,
Sara, Agar, la Vierge... quel vêtement portaient-elles ? Mar-
chaient-elles nues à l'ombre des flamboyants ? Elle se promit
que la prochaine fois que l'ange se manifesterait, elle ne
manquerait pas de l'interroger.

Quand elle trouva le sommeil, il n'était pas loin de
3 heures du matin.

Elle ne dormit pas longtemps.

Un bruit étrange la réveilla alors qu'il faisait encore sombre. C'était une sorte de clapotis. Comme si quelqu'un
marchait dans de la boue. Dans un premier temps, elle se
dit qu'il pleuvait. Mais non, la sonorité était visqueuse, flas-
que. Elle se dressa dans son lit et écouta plus attentivement.
Les sons provenaient de la pièce principale qui jouxtait sa

chambre. Shlonsky, c'était peut-être lui ? Que fabriquait-il à cette heure ? Le son était plus net maintenant.

Le cœur de Clarissa s'emballa dans sa poitrine et un filet de sueur froide courut le long de son dos. Elle se dit qu'elle était ridicule de s'inquiéter de la sorte. Il est bien connu que lorsque l'on dort dans une maison étrangère, tous les bruits sont inquiétants. Pourtant, sans qu'elle pût en définir la raison, son instinct lui soufflait que ce bruit-là résonnait comme une menace.

Il se rapprochait.

Insensiblement.

Accompagné par le battement lancinant des vagues, le mouvement se poursuivait, adoptait une nouvelle forme. Ce n'était plus des pas dans la boue, mais le déplacement d'une sphère qui se meut sur une surface gluante et baveuse.

Un choc sourd.

Un clappement contre la porte.

Un deuxième, un troisième.

Quelqu'un essayait d'entrer !

Le cœur devenu tambour, la vieille dame remonta le drap contre sa poitrine et le serra de toutes ses forces. Elle ouvrit la bouche pour crier, appeler Shlonsky au secours, mais aucun son ne passa. La peur l'avait rendue muette. Elle devait pourtant réagir. Elle desserra ses doigts et tendit la main droite vers la lampe de chevet qu'elle savait là.

Et la porte vola en éclats. Elle vola en éclats dans un vacarme assourdissant.

Des dizaines de lambeaux de bois fusèrent à travers la pièce. Certains se répandirent au pied du lit ; d'autres giflèrent le visage de Clarissa.

Elle hurla, enfin. Le cri libéré couvrit la rumeur des vagues. Elle n'arrêtait plus de hurler. Toute sa terreur contenue jaillissait de ses entrailles. Sans qu'elle sût comment, dans un réflexe désespéré, ses doigts trouvèrent l'interrupteur et la lumière inonda la chambre.

Et ce fut le silence. La vision d'horreur que découvrait Clarissa était parvenue à bâillonner ses cris.

Au pied du lit, nageant dans une mare sanglante et des débris de chair, oscillait le crâne glabre de Samuel Shlonsky. Ses yeux exorbités la fixaient au-delà de la mort. Le crâne s'immobilisa dans un ultime chuintement. On n'entendit plus que les coups de boutoir de la mer au pied de la falaise.

La vieille dame ne bougeait plus. En apnée, elle conservait les doigts de sa main droite plaqués sur l'interrupteur ; la main gauche griffant le drap contre sa poitrine. Elle ne bougerait plus. Le responsable de cette horreur devait la guetter. Bientôt ce serait son tour. Mais qu'attendait-il ? Pourquoi n'achevait-il pas sa besogne ? Voulait-il la voir mourir d'effroi ?

Un mouvement se produisit quelque part dans la maison. Quelqu'un se déplaçait rapidement dans le noir. Elle entendit un bruit de table renversée, une suite d'objets qui heurtaient le sol. Elle pensa au jeu d'échecs de Shlonsky.

Cette fois, ça y était. Dans quelques secondes ce serait la fin.

Une silhouette se découpa dans le clair-obscur. Une masse énorme. Un géant.

La vieille dame ferma les paupières et se recroquevilla

sur elle-même. Que ressentait-on lorsqu'on vous tranchait la tête ?

– Clarissa !

La voix lui sembla familière.

Une main se referma sur son bras. Elle faillit se jeter hors du lit.

– Clarissa ! répéta la voix. C'est moi, Thomas !

Elle balbutia :

– Thomas ?

Et ouvrit les yeux.

Ce n'était pas un leurre. Cet homme penché sur elle était bien Thomas Stuart.

– Remettez-vous. Vous n'avez plus rien à craindre. Je suis là.

– Thomas ? Que... Comment... ?

– Je vous expliquerai. Venez. Il faut partir d'ici. Vite !

Dans un réflexe pudique, elle remonta le drap jusqu'à son cou. Elle ne portait rien d'autre que ses dessous.

– Ma robe, dit-elle doucement.

Dans la voiture qui les emmenait vers le port, malgré la veste que Stuart avait posée sur ses épaules, Clarissa avait du mal à maîtriser les tremblements qui secouaient ses membres. L'inspecteur l'enveloppa de son bras gauche et l'attira contre lui. Elle n'offrit aucune résistance et s'abandonna tout naturellement.

De minces fuseaux rosâtres commençaient à irradier l'horizon. Bientôt il ferait jour.

– Expliquez-moi, Thomas. Que faites-vous ici ?

– Ne saviez-vous pas qu'à mes heures perdues je remplace les anges gardiens au chômage ?

– Sérieusement, Thomas.

– Vous êtes un bon écrivain, Clarissa, mais une piètre menteuse. Lorsque vous m'avez demandé l'autorisation de conserver les notes récupérées au domicile de Vasile Bacovia, et qu'ensuite vous avez déboulé dans mon bureau pour me réclamer ces informations nécrologiques, j'en ai évidemment déduit que vous n'aviez aucunement l'intention d'abandonner cette affaire. Je vous ai laissée agir. Mais ma décision était prise : je n'allais pas vous lâcher d'un pouce. Un homme a été assassiné, peut-être deux ; il n'était pas question que vous soyez la troisième victime.

– Vous m'avez donc suivie sur l'île...

– Évidemment. Et jusqu'à la maison de Shlonsky. Après avoir vu le pêcheur repartir tout seul, je suis resté dans ma voiture et j'ai attendu.

Il grimaça :

– Je n'ai plus l'âge de jouer les Philip Marlowe. L'humidité ne me vaut rien.

– Ensuite ? Que s'est-il passé ?

– À un moment donné, j'ai dû m'endormir. Combien de temps ? Je n'en sais rien. Je me souviens seulement avoir été réveillé par votre cri. J'ai bondi hors de la voiture et foncé vers la maison. La porte d'entrée était fermée à double tour. Vous avez pu constater à quoi ressemblait le battant ; il tenait à peine sur ses gonds. Un coup d'épaule a suffi. Sitôt à l'intérieur, j'ai tenté de localiser l'endroit où vous vous trouviez. Dieu merci, vous avez eu la présence d'esprit d'allumer la lumière. En traversant la pièce, mon pied a heurté quelque chose, et je me suis affaissé de tout mon long, renversant une table au passage...

– Un échiquier.

– Si vous le dites. En me relevant, j'ai aperçu le corps de Shlonsky, ou ce qu'il en restait.

– Vous n'avez vu personne d'autre ?

– Personne. J'ai seulement entendu votre porte qui volait en éclats. Vous connaissez la suite.

Clarissa se serra un peu plus contre l'épaule de Stuart.

– C'est effrayant. Cette tête... ce regard... Le responsable de cet acte ne peut être humain. C'est une bête enragée, un monstre.

Elle s'empressa d'ajouter :

– Un monstre doué de pouvoirs surnaturels. Sinon, comment expliquer l'éclatement de la porte et que le crâne soit venu rouler jusqu'au pied de mon lit ? Et ce bruit, ce bruit...

Elle leva des yeux apeurés vers l'inspecteur :

– Dites-moi, Thomas. À qui avons-nous affaire ? Qui se cache derrière des actes d'une barbarie pareille ?

– Je vous avais prévenue : nous vivons dans un pays qui respire le surnaturel. Ce dont nous avons été témoins n'appartient pas au monde des humains...

Morcar et Kathleen avaient réussi à contenir leur émotion pendant tout le temps où Clarissa leur décrivait ce qui s'était déroulé chez Shlonsky. Mais lorsque la romancière relata l'épisode de la tête décapitée, Kathleen eut un mouvement de répulsion et se précipita dans la salle de bains pour vomir. Stuart faillit la suivre, mais se dit que dans ces moments-là on n'appréciait guère la présence d'un témoin.

Il reporta son attention sur la vieille dame. Elle faisait peine à voir. Ses joues, son front étaient couverts de petites entailles. Les plus profondes avaient été désinfectées par le médecin de garde, à bord du ferry qui les avait ramenés à Brodick. Folie. Durant sa carrière de flic, il avait souvent été témoin de scènes odieuses. Corps dépecés, enfants battus à mort, vieillards martyrisés pour quelques shillings, fillettes suppliciées et violées, mais quel que fût le degré de l'horreur, chaque fois existaient une interprétation rationnelle, un coupable ou des suspects. Tandis que là...

– Clarissa, je crois que vous devriez brûler ce carnet. Il est chargé de maléfices.

La romancière opina de la tête :

– C'est probable.

– Maintenant. Donnez-le-moi.

– Vous n'êtes pas sérieux ? osa Morcar. C'est la seule preuve que vous possédiez. Une fois le carnet disparu, il ne vous restera rien qui vous permette d'expliquer ces meurtres.

– Jeune homme, gronda le policier, vous croyez vraiment que ces pages contiennent une once d'explication ? Des incantations, oui. Des formules magiques. Je suis persuadé que le seul fait d'avoir lu ces lignes à voix haute a pu déclencher ces tragédies.

Il répéta sur un ton décidé à l'adresse de Clarissa :

– Donnez-moi le carnet.

La vieille dame désigna son sac d'un geste las.

– Auriez-vous de l'alcool à brûler ?

– Dans la cuisine.

Il s'éclipsa.

– Vous n'allez pas le laisser faire ? s'affola Morcar.

– Si.

– Donc vous déclarez forfait.

Elle resta silencieuse :

Il ajouta :

– Ainsi, l'assassin de Bacovia, de Gabriel, de Shlonsky et demain peut-être de Mrs Maclean restera impuni.

– Et la police, qu'en faites-vous ? s'écria Stuart, de retour dans le salon. Que je sache, il n'est pas du ressort des citoyens de mener des enquêtes, il existe des gens dont c'est le métier. Au cas où vous l'auriez oublié, Mrs Gray est romancière, pas détective ni agent de Scotland Yard.

Il s'agenouilla devant l'âtre et entreprit d'y jeter les pages du carnet après les avoir détachées une à une de leur reliure.

– Que faites-vous ? lança Kathleen, revenue à son tour.

– Il fait disparaître les preuves, persifla Morcar.

L'inspecteur se retourna violemment et pointa sur lui un doigt menaçant :

– Écoute bien, mon petit, encore un mot et je te fais enfermer pour outrage !

– Et vous m'arracherez la langue par la même occasion ? Vous n'êtes pas sans savoir que ce que vous faites est illégal. Ce carnet aurait dû être remis aux autorités. C'est une pièce à conviction. En agissant ainsi, vous vous placez hors la loi.

Le visage de Stuart vira au blanc.

– Non, mais c'est un comble !

Il prit la vieille dame à témoin :

– Mais d'où sort ce galopin ? Où diable a-t-il été éduqué ?

– Ne parlez pas du diable, ironisa Morcar, superstitieux comme vous l'êtes, cela pourrait vous porter malheur.

– Allons, Morcar, gronda Clarissa, un peu de retenue. D'ailleurs, j'avoue que votre réaction me surprend beaucoup. Pas plus tard qu'hier, lorsque nous marchions sur la plage, ne m'avez-vous pas suggéré de ne plus m'occuper de cette affaire ? « Si j'étais à votre place, je laisserais tout tomber. » Ce sont vos propres mots.

Morcar la considéra avec stupéfaction :

– Moi ?

– Seriez-vous amnésique, mon petit ? Bien sûr : vous !

– C'est impossible ! Quand ?

La romancière eut un mouvement d'irritation :

– Je viens de vous le dire : hier matin, à l'aube, sur la plage.

Morcar quêta du regard l'aide de Kathleen : elle pouvait témoigner qu'ils étaient ensemble ce matin-là, qu'ils avaient passé la nuit à faire l'amour, qu'ils ne s'étaient pas quittés. Mais à voir l'expression embarrassée de la jeune fille, il comprit qu'elle n'aurait pu plaider sa cause sous peine de se discréditer aux yeux de la vieille dame.

Constatant son désarroi, Stuart en profita pour enfoncer le clou :

– Non seulement discourtois, mais menteur !

Morcar le toisa longuement avant de déclarer d'une voix glaciale :

– Vous avez beaucoup de chance, monsieur l'inspecteur.

S'il ne me restait pas un minimum de raison, je vous réduirais en poussière !

Sans attendre la réplique, il tourna les talons.

Le policier faillit se lancer à ses trousses, mais la voix de Clarissa le stoppa dans son élan :

— Calmez-vous, Thomas. Il n'a pas 20 ans...

— Ce n'est pas une excuse ! Vous avez entendu sur quel ton il a osé me parler ?

— Calmez-vous...

Elle désigna l'âtre :

— Finissons-en avec cette histoire. Elle est en train de nous rendre fous.

Stuart arracha les dernières pages et les inonda d'alcool.

— Auriez-vous du feu ?

— Il y a une boîte d'allumettes sur le manteau.

— Inspecteur, risqua Kathleen, êtes-vous vraiment sûr de bien agir ?

En guise de réponse, Stuart fit craquer une allumette et la balança dans la cheminée. Instantanément s'éleva le crépitement des flammes. Le policier contempla un instant les pages qui s'embrasaient et s'approcha de la romancière :

— C'en est fini de toutes ces horreurs, Clarissa. Vous allez pouvoir dormir tranquille.

La pendule sonna midi.

Il poursuivit :

— Je vais devoir rentrer au commissariat et rédiger mon rapport. Je vous téléphonerai demain matin pour prendre de vos nouvelles.

Dès que la porte fut refermée, Kathleen demanda :

— Et maintenant ? Quelles sont vos intentions ?

– Rien de particulier. Reprendre le cours de ma vie. Essayer d'oublier.

La jeune fille soupira.

– Vous devriez rentrer chez vous, suggéra Clarissa. Je ne me sens plus en état d'écrire. J'ai besoin de me retrouver seule.

– Je comprends.

Elle chuchota presque :

– Et Morcar ?

– Pour l'heure, nous sommes condamnés à nous supporter. Je compte le renvoyer chez le professeur Maclean dès que l'état de Janet se sera amélioré. (Elle ajouta sur un ton lugubre :) S'il s'améliore...

Elles respectèrent un temps de silence. Puis Kathleen demanda :

– Puis-je passer une dernière nuit ici ? Je partirai demain à la première heure.

– Bien sûr.

La vieille dame montra la crédence alignée contre le mur :

– Soyez gentille. Je n'ai pas la force de me lever. Servez-moi donc un verre de Glen Mhor.

Au moment où la jeune fille se levait, elle la saisit par la main :

– M'autorisez-vous à vous parler comme si vous étiez mon enfant ?

– Certainement, Mrs Gray.

– À mon âge, on perd la mémoire, mais on sait encore lire dans les cœurs. Prenez garde, ma petite. Prenez garde. Méfiez-vous de Morcar...

17

LE MÉDECIN posa un regard compatissant sur William Maclean :

– Je sais ce que vous devez ressentir.

Le professeur retira de sa poche un paquet de cigarettes et, sans solliciter l'autorisation, en alluma une. En toute autre occasion, il se serait vu interdire le geste ; mais un tel désespoir se lisait sur son visage que la réaction du médecin fut :

– Je n'ai pas de cendrier.

Maclean aspira une goulée de fumée à pleins poumons. Voilà plus de trente ans qu'il avait abandonné la cigarette pour la pipe. Depuis quarante-huit heures, il y était revenu avec frénésie.

– En conclusion, murmura-t-il, Janet est perdue.

– J'en ai bien peur, hélas.

– Et vous êtes incapable de me dire de quoi elle va mourir.

– Je crois qu'elle meurt parce que quelque chose d'indicible la pousse à ne plus vouloir vivre. Elle s'est laissée glisser. Elle n'est plus là.

– Combien de temps ?

Le médecin ne parut pas comprendre.

– Combien de temps lui reste-t-il ?

– Tant que nous la maintiendrons en état de survie arti-ficielle et aussi longtemps que le cœur continuera de bat-tre. J'ai connu des cas qui résistaient ainsi pendant plu-sieurs mois. Néanmoins, je vous ai exposé les conséquences d'une pareille situation. Même si Mrs Maclean venait à sortir de son coma, je crains fort qu'elle ne conserve de graves séquelles : paralysie, aphasie, peut-être même perte de la vision.

– Des lésions irréversibles.

– Oui.

Le professeur exhala un nuage de fumée :

– La sagesse nous conseillerait donc de la « débran-cher ».

Il marqua une pause et questionna :

– Le feriez-vous ?

Le médecin prit son stylo et le fit pivoter entre ses doigts.

– Je vais vous répondre par une citation vieille de plus de quatre siècles : « L'office du médecin n'est pas seule-ment de rétablir la santé, mais aussi d'adoucir les douleurs et les souffrances attachées aux maladies ; et cela non seu-lement tant que cet adoucissement de la douleur contribue et conduit à la convalescence, mais encore afin de procurer au malade, lorsqu'il n'y a plus d'espérance, une mort douce et paisible. » Ces mots sont de Francis Bacon.

Le silence retomba, s'épaissit, entretenu comme à sou-hait par les deux hommes.

Finalement, Maclean se leva :

– Merci, docteur. Dites-vous que je suis de l'avis de Mr Bacon. À présent, je dois réfléchir.

Debout sur le quai, Kathleen avait les yeux pleins de larmes. Elle avait mal. Mal à la peau, mal au ventre, mal au cœur. Et Morcar aussi. Lui ne savait pas les mots. Cette souffrance que provoque l'arrachement à l'autre lui était si neuve, si étrangère. Elle savait les mots, mais se sentait incapable de les prononcer.

– Nous nous retrouverons, dit-elle faiblement. Nous nous retrouverons, n'est-ce pas ?

Il serra les lèvres. Il était pris de vertige, tout tanguait autour de lui. La mer, le ferry, le ciel.

Il trouva la force de répondre :

– Je ne sais pas. J'espère. Oui.

– Il ne dépend que de toi. Tu sais où je vis. Et puis, n'oublie pas : je t'ai confié mon ordinateur. Tu devras me le rendre.

Elle s'efforça de prendre un ton enjoué :

– Ne *chat* pas trop sur le net. On y fait parfois de mauvaises rencontres. Promis ?

– Promis.

Alors elle détacha sa main de la sienne et partit vers la passerelle sans se retourner. Vite, de plus en plus vite, de peur de faiblir.

Il la suivit du regard jusqu'au moment où elle disparut dans le ventre du navire. Incapable de faire un geste, il demeura l'œil rivé sur le pont dans l'espoir qu'elle réapparaîtrait peut-être, qu'elle lui ferait un dernier signe pour lui insuffler encore un peu de vie, mais en vain. Alors il regagna la vieille Triumph de Clarissa et prit la route de Lamlash.

Quand il entra dans la maison, il trouva le salon désert. Il appela, vainement. Il se rendit à la cuisine, la romancière n'y était pas. Il finit par la découvrir au premier étage, allongée sur son lit, dans la pénombre. Elle semblait dormir.

– Mrs Gray ? chuchota-t-il.

Elle entrouvrit les yeux :

– Elle est bien partie ?

– Oui.

– Si tu veux manger, le réfrigérateur est plein. Mrs Pettycoat a fait les courses.

– Merci. Mais je n'ai pas faim.

Il se hâta de demander :

– Avez-vous besoin de quelque chose ?

– De repos.

Alors qu'il se retirait, la voix de Clarissa résonna dans son dos :

– Ton grand-père a téléphoné.

– Des nouvelles ?

– Mauvaises. Janet est perdue. Elle ne survit plus que grâce aux machines qui l'entourent. La fin est entre les mains de Willy.

– C'est-à-dire qu'il pense tout arrêter ?

– Il y a des moments où il vaut mieux laisser partir ceux qu'on aime, lorsqu'il n'y a plus d'espoir de les retrouver tels que nous les avons aimés, et surtout tels qu'ils se sont connus. Tu comprends ?

Il répondit par l'affirmative. Mais comprenait-il vraiment ?

– Je vous laisse vous reposer, dit-il après un moment. Si vous avez besoin de moi, je serai dans le salon. N'hésitez pas.

Il poursuivit très vite :

– S'il vous plaît.

Trois jours passèrent. Trois jours au cours desquels Morcar occupa ses loisirs entre des incursions plus ou moins prolongées sur l'Internet, des parties d'échecs virtuelles, la plage et l'écoute de Jean-Sébastien Bach. Bach fut un cadeau de Clarissa, elle était revenue un matin et lui avait remis un paquet contenant un baladeur et un coffret de CD qui regroupait l'intégralité des *Concertos brandebourgeois*. Pourquoi cette générosité soudaine ? s'était-il demandé. La réponse devait se trouver probablement dans le souhait de la vieille dame d'apaiser un peu le chagrin d'un jeune homme à la veille de perdre sa grand-mère.

Le quatrième jour, un changement s'opéra chez la romancière. Elle parut plus sereine. Elle sollicita même de Morcar qu'il lui explique en quoi consistait ce fameux Internet qui ravageait la planète, et pourquoi les êtres passaient-ils des heures entières dans la solitude, assis devant un écran. Il se fit un plaisir de l'entraîner dans le monde cybernétique. C'est ainsi qu'elle découvrit des toiles de Rommey et de Turner, son peintre préféré, qu'elle n'avait jamais eu l'occasion de voir. Des photos de Venise et de Prague où elle n'était jamais allée, des supermarchés où l'on pouvait passer commande sans quitter son lit, des romans, parmi lesquels ceux de Clarissa Gray, qu'il était possible de recevoir chez soi en quarante-huit heures. Elle explora en compagnie de son guide les sites les plus fous, compulsa la *Britannica*, fit un détour par la librairie du Congrès à Washington et se retrouva prise au piège d'un casino virtuel où elle gagna au Black Jack pas loin de cent livres. Si Morcar ne l'avait pas freinée, elle aurait joué toute la nuit. Et plus encore.

Le sixième jour, un vendredi, Morcar la retrouva pour le petit déjeuner. Il n'avait pas dormi de la nuit. Pas plus que les nuits précédentes. Il se servit un bol de chocolat chaud et prit place devant la vieille dame.

Voyant qu'il ne disait rien, elle l'aborda :

– J'imagine que vous commencez à trouver le temps long. Voudriez-vous que nous allions à Machrie Moor ? Le site vous plaira sûrement.

– Non. J'aimerais plutôt passer ce week-end à Glasgow.

– Ah ?

– Oui. J'en profiterai pour aller voir Janet.

Elle le fixa dans les yeux :

– Et Kathleen...

– Oui, Kathleen aussi.

– L'avez-vous prévenue ?

– Hier soir. Je compte téléphoner aussi à grand-père Willy. Je pense qu'il sera d'accord.

Elle se versa une seconde tasse de thé :

– Je n'y vois pas d'inconvénient. Ou plutôt si. Un seul.

Il l'interrogea du regard.

– Elle est fragile. C'est une enfant.

– Elle me manque.

– C'est possible. Seulement, voyez-vous, je crains que ce ne soit qu'un caprice. Vous la désirez comme on désire la nouveauté, l'inattendu. Alors qu'elle vous veut parce qu'elle vous a choisi. Je vous ai observé durant tout ce temps ; vous êtes quelqu'un de très curieux, Morcar, un savant mélange de sensibilité et d'extrême détachement. Je peux me tromper, mais ce n'est pas ce qui conviendrait à Kathleen. Elle hait la froideur. Un être froid peut vous tuer aussi sûrement qu'une balle de revolver.

Il médita brièvement, avant de rétorquer :

– Je sais que je peux paraître... curieux, mais il y a des choses en moi que vous ignorez. Je ne suis pas aussi mauvais que j'en ai l'air.

L'aveu la fit sourire malgré elle :

– Mauvais ? Le terme est très exagéré.

Elle l'observa, s'efforçant de lire au tréfonds de lui :

– Très bien. Appelez votre grand-père. S'il approuve votre visite, je l'approuve aussi.

Il se leva d'un seul coup, le visage lumineux.

– J'y vais !

– Un instant.

– Oui ?

– Puisque nous parlons à cœur ouvert, à mon tour de vous demander une faveur. Répondez-moi sincèrement : vous étiez bien sur la plage, ce matin-là ? Vous m'avez bien recommandé de ne plus m'occuper de cette histoire de carnet, n'est-ce pas ?

Il répliqua sans la moindre hésitation :

– Mrs Gray, j'aimerais vous répondre oui, ne fût-ce que pour chasser l'image que vous avez de moi. Malheureusement, si j'ai nombre de défauts, le mensonge m'est étranger.

Il conclut en détachant les mots :

– Je n'étais pas sur la plage. Ce n'était pas moi.

Morcar parti, Clarissa retrouva sa chère solitude, du moins physiquement, car le souvenir de Daniel revenait sans cesse rôder dans sa tête. L'avait-il jamais quittée d'ailleurs ? Sans se l'avouer, elle avait conservé l'espoir de voir *son* ange réapparaître. Et face à ce silence prolongé, elle en conclut avec un serrement de cœur qu'il avait dû connaître le même sort que ses frères d'âme.

Samedi, elle décommanda le dîner prévu avec Stuart. Sans avoir à fournir d'explications. Quelques mots avaient suffi. Le policier avait seulement demandé : « Demain, un autre jour, le temps sera plus clément. »

Vers 15 heures, elle fit un saut chez le libraire de Lamlash, et acheta un Coran et une Bible. La dernière fois qu'elle avait ouvert un livre des Saintes Écritures remontait à son adolescence, du temps où elle était contrainte de suivre des cours de catéchisme. Elle occupa le reste de la journée à la lecture de la Genèse, de l'Exode, du Deutéronome, et fut particulièrement troublée de découvrir parmi des textes si austères un poème comme le « Cantique des Cantiques ». Que faisait parmi ces pages imprégnées de sang et d'infortunes cet éloge à l'amour et à la sensualité la plus ardente ? La poésie qui s'en dégageait rivalisait avec les plus beaux sonnets de Shakespeare ou de Keats. Ce soir-là, elle s'endormit sur ces derniers vers : *Les gardes m'ont rencontrée, ceux qui font la ronde dans la ville. Ils m'ont frappée, ils m'ont blessée, ils m'ont enlevé mon manteau, ceux qui gardent les remparts.*

Dimanche matin, elle prit des nouvelles de Janet. L'état était stationnaire. Maclean n'arrivait toujours pas à donner son accord pour que l'on brisât le dernier fil qui reliait sa femme au monde des vivants. Il lui confia, presque honteux, qu'il passait le plus clair de son temps dans la chapelle de l'hôpital à radoter des prières. Elle apprit aussi que Morcar était resté plus de trois heures au chevet de l'agonisante. Clarissa, qui avait vécu jadis la maladie de son époux, savait combien il est pénible de tenir compagnie à quelqu'un qui vous est cher et qui ne voit ni n'entend. Morcar n'était donc pas aussi froid qu'elle le pensait.

La tombée de la nuit la trouva qui tournait en rond dans le salon. Son regard croisa l'ordinateur de Kathleen, et machinalement Clarissa se dirigea vers lui. Elle effleura de l'index le bouton de démarrage comme on hésite devant une boîte de friandises interdites puis, reproduisant les gestes que Morcar lui avait enseignés, elle lança l'Internet et chargea le site conservé en mémoire dans la liste des favoris. *Casino on line* apparut en lettres de feu. Elle se souvint alors qu'elle avait besoin de sa carte de crédit et repartit chercher son sac. De retour devant le clavier, elle inscrivit les numéros confidentiels et la date d'expiration, mais dut s'y prendre à trois fois tant elle se sentait fébrile. Quelques secondes s'écoulèrent... Ça y est ! Le tapis vert venait de s'afficher. Le flot d'adrénaline l'envahit tout entière tandis qu'elle risquait sa première mise : deux livres. À partir de cet instant, rien ne compta plus que les cartes qui défilaient, 16 pour Clarissa, 20 à la banque, 18 pour Clarissa, rien pour la banque. Vers 2 heures du matin, les yeux brouillés, épuisée, au bord de la nausée, elle se décida enfin à s'arrêter. Elle avait perdu près de cent livres ! Si elle ne prononça pas tous les jurons de la terre et toutes les invectives, elle les pensa très fort alors que lui revenait en mémoire une phrase de son vieil oncle John Asscab, joueur invétéré, lequel avait écumé toutes les salles de jeu d'Europe. Dans les années 30, au sortir du casino de Monte-Carlo, dont le directeur était un certain M. Leblanc, il avait fait ce commentaire : « Que vous jouiez le rouge ou le noir, dites-vous bien qu'au bout du compte c'est toujours Leblanc qui gagne. »

Au bord de l'hystérie, elle s'arracha à l'ordinateur et alla se servir un double scotch. C'est au moment où elle versait l'alcool ambré, qu'elle entendit :

– *Bonsoir, Mrs Gray...*

Une voix limpide et claire.

– *M'entendez-vous, Mrs Gray ?*

Mais d'où venait-elle ?

Elle fouilla la pièce du regard. Il n'y avait personne.

– *Mrs Gray... Je vous en prie. Approchez-vous.*

Était-ce possible ? La voix avait tout l'air de surgir des enceintes de l'ordinateur toujours allumé. Elle se précipita vers lui. La table de *Black Jack* s'était volatilisée. L'écran était blanc, comme recouvert d'une couche de neige, et au beau milieu de cette neige il y avait le visage de Daniel.

– *J'ai réussi, Mrs Gray ! J'ai réussi à trouver dans les notes de Gabriel la solution qu'il avait imaginée.*

Elle bredouilla :

– La solution ?

– *Oui. La preuve : nous voici en présence. Vous pourrez vous livrer à vos interrogatoires à travers cet écran. Les trois sont d'accord. Ils sont disposés à répondre à toutes vos questions.*

– Les trois ?

– *Parfaitement. Moïse, Jésus et Mahomet.*

La pièce tangua autour d'elle.

– *Que suggérez-vous ? Par lequel d'entre eux voulez-vous commencer ?*

Elle se laissa tomber sur la chaise comme une masse :

– Je... Je ne sais pas. Je ne sais rien.

– *Je comprends votre émotion. N'ayez crainte. Réfléchissez. Vous savez désormais que vous avez tout pouvoir pour vous livrer à notre enquête et que les trois sont enclins à vous aider. Ils me l'ont assuré.*

Elle ne trouvait plus ses mots. Il reprit :

– *Je vous adjure de ne plus perdre de temps. Tout peut s'arrêter d'un instant à l'autre. Tout. Celui qui tue a certainement le moyen de rompre notre lien.*

Elle restait toujours confinée dans le silence.

– *Je vois bien que ce soir vous n'avez pas la force. Demain ? Seriez-vous d'accord pour commencer demain ? Il vous suffira d'effectuer la même manœuvre qu'il y a quelques instants. Et le contact sera rétabli.*

Au prix d'un effort surhumain, la vieille dame s'entendit répondre :

– Oui... oui... demain.

18

CE FUT la sonnerie du téléphone qui la réveilla le lendemain matin vers 11 heures. L'esprit encore noyé de sommeil, elle reconnut la voix de Morcar :

– Que se passe-t-il, Mrs Gray ? Voilà une heure que j'attends sur le port. Auriez-vous oublié ? Nous étions convenus que vous viendriez me chercher au ferry. Non ?

Bien sûr qu'elle avait oublié. Le somnifère pris la veille – elle n'en usait que très rarement – lui avait fait tout oublier jusqu'à ne plus savoir si elle était à Londres, dans les Highlands ou chez elle à Lamlash.

– J'arrive tout de suite. Attendez-moi.

Elle se précipita dans la salle de bains, s'aspergea le visage et s'habilla à la hâte. Une demi-heure plus tard, elle était en vue du port de Brodick.

– Que vous est-il arrivé ? s'inquiéta Morcar en prenant place dans la Triumph. Vous n'êtes pas malade ?

– Non. Je me suis endormie très tard, c'est tout. Comment va Janet ?

– Son visage est si serein ! S'il n'y avait toutes ces machines autour d'elle, on pourrait croire qu'elle dort.

– Et William ?

– Il cherche une réponse.

Le jeune homme ajouta à voix basse :

– Et j'ai l'impression qu'il l'a trouvée. C'est pour bientôt. Demain.

– Que voulez-vous dire ?

– Il ne l'a pas exprimé clairement, mais j'ai l'impression qu'il s'est résigné à tout arrêter.

Ils n'échangèrent plus un mot jusqu'à ce qu'ils fussent en vue de la maison. Mais sitôt qu'ils eurent franchi le seuil, Clarissa lança avec fermeté :

– Il ne doit pas le faire. Pas maintenant.

Morcar la dévisagea avec étonnement :

– Pourquoi ? Il est à bout.

La vieille dame éluda la question. Elle se dirigea vers le téléphone et composa le numéro de son ami.

– Maclean, j'écoute.

– Willy, Morcar vient de rentrer. Il semblerait que votre décision soit prise. Il ne faut pas. Pas tout de suite. Accordez-moi quelques jours.

– Quelques jours ? Qu'attendez-vous ? Un miracle ?

– Je vous en prie, William, faites-moi confiance, je vous expliquerai. Quelques jours.

Il y eut un silence.

Elle reprit avec plus de conviction :

– Ce n'est pas sans raison que je vous demande de repousser l'échéance. Il existe peut-être une chance, infime je le reconnais, pour que Janet s'en sorte.

— Je regrette, Clarissa. C'est trop dur. Beaucoup trop.

Il poursuivit sur sa lancée :

— Et je ne crois pas aux miracles.

— Il n'est pas question de miracle. Je vous en supplie. Quelques jours.

Il y eut une sorte de ricanement au bout du fil :

— Vous comptez partir pour Lourdes...

— Non. Je compte intercepter celui qui est responsable de cette tragédie. Je ne vous l'ai pas dit, mais Shlonsky, l'ami de Bacovia, a été assassiné lui aussi. Quelque chose me crie que si je parvenais à identifier le coupable, il serait neutralisé, et du même coup cesserait l'emprise qu'il a sur Janet. Car je suis convaincue que c'est lui qui est responsable de son état.

— J'ai du mal à vous suivre, Clarissa. En quoi identifier l'assassin des anges – si tant est qu'il existe – pourrait sauver Janet ?

— Souvenez-vous de la phrase que vous m'avez citée la première fois où vous avez pris connaissance du contenu du carnet. Vous m'avez dit : « Dieu ne joue pas aux dés. » Eh bien, je crois que c'est vrai. Il s'est passé quelque chose hier soir qui m'a convaincue que tous les événements qui se sont déroulés sont bien l'œuvre d'une même entité. Réfléchissez, Willy. Chaque fois que j'ai été mise en présence de quelqu'un qui eût été susceptible de m'aider, on l'a éliminé. Bacovia, Shlonsky et...

Maclean la coupa :

— Vous vous égarez. Si votre raisonnement était juste, j'aurais dû être parmi les premiers à mourir.

Elle prit une courte inspiration :

– C'est Janet qui se meurt à votre place.

– Vous voulez dire que...

– Oui. Vous avez bien compris. En s'attaquant à Janet, c'est vous que le monstre atteint. De la sorte, il élimine deux personnes du même coup.

– Mais pourquoi ? Pourquoi toutes ces horreurs ?

Elle éluda la question et répondit :

– Je sais que ce n'est guère le moment de vous dire ces mots, mais ne pensez pas uniquement à vous, à votre douleur. Janet, elle, ne souffre pas. C'est vous qui souffrez.

Un long moment s'écoula avant que Maclean ne réplique :

– Une chance, dites-vous ?

– Infime. Une chance tout de même.

Elle crut entendre que Maclean se raclait la gorge.

– C'est d'accord. Mais alors faites vite, Clarissa, faites vite.

Et il raccrocha.

Voûtée, immobile près du combiné, la romancière ressemblait à un saule égaré au milieu d'un désert. Son corps oscillait imperceptiblement d'avant en arrière à la manière de quelqu'un qui se berce.

La voix de Morcar interrompit son balancement :

– Vous étiez sincère, Mrs Gray ?

– Oui.

– Vous avez mentionné que quelque chose de nouveau s'était produit pendant mon absence...

En guise de réponse, elle prit le jeune homme par le bras et l'entraîna jusqu'à l'ordinateur :

– Mettez-le en marche.

Il s'exécuta, décontenancé.

– À présent, allez sur le site du Casino.

Il vit la carte de crédit posée près du clavier :

– Vous avez rejoué ! Vous...

– Faites ce que je vous dis.

– On me réclame les numéros de votre carte de crédit.

– Introduisez-les.

– Mrs Gray, ce n'est pas raisonnable. On finit toujours par perdre sa culotte sur ces sites.

– Je sais. Ils m'ont déjà volé une centaine de livres.

– Raison de plus !

– S'il vous plaît, Morcar, ne discutez pas.

L'expression résignée, il fit ce qu'elle lui demandait.

Comme la veille, les lettres d'or de *Casino on line* clignotèrent sur l'écran.

– À quoi voulez-vous jouer cette fois ? soupira le jeune homme.

Elle lui intima le silence en posant un index sur ses lèvres.

Dehors, le vent s'était levé. La houle commençait à gonfler la mer.

Comme la veille, l'écran vira au blanc et une couche neigeuse recouvrit sa surface.

– Flûte ! grogna Morcar. Un *bug*. Je vais devoir *rebooter*.

Il tendit la main vers le bouton qui permettait de redémarrer l'ordinateur.

– Non ! s'écria-t-elle. Surtout ne touchez à rien .

Elle s'était exprimée avec une telle panique qu'il en resta interdit.

Et pareillement à la veille, le visage de Daniel apparut sous leurs yeux sur fond de neige.

– Qu'est-ce que..., balbutia Morcar.

– Taisez-vous donc !

– *Je ne vous espérais plus, Mrs Gray... Merci.*

– Et maintenant ? questionna-t-elle. Que proposez-vous ?

– *La décision vous appartient. Il me semble que vous devriez agir comme le fait habituellement votre détective, ce Mr Archie Rhodenlarr.*

– Pas Rhodenlarr, corrigea-t-elle, agacée, Rhodenbarr, avec un B. Et dans mes livres, je sais par avance qui est le meurtrier et mon détective a la faculté de se rendre sur les lieux du crime, de relever des indices, d'interroger d'éventuels témoins.

– *Alors, interrogez, puisque les lieux n'existent pas.*

– Vous voulez dire que je ne pourrai pas avoir accès à l'endroit où se sont déroulés ces meurtres, même à travers cet écran ?

Daniel soupira :

– *Je vous l'ai dit. Point de lieu. Point de temps.*

Interroger Jésus, Mahomet, Moïse, comme de vulgaires gangsters ? Arracher des aveux à des personnages qui hantaient l'humanité depuis des siècles et des siècles, ces êtres qui avaient laissé une empreinte immuable dans l'esprit et la pensée des hommes !

– Je sais ce que vous ressentez, chuchota Morcar. Vous avez le trac. Oubliez ce qu'ils représentent. Traitez-les comme votre Archie traiterait de simples suspects.

– Facile à dire...

– *Alors Mrs Gray* ? s'impatienta Daniel. *Que décidez-vous* ?

Elle répliqua, la gorge sèche :

– Très bien. Mais j'ai besoin de quelques heures. Puisque vous semblez connaître la manière de travailler de mon héros, vous devez savoir qu'un interrogatoire ne s'improvise pas. Laissez-moi le temps de vérifier certains points.

Elle conclut d'une voix ferme :

– Demain. Demain dès l'aube.

L'ange afficha une expression abattue et disparut de l'écran.

Morcar essaya de pianoter fébrilement sur son clavier, mais les caractères lumineux de *Casino on line* avaient effacé définitivement les traits de Daniel.

– Et s'il ne revenait plus jamais ? demanda-t-il, consterné.

– Ne vous inquiétez pas, répliqua calmement Clarissa. Il reviendra.

Elle quitta le siège et se dirigea vers un petit meuble où elle avait pour habitude de ranger ses notes et son courrier. Elle ouvrit un tiroir et en sortit plusieurs feuilles enfouies sous un dossier. Elle récupéra aussi une petite boîte métallique qui contenait des fichiers vierges cartonnés qu'elle utilisait habituellement pour noter les caractéristiques de ses héros et le plan des lieux. Elle prit un crayon rouge et alla s'asseoir à son secrétaire.

– Que faites-vous ? s'enquit le jeune homme.

– Je vais relire toutes les informations livrées par Gabriel.

– Comment ? L'inspecteur n'a-t-il pas brûlé le carnet ?

Un sourire tranquille anima les lèvres de la romancière :

– Vous pensez que j'aurais été assez stupide pour laisser

faire Stuart si je n'avais préalablement tout recopié ? Vous me connaissez mal, mon ami.

— Et les commentaires de Bacovia ?

Elle tapota sur les pages :

— Ils sont tous là.

— Et ceux de Shlonsky ?

Elle pointa son index sur son front :

— Dans ma tête. On a essayé de me rendre folle, mais je l'ai encore, ma tête... toute ma tête.

Morcar poussa un sifflement admiratif :

— Eh bien, j'avoue que vous m'épatez.

— Il n'y a pas de quoi. Un demi-siècle d'écriture de romans policiers, cela vous forge une seconde nature. Ne rien laisser passer, tout conserver.

— Puis-je vous aider ?

— Oui, mais avant de vous mettre au travail, allez donc nous préparer du thé. Il y a aussi du pudding dans le réfrigérateur. Servez-nous quelques tranches.

Le jeune homme fila vers la cuisine.

L'inspecteur Stuart grimaça tout en se massant les tempes du bout des doigts. Le mal de crâne qui depuis trois jours s'était emparé de lui ne semblait pas vouloir lâcher prise. Il tendit la main vers le tube d'Advil posé sur son bureau, en extirpa deux cachets qu'il ingurgita d'un seul coup et sans eau.

On lui avait jeté un sort. C'est sûr.

Vous avez beaucoup de chance, monsieur l'inspecteur. S'il

ne me restait pas un minimum de raison, je vous réduirais
en poussière !

Plus il repensait aux propos de Morcar, plus il leur trouvait des accents bizarres. Se prenait-il pour un magicien ? Un sorcier ? D'ailleurs, chez ce jeune homme, tout lui paraissait bizarre. Cette outrecuidance, cette assurance, trop d'assurance pour un garçon qui n'avait pas 20 ans. Et pour quelle raison s'était-il enferré dans un mensonge aussi grossier lorsque Clarissa lui avait rappelé leur rencontre sur la plage ? C'était stupide. Et aussi pourquoi l'insistance, voire l'agressivité dont il avait fait montre quand Stuart avait exprimé sa volonté de brûler le carnet ? Morcar était-il au courant d'une information qui leur avait échappé ? Savait-il quelque chose que tous ignoraient et qui était contenu dans ces pages ? Si ce jour-là l'idée n'avait fait que l'effleurer, depuis quarante-huit heures elle s'était transformée en obsession. Au cours de toutes ces années passées à côtoyer des individus louches, Stuart avait fini par développer une prescience qui le trahissait rarement. Rien ne le ferait changer d'avis sur Morcar : c'était un personnage trouble. Ah ! si seulement il avait pu interroger ce bamboche entre quatre murs, ne fût-ce que pour lui apprendre la politesse ! Malheureusement, il ne possédait pas la moindre preuve qui justifiât une convocation. Rien. Son dossier était vide. Ses appréhensions n'étaient fondées que sur un double sentiment : l'extraordinaire antipathie qu'il ressentait envers ce garçon, et le désir de protéger Clarissa.

Il se massa à nouveau les tempes.

Il n'avait rien dans son dossier ? Tant pis, il improvise-
rait.

Il composa le numéro de téléphone du professeur
Maclean...

Un silence oppressant régnait dans la chambre aux murs
blancs. Silence ponctué par la respiration accélérée de Janet
Maclean.

C'était la première fois que Kathleen voyait un être en
partance. Présent et absent à la fois ; le corps sur Terre et
l'âme qui cherche à s'en arracher. La jeune femme se sentit
suffoquer. Pourtant, cela ne faisait guère plus de dix minutes qu'elle était là. Dix minutes... Un siècle. Les traits de
Janet paraissaient si sereins. Dans quel monde dormait-
elle ? Kathleen essuya discrètement la petite larme qui glissait le long de sa joue et murmura à l'intention du professeur :

– Je vais sortir. Je vous attendrai à l'extérieur.

– Je viens avec vous.

Maclean se pencha sur son épouse et déposa un baiser
sur son front. Il la contempla encore quelques secondes
puis, saisissant le bras de son ancienne élève, il l'entraîna
dans le couloir.

– Il y a une cafétéria au sous-sol. Vous m'accompagnez ?

La jeune femme acquiesça.

Tandis qu'ils se dirigeaient vers les ascenseurs, Maclean
fit observer :

– Vous n'auriez pas dû venir. Je vous avais prévenue. Le
spectacle n'est pas très agréable.

– C'est moi qui ai insisté. C'est moi qui vous ai téléphoné. Je tenais à la voir.

Ils remontèrent le couloir sans plus échanger un mot jusqu'au moment où ils prirent place devant un café.

– Un sucre ? proposa Maclean.

La jeune femme déclina l'offre.

– C'est curieux, reprit le professeur, j'ai reçu un coup de fil bien étrange d'un ami de Clarissa. L'inspecteur Stuart. L'avez-vous rencontré à Lamlash ?

– Heu... Oui... Enfin, disons que je n'ai fait que l'entrevoir. Que voulait-il ?

– Si seulement je le savais ! Pour reprendre ses propres termes : « Il venait aux nouvelles. » Il voulait aussi savoir si Janet allait mieux. Et dans la foulée, il m'a posé quelques questions sur Morcar. C'est ce que j'ai trouvé bizarre. Oh ! il m'a interrogé tout en finesse, mine de rien, mais j'ai bien vu que mon petit-fils l'intéressait.

Kathleen esquissa un léger sourire :

– Ne vous inquiétez pas. Je crois savoir la raison. Lui et Morcar ont eu une petite altercation. Rien de grave. Mais j'imagine que l'inspecteur n'a pas dû digérer.

Maclean hocha la tête d'un air entendu.

Après un long moment, la jeune femme s'informa :

– Avez-vous pris une décision ?

– Concernant Janet ? Oui. Quant à l'appliquer...

– Le coup de téléphone de Mrs Gray ne vous a donc pas redonné un peu d'espoir ?

– Il aurait dû, en effet. Mais je ne veux pas me laisser aller à y croire. Imaginez-vous ce que je ressentirais ensuite si... J'ai infiniment de tendresse pour Clarissa, c'est mon amie la plus chère, et son comportement est inspiré par l'affection qu'elle nous porte, à Janet et moi. Voilà. Pour le reste, j'ignore s'il existe quelque chose de concret derrière tout cela. Je l'ignore.

Kathleen se redressa contre le dossier.

– Et si nous lui venions en aide ? lança-t-elle.

Le professeur fronça les sourcils :

– De quelle façon ?

– Nous voyons bien que la clef de cette tragédie est dans le fameux nombre 0,809. Avec l'érudition qui est la vôtre, votre science...

– Figurez-vous que tous ces jours-ci, au chevet de Janet, je n'ai rien fait d'autre que prier et me repasser certains passages du carnet. J'ai essayé de percer la signification de ces quatre chiffres. Sans résultat !

– Et pourtant, il doit y avoir une explication.

– Si elle existe, elle est inaccessible !

Cette dernière affirmation fit sursauter Kathleen :

– Inaccessible ? Vous souvenez-vous de votre enseignement, professeur ? Vous souvenez-vous de vos cours ? Il est une phrase de vous que je n'oublierai jamais : « Ce n'est pas parce que les choses nous semblent inaccessibles que nous n'osons pas ; c'est parce que nous n'osons pas qu'elles nous semblent inaccessibles. »

Maclean se dressa d'un seul coup :

– Ne comprenez-vous donc pas ? Imaginons que par miracle nous trouvions la solution, imaginons que Clarissa identifie le monstre et que, par enchantement, Janet sorte du coma. Qu'est-ce que cela changera ? Les médecins sont formels. Janet ne sera qu'une épave.

– Vous avez raison. Mais toute cette histoire n'est-elle pas surnaturelle ? Ne voyez-vous pas que nous sommes totalement immergés dans l'irrationnel ?

– Et alors ?

– Alors pourquoi persister à envisager le sort de Janet de façon cartésienne ? S'il existe une once d'espoir pour que Mrs Gray réussisse à identifier le responsable de ces tragédies, ni vous ni moi ne sommes en mesure de présager des conséquences qui en découleront. Et surtout pas le rationalisme médical !

Le professeur répliqua dans un souffle :

– Laissez tomber, Kathleen. Je n'ai plus la force...

19

LA BRUME avait envahi la surface de la mer. Elle était si dense qu'on ne distinguait plus les contours de l'île sainte.

Assis côte à côte devant l'ordinateur, Morcar et Clarissa guettaient le retour de Daniel.

Une minute, deux, cinq, dix. Rien ne se passait. Les icônes de *Casino on line* continuaient de clignoter bêtement, ponctuées de temps à autre par d'indigestes publicités.

– Êtes-vous sûr de n'avoir pas fait une fausse manœuvre ? s'inquiéta la vieille dame.

– Si c'était le cas, nous ne serions pas connectés au site. Non. C'est impossible.

– Alors il s'est passé quelque chose.

De nouvelles minutes passèrent, au ralenti.

Finalement, un voile neigeux submergea l'écran.

Une silhouette se forma. Un visage. Ce n'était pas celui de Daniel. C'était un visage de femme. Une femme d'une vingtaine d'années, mince, d'aspect presque monastique, la tête couverte d'une chevelure d'ébène qui coulait jusqu'aux épaules.

– *Bonjour, Mrs Gray. Mon nom est Samel. Daniel a dû vous parler de moi.*

Clarissa bredouilla :

– Oui. Il me semble.

La jeune femme pencha la tête en avant. On la sentait très lasse.

– *Daniel est mort.*

Clarissa se sentit frissonner, elle repoussa l'assaut de frayeur qui lui nouait le ventre.

– *Il ne reste plus que moi. Je suis la dernière.*

– Alors... tout est fini ?

La jeune femme releva le menton :

– *Non ! Je prends la relève. Il adviendra ce qu'il doit advenir. Je me suis longtemps dérobée. La peur de mourir, vous comprenez ? La peur du néant. Maintenant, il n'en est plus question. Et il devra en être de même pour vous. Promettez-le-moi.*

La romancière s'entendit répondre :

– Je vous le promets.

– *Alors commençons immédiatement. À qui souhaitez-vous vous adresser en premier ?*

D'un geste discret, Morcar glissa une fiche devant la vieille dame. Mais celle-ci répondait déjà :

– Jésus.

– *Très bien, Mrs Gray.*

L'écran vira à l'ocre, couleur dune.

Un petit point se profila au centre et qui grossit à vue d'œil. On eût dit un marcheur qui s'avançait du fin fond de l'horizon. Bientôt, on put parfaitement le discerner. C'était un personnage de taille moyenne. Une barbe mal taillée envahissait ses joues. Il avait le teint mat, un nez droit, des lèvres épaisses, et l'on aurait pu même le considérer somme toute banal s'il n'avait eu ce regard acéré, brûlant. Un regard de métal qui vous rentrait dans l'âme, capable de vous labourer aussi sûrement qu'un poignard.

– *Bonjour, Mrs Gray.*

La voix était posée. Chaude. Presque envoûtante.

Clarissa s'était figée. Ses doigts s'étaient agrippés au rebord de la table. Elle balbutia :

– Bonjour.

– *Détendez-vous. Nous pouvons imaginer votre émoi. Si cela peut vous aider, dites-vous que nous aussi sommes troublés. Voilà un certain temps que nous n'avons parlé à des incarnés.*

Un sourire presque complice anima ses lèvres :

– *Je vous écoute, qu'aimeriez-vous savoir ?*

La romancière prit une longue inspiration et loucha sur la seconde fiche que Morcar lui tendait :

– Connaissiez-vous les dénommés Yeliel, Elemiah, Hekamiah, Mihahel, Raphaël, Gabriel, Kaliel et Daniel ?

– *Bien sûr. Certains appartenaient à la cohorte des anges. Les autres, Raphaël, Gabriel, Mihahel étaient des archanges.*

– Quelles étaient vos relations ?

– *De bon aloi. Encore que je n'étais pas proche de tous. Question d'affinités, vous savez. Gabriel avait une fâcheuse tendance à vouloir toujours avoir le dernier mot. Je n'ai jamais apprécié son côté concentrique.*

– Vous voulez dire égocentrique ?

– *Si vous préférez.*

– Vous ne l'aimiez donc pas ?

– *Il m'était indifférent.*

– Pourtant, n'est-ce pas lui qui...

Elle ne trouvait plus ses mots. Elle avait beau s'être préparée à cet instant, se répéter qu'elle devait garder son sang-froid, se glisser dans la peau d'Archie, l'angoisse était la plus forte.

– *Oui ?*

– Si j'en juge par les textes que nous possédons, Gabriel n'occupait-il pas une place privilégiée ?

– *Une place privilégiée, dites-vous ?*

La vieille dame s'autorisa un geste d'impatience :

– C'est bien lui qui a prophétisé votre arrivée, non ? Votre mère...

Jésus hocha la tête :

– *Ah ! je vois de quoi vous voulez parler. En effet, j'ai eu sous les yeux certains écrits.*

Il ajouta avec une fermeté inattendue :

– *Quoi qu'il en soit, je ne suis pas en mesure de vous éclairer sur cette affaire. Si Gabriel annonça ma naissance à Marie, ce fut à mon insu puisque je n'étais pas né. En tout cas, ma mère ne m'en a jamais parlé. Personnellement, je suis assez dubitatif.*

La romancière sursauta :

– Voulez-vous répéter ?

– *Dubitatif.*

– Soyez plus explicite, je vous prie.

– *Vous m'embarrassez, Mrs Gray. Une mère est sacrée.*

Peut-être vaudrait-il mieux vous entretenir avec elle, ou avec l'un de mes frères.

– Vos frères ?

– *Jacques, Joseph, Simon et Jude. Oui. Mais surtout pas avec mon père. Il ne le supporterait pas. De toute façon, je vous répète que je ne sais rien puisque la scène se serait déroulée avant ma venue au monde.*

Son regard s'assombrit :

– *Des temps difficiles.*

– Quand avez-vous vu ces anges pour la dernière fois ?

– *Aucun d'eux récemment, sinon Gabriel. Il y a environ une dizaine de jours terrestres. Il n'arrêtait pas de nous harceler de questions depuis l'assassinat d'Yeliel.*

Il porta la main à son front :

– *J'oubliais. J'ai discuté avec Daniel pas plus tard qu'hier soir.*

– Et ?

– *Rien de particulier. Nous avons, bien entendu, parlé des meurtres. Actuellement, vous imaginez bien que c'est le sujet principal de toutes les discussions.*

– Gabriel ne vous aurait-il pas confié une information particulière ?

– *Quel genre d'information ?*

– Des soupçons qu'il aurait eus à l'égard de telle ou telle personne ?

– *Il avait, semble-t-il, une vague idée. Mais il ne m'en a pas fait part. C'est épouvantable ce qu'il leur est arrivé. Cela me rappelle le cauchemar que j'ai vécu sur Terre. Mon cauchemar.*

Elle hésita :

– Vous saviez pourtant ce qui vous attendait...

Il eut un mouvement de recul et sa voix s'éleva d'un ton :

– *Je savais ? Détrompez-vous. Je n'imaginais pas un seul instant que de tenter de réformer une société sclérosée m'aurait valu l'opprobre de mes frères juifs. Comme si j'avais eu l'intention d'abolir la loi de nos pères, comme si j'étais un traître de la pire espèce. Je n'ai jamais cherché à abolir la Loi, mais seulement à la transformer pour qu'elle fût à la mesure de l'homme. Je ne voulais plus que l'homme fût esclave des textes, mais l'inverse. Vous avez peut-être lu certains des propos que j'ai tenus ?*

Elle confirma.

– *La plupart d'entre eux s'inspiraient des discours de ceux qui m'ont précédé. J'y ai puisé ma force comme tout Juif. Car Juif je suis né, Juif je suis mort. Quel délit ai-je donc commis ? Où était le blasphème lorsque je proclamais : « Le shabbat a été fait pour l'homme, et non l'homme pour le shabbat » ?*

Au fur et à mesure qu'il s'exprimait, ses traits se durcissaient et la voix s'élevait chaque fois d'un cran.

– Calmez-vous. Vous me surprenez. La vision que j'avais de vous était celle d'un homme pondéré. Doux.

Il se mit à rire. Un rire ironique.

– *Demandez à mon entourage ce qu'ils en pensent. Ils vous répondront que je suis plutôt du genre impétueux.*

– Si nous revenions aux meurtres ?

– *Je vous écoute.*

– Selon vous, qui posséderait suffisamment de pouvoir

pour assassiner des anges ? Je m'explique : qui aurait réussi à maîtriser la mort ?

Il eut un haussement d'épaules :

– *À part Dieu, je ne vois personne.*

– Dieu...

Elle échangea un coup d'œil un peu perdu avec Morcar. Avant qu'elle n'ait eu le temps de poser une nouvelle question, ce fut lui qui la posa :

– Mais vous, ne maîtrisez-vous pas la mort ? Vous êtes bien ressuscité, non ?

Jésus fronça les sourcils :

– *Qui es-tu ?*

– Je m'appelle Morcar.

– *Eh bien, mon garçon, je vais te décevoir amèrement. Je connais la légende. Je ne suis jamais ressuscité. Lorsque ce brave Joseph d'Arimathie m'a décroché de la croix, j'étais encore vivant. Mal en point, mais vivant. Réfléchissez. On m'a cloué sur la croix à midi. À 3 heures de l'après-midi, j'aurais rendu l'âme. C'est impossible, voyons. Renseignez-vous. Un crucifié meurt par asphyxie. Avant qu'il ne décède, il peut se passer une journée entière, voire deux. C'est la raison pour laquelle, la veille du shabbat, on brisait les jambes des condamnés. Pour accélérer le processus. J'ai eu beaucoup de chance d'en réchapper. Le coup de lance de cet imbécile de centurion aurait pu m'achever.*

Morcar écarquilla les yeux :

– Vous n'êtes pas ressuscité ?

– *Non. D'où me serait venu ce pouvoir ?*

– Cela sous-entendrait que...

– *Je ne suis jamais ressuscité, c'est tout !*

Clarissa détecta une certaine violence dans la voix.

— Mais alors, protesta la romancière, si vous n'êtes pas celui que nous avons imaginé, pourquoi vous êtes-vous lancé dans cette aventure ? Ne saviez-vous pas que vous risquiez votre vie ?

— *Non. D'ailleurs, c'était plus fort que moi. Il y avait dans ma tête une voix qui me criait que j'avais une mission à accomplir. Une force irrésistible qui me poussait en avant. Je n'avais pas le choix. J'étais littéralement possédé.*

— Dois-je en conclure que vous ne seriez pas le Messie ?

— *Trouvez-moi un seul passage dans vos Écritures où j'affirme l'être.*

Clarissa se précipita sur sa Bible :

— Accordez-moi une seconde.

Elle tourna les pages le plus vite qu'elle put jusqu'à ce qu'elle trouvât le verset qu'elle recherchait :

— Voilà, dit-elle : Jean, chapitre IV, verset 25. Vous êtes près d'un puits et vous vous adressez à une femme, une Samaritaine : « La femme lui dit : "Je sais que le Messie doit venir, celui qu'on appelle Christ. Quand il viendra, il nous expliquera tout." Jésus lui dit : "Je le suis, moi qui te parle." »

Clarissa le fixa :

— Alors ? Niez-vous ?

Les prunelles de Jésus se voilèrent :

— *Je me contenterai de vous dire que Jean est le seul des quatre évangélistes qui évoque cette rencontre. Ce n'est pas sans raison que son Évangile est en marge de ceux de Matthieu, de Marc et de Luc. Aucun des trois autres ne fait la moindre allusion à cette scène. Qui voulez-vous croire ?*

Jean ? Ou ses compagnons ? Dans un procès, quel est le témoignage qui pèse le plus ? Celui d'un seul ou celui de trois ?

Son regard se fit nostalgique :

– *Jean, voyez-vous, était quelqu'un de très particulier. Un être d'une extrême sensibilité. Presque féminine. Un grand romantique aussi. Il m'a beaucoup idéalisé. Beaucoup trop.*

– Vous n'avez donc jamais croisé cette Samaritaine ?

Il ne tergiversa plus :

– *La réponse est non.*

– Très bien.

Elle fouilla à nouveau dans sa Bible :

– Et ceci ? Matthieu, chapitre XXVI, verset 63, je cite : « Mais Jésus se taisait. Le Grand Prêtre lui dit : "Je t'adjure par le Dieu Vivant de nous dire si tu es le Christ, le Fils de Dieu. – Tu l'as dit, lui dit Jésus." »

Jésus afficha une moue dédaigneuse :

– *Anan, le Grand Prêtre... Quel fumiste ! Seul Caïphe méritait ce titre. Anan n'occupait plus cette fonction depuis Hérode. Ce n'était rien d'autre qu'une petite crapule dont les Romains ont bien fait de se débarrasser. Je n'ai d'ailleurs jamais compris pourquoi on m'a mis en sa présence. Qu'importe !*

– Vous n'avez pas répondu, insista Clarissa. Niez-vous avoir prononcé les mots que je viens de vous rapporter ?

– *Mais bien sûr que non ! Je ne nie pas. J'étais exaspéré, épuisé. C'était la dixième fois que cet horrible individu me posait la même question. J'étais à bout. Je n'avais pas fermé l'œil de la nuit. Je voulais qu'on en finisse D'ailleurs, relisez-vous, je me suis contenté de répondre : « Tu l'as dit. »*

N'importe qui aurait lancé la même chose à condition qu'on le laissât repartir en paix.

La vieille dame gribouilla quelques notes sur sa fiche et suggéra :

– Je souhaite que nous revenions à l'affaire qui nous préoccupe. Étiez-vous au courant que Gabriel tenait une sorte de journal intime ?

– *Aucunement.*

– Le dernier meurtre, celui de Daniel, a été commis au cours des dernières vingt-quatre heures. Puis-je connaître votre emploi du temps ?

– *J'ai beaucoup lu. Beaucoup écrit aussi.*

– Vous écrivez ?

Jésus arbora une moue embarrassée :

– *Oui. C'est d'ailleurs pourquoi je voulais profiter de cette occasion pour vous poser une question qui me tracasse depuis que j'ai découvert vos livres.*

– C'est un roman que vous écrivez ?

– *Oui et non. Ce serait plutôt une sorte de fiction dans laquelle s'imbrique la réalité. Celle que j'ai vécue.*

– Vous avez donc écrit, et ensuite ?

– *Ainsi que nous en avons l'habitude, nous nous sommes retrouvés entre amis, avec Judas et Mohammed.*

– Avec Judas ?

– *Pourquoi cet étonnement ? Oui. Le Sicaire est d'entre mes disciples celui que j'ai aimé le plus.*

Il afficha une expression agacée :

– *Oui, je vois. Vous avez accordé foi à cette sombre histoire de trahison. Absurde ! Injuste ! Si cela vous intéresse, vous n'aurez qu'à interroger Judas. Il vous dira toute la vérité.*

– Quel est le but de ces réunions ?

– *Rien de très précis. Nous débattons de nos vies, de la vie en général ; nous refaisons le monde. Il nous arrive aussi de jouer aux échecs à l'aveugle.*

– À l'aveugle ?

Morcar saisit l'occasion pour répondre :

– Un joueur est confronté à tous les autres, ou à un seul, mais il lui est interdit de voir l'échiquier.

– *Exact*, confirma Jésus.

– Vous avez l'air de vous ennuyer ferme, commenta la vieille dame.

– *Pas le moins du monde. Ne me demandez pas pourquoi. Il règne ici une sublime plénitude. Nous n'éprouvons aucun manque. Je suppose que cette plénitude émane du Créateur.*

– Dieu...

– *Bien sûr.*

– J'imagine qu'à l'instar des anges, vous n'avez pas de contact avec Lui ?

– *Aucun. Mais je sais qu'Il existe. J'en suis convaincu.*

Clarissa fit courir une nouvelle fois son crayon sur sa fiche et demanda :

– Est-ce que cette phrase vous inspire quelque chose : « Le jumeau est en 0,809 » ?

– *Le jumeau est en 0,809 ?*

Jésus plissa le front et médita quelques secondes, puis :

– *Non, rien. Je regrette. Je n'ai pas la moindre idée. De quoi s'agit-il ?*

– Aucune importance. Quelle est votre opinion sur les anges ?

– *Je n'en ai aucune. Je sais qu'ils ont été créés pour accom-*

plir certaines missions. C'est tout. Nous n'étions pas très
proches d'eux. À cause de leur personnalité.

– Mais encore ?

– *Comment vous dire... Ils sont si enfants, si immatures.*
À l'opposé de nous, ils n'ont pas vécu, ils n'ont pas souffert,
ils n'ont pas aimé.

– Et vous avez aimé...

– *Éperdument. Une femme, bien sûr. Et surtout les hom-*
mes ; même si ceux-ci n'ont rien compris à ma démarche.
Ni mes successeurs ni mes frères juifs. En ce qui concerne ces
derniers, j'en suis arrivé à la conclusion que ce n'était pas
leur faute, mais celle de ma maladresse et de mon impétuo-
sité. Et probablement me suis-je laissé déborder par un cer-
tain orgueil.

Il marqua une pause avant de poursuivre :

– *J'ai commis l'impardonnable, Mrs Gray : je me suis*
attaqué au Temple. C'était la pire des choses à faire. Avez-
vous une idée de ce que représentait ce lieu à mon époque ?

Clarissa répondit par la négative.

– *Wall Street !*

– Pardon ?

– *La Bourse de Jérusalem en quelque sorte. C'était le plus*
grand marché financier de la ville. S'il n'avait pas existé,
les petites gens, les commerçants, les artisans qui vendaient
des souvenirs aux voyageurs auraient été privés de ressources.
J'entends encore la voix des changeurs qui apostrophaient les
pèlerins pour leur proposer la monnaie du Temple avec
laquelle ils étaient tenus de payer « pour le rachat de leur
âme », et l'impôt dû à la caste sacerdotale. Jugée impure,
toute autre monnaie, grecque ou romaine, était supposée

souiller l'espace sacré. À quelques toises de là, les lévites vendaient le sel, le pain, l'encens ou encore l'huile pour les
offrandes. Des sommes considérables s'échangeaient toute la
journée pour finir presque toujours dans l'escarcelle des prê-
tres ; ils avaient la haute main sur pratiquement tout le
commerce du lieu. Je trouvais cette situation répugnante.
Elle me donnait la nausée.

— Et vous avez voulu mettre tout ce monde à la porte...

— J'ai voulu purifier ce lieu sacré. C'est tout.

— À coups de fouet ?

— Un fouet improvisé avec une corde nouée ! D'ailleurs,
je n'ai fait que culbuter les tables des changeurs et les sièges
des marchands de colombes.

— En hurlant : « Il est écrit : Ma maison sera appelée une
maison de prière. Mais vous, vous en faites un repaire de
brigands ! »

— C'est exact. Je reconnais que ce fut là ma grande erreur.
Elle me fut fatale. Voyez-vous, Mrs Gray, quiconque s'en
prenait au Temple s'en prenait à Jérusalem. Il devenait
l'ennemi à abattre. Ils m'ont abattu.

Il serra le poing en poursuivant :

— À quoi mon coup d'éclat a-t-il servi ? À rien. Voyez
votre monde ! Il est devenu un gigantesque temple planétaire. Il a seulement changé de nom. Vous appelez cela des
« multinationales », je crois ? Osez donc vous y attaquer !
On vous éliminera aussi sûrement qu'on m'a éliminé.

— Vous avez tout de même fait des adeptes, que je sache.
Près de deux milliards. Alors qu'ils n'étaient que douze.
C'est une réussite, non ?

— Tout d'abord, permettez-moi de rectifier. Nous ne fûmes

jamais douze, mais quatorze. Vous oubliez Nathanaël et Judas, le fils de Jacques. Ouvrez votre Bible ; vous n'avez qu'à vérifier. Quant au mot « réussite », je le réfute. Je n'ai rien souhaité. Rien désiré. J'ai seulement tenté de faire évoluer la loi de Moïse. Savez-vous que la halakha – qui recense les obligations religieuses que tout bon Juif devrait appliquer – la halakha interdit de porter un objet quelconque, ne fût-ce que son mouchoir, le jour du shabbat, sauf dans une ville murée ? Il en reste beaucoup de villes murées dans votre monde actuel ? Tout ce que j'espérais c'était que ceux qui se disaient les gardiens des commandements s'ouvrent au monde de la Connaissance, qu'ils n'enferment plus la religion, qu'ils abattent les murailles érigées autour de la Torah pour que chaque être puisse venir y puiser un sens à sa vie. J'ai échoué, lamentablement.

– Ne m'en veuillez pas, mais je ne vous suis plus. Qu'en avez-vous à faire de la Torah ? Que vous le vouliez ou non, vous êtes le fondateur du christianisme, non ?

Jésus se frappa la poitrine de la main droite avec affliction :

– *Tout le malentendu est là. Toute mon existence, ma mort n'auront été qu'un terrifiant malentendu. Je n'ai rien voulu, comprenez-vous ? Certainement pas créer une nouvelle religion. Tout est la faute de l'autre, le Tarsiote. Lui et ceux qui l'ont suivi.*

– Le Tarsiote ?

– *Saül. Celui que vous avez affublé, allez savoir pourquoi, du nom de saint Paul. Je préfère que nous évitions de parler de lui, si cela ne vous dérange pas. Rien que de prononcer son nom j'ai le vertige.*

Il grimaça :

– *Regardez autour de vous ces cathédrales, ces églises remplies de statues devant lesquelles les hommes s'agenouillent comme les Romains brûlaient leur encens au pied des effigies de César ! Comment aurais-je voulu souhaiter pareils édifices ? Moi qui n'ai cessé de proclamer :* « *Quand vous priez, n'imitez pas les hypocrites : ils aiment, pour faire leur prière, à se camper devant les synagogues et les carrefours, afin qu'on les voie. Pour toi, quand tu pries, retire-toi dans ta chambre, ferme sur toi la porte, et prie ton père qui est là, dans le secret.* »

Il se frappa à nouveau la poitrine :

– *Non, Mrs Gray. Je n'ai rien désiré de toutes ces choses.*

Le silence retomba. Mille questions bouillonnaient encore dans la tête de la vieille dame. Mais le temps pressait.

– Très bien, dit-elle à regret. Nous nous reverrons peut-être. Je vous remercie de votre collaboration.

– *Je souhaite tout autant que vous que nous mettions fin aux agissements de ce dément. Il ne reste plus qu'un seul ange, savez-vous ?*

– Samel. Oui.

– *Si elle venait à être assassinée à son tour, je crains fort que vous en subissiez les conséquences. Vous, les incarnés, je ne sais pas précisément le rôle qui était dévolu aux anges, mais je suis certain qu'il devait être vital pour l'humanité.*

Le visage de Jésus, relativement fermé jusque-là, se détendit un peu :

– *Avant de nous quitter, m'autorisez-vous à vous poser une question littéraire ?*

– Faites donc.

– *Pourquoi consacrez-vous tout votre talent à raconter des meurtres, à décrire des gens rapaces et sans noblesse ?*

La romancière fronça les sourcils.

– *Oui. Une centaine de romans, tous remplis de sang, d'êtres néfastes, pervers, mesquins, envieux. D'où vous vient cette obsession ?*

– Je n'en sais rien. Je n'y ai jamais pensé. Peut-être suis-je fascinée par le mal ?

Il y eut un nouveau silence.

Jésus sourit. Mais d'un sourire énigmatique.

– *Vous l'êtes, Mrs Gray.*

Et il conclut :

– *Vous auriez pu faire une grande meurtrière...*

20

LA BIBLIOTHÈQUE de l'université de Glasgow ressemblait au ventre d'un paquebot géant et Kathleen à une figurine égarée au beau milieu. La pile de livres qu'elle avait placée sur le pupitre masquait tout le bas de son visage.

Elle voulait savoir, elle *devait* savoir. Tant que le professeur Maclean n'avait pas pris la décision de mettre fin au coma de sa femme, tout était encore possible.

Voilà deux journées qu'elle passait enfermée entre ces murs. Deux jours à se brouiller la vue à force de compulser des ouvrages. Et rien. Bien sûr, elle avait appris des choses. À aucun moment elle ne se serait doutée de la place que les nombres avaient occupée depuis la nuit des temps dans l'esprit de l'homme. À peine une civilisation était-elle parvenue au stade de l'écriture que les nombres s'étaient vus rattachés à des pratiques religieuses ou magiques. Leurs propriétés avaient exercé une véritable fascination sur les esprits ; fascination perpétuée jusqu'à nos jours et à quoi on avait attribué les noms de : « numérologie », « arithmosophie » ou encore « Kabbale ». Les nombres avaient donc un langage secret, ou qualifié tel. Ils n'étaient pas seulement « quantitatifs », ils possédaient aussi une « qualité ».

Après avoir survolé un certain nombre d'articles qui traitaient du sujet, elle avait décidé de s'intéresser à la Kabbale. Selon la tradition judaïque, Moïse, après avoir reçu les Tables de la Loi, aurait préservé une partie des enseignements confiés par Dieu et les aurait transmis de vive voix à ceux de son entourage qu'il jugeait aptes à les accueillir. L'enseignement se serait fait, en partie, de bouche à oreille, mais en partie seulement, car il fut tout de même nécessaire de le coucher par écrit afin qu'il parvienne un jour à la postérité. Les doctrines ésotériques furent donc dissimulées dans la Loi dite « exotérique », mais de manière codée afin que seuls les sages puissent y accéder. Un monde, un univers sans limites, à l'image du cosmos.

Kathleen s'étira sur la banquette en soupirant. Ce n'était pas une vie qu'il lui eût fallu pour étudier et assimiler cette somme de connaissances, mais mille. Elle se demanda si finalement elle n'avait pas surestimé ses capacités et si le mystérieux nombre ne garderait pas son secret.

Stuart n'arrêtait pas de pianoter sur le post-it où l'agent Wishart avait inscrit un numéro de téléphone.

La conversation qu'il avait eue avec le professeur Maclean n'avait pas débouché sur grand-chose. Le dossier Morcar était toujours aussi vide. Tout ce que Stuart avait réussi à apprendre, c'est que la fille du professeur lui avait confié le jeune homme pour trois semaines et qu'elle n'avait pas donné signe de vie depuis son départ pour la Barbade.

À se demander s'il ne faisait pas une fixation. Pourquoi ? Pourquoi ce gamin le préoccupait-il à ce point ? C'était absurde.

Dans un mouvement brusque, il décrocha son téléphone et composa le numéro rédigé sur le post-it : le Sand Acres Beach Club, un quatre-étoiles à la Barbade...

Lorsque la standardiste répondit, Stuart demanda la chambre 526. Mrs Margaret Murray. On le pria de patienter. Ce qu'il fit en se laissant bercer par une musique sirupeuse et en imaginant les plages infinies de sable fin et les palmiers à la chevelure dorée.

Son attente ne fut pas longue :

– Désolé. Mrs Murray ne répond pas.

– J'imagine que vous ne savez pas où je pourrais la joindre ?

– Non, monsieur.

– Pourriez-vous la prier de rappeler dès que possible l'inspecteur Stuart, à Brodick ?

– Je note... Inspecteur Stuart, Brodick ?

– En Écosse.

– Un téléphone, inspecteur ?

Stuart lui communiqua sa ligne directe ainsi que le numéro de son domicile. Étant donné le décalage horaire, la fille du professeur Maclean risquait fort de l'appeler quand il serait rentré chez lui.

Attablée dans la salle du Willow Tea-Room, Kathleen acheva le dessin qu'elle avait commencé une heure plus tôt. Elle recula légèrement la tête et contempla son œuvre en souriant. Décidément, *son* Morcar avait une drôle de tête. Mi-voyou, mi-enfant de chœur. Qu'est-ce qu'il lui avait donc pris de se lancer dans cette esquisse ? C'était le huitième portrait qu'elle faisait du jeune homme en moins de quarante-huit heures. La question méritait-elle d'être posée ? Morcar lui manquait. Les souvenirs de leur week-end n'étaient pas près de s'estomper. Jamais elle n'avait connu pareille harmonie avec quelqu'un, pareille osmose. Elle en était la première surprise. Se dire qu'elle allait le revoir bientôt lui faisait chaud partout et, dans le même temps, l'idée que ce retour était lié à l'état de Janet la mettait mal à l'aise. Soit elle survivait, soit...

Elle traça sur une page de son cahier à croquis les quatre nombres mystérieux : 0,809 et les fixa longuement, comme si elle espérait que de l'intensité de son regard naîtrait la solution.

À quelques pas de sa table, un couple devisait tranquillement, une serveuse s'affairait, le tout bercé par un fond de musique à peine perceptible. Elle tendit l'oreille. Mozart sans doute. Elle n'aimait pas Mozart.

– Bonjour Kath...

Elle sursauta et leva la tête :

Dear George ! Lui ici ?

Elle répliqua avec gêne :

– Bonjour. Quelle surprise...

– Tu vas bien ?

Il désigna la chaise vacante :

– Je peux ?

– Bien sûr.

Kathleen l'observa pendant qu'il prenait place et fut frappée de constater combien la physionomie de son ex-petit ami avait changé en si peu de temps. Il paraissait incroyablement vieilli.

– Que deviens-tu ?

Elle avait posé la question avec un intérêt sincère.

– Un peu épuisé. Mais cela ira mieux dans quelques jours. Figure-toi que je pars demain matin faire de la pêche sous-marine aux Maldives.

– Toi ? De la pêche sous-marine ? J'ai toujours cru que tu détestais toutes les formes d'activité physique.

Un sourire un peu triste anima les lèvres du jeune homme :

– On change... Et puis, je me dis qu'il ne nous restera plus beaucoup de temps avant que ces îles ne disparaissent définitivement, submergées par les eaux.

– Oui, je sais. Une des conséquences de l'effet de serre. C'est triste. Ils foutent tout en l'air.

Il baissa les yeux et chuchota, un peu gauche :

– Et toi, Kath ? Ça va ?

Elle répondit par l'affirmative.

Le regard du jeune homme dévia vers le cahier à croquis posé sur la table, et il poussa une exclamation de surprise :

– Tiens ? Si ma mémoire est bonne, tu haïssais autant les chiffres que moi le sport.

Il précisa en baissant la voix :

– Ce fut même l'une des raisons qui t'ont poussée à me quitter...

La jeune femme rougit :

– Non... ce n'est rien. Un nombre, c'est tout.

– Fais-moi voir...

Il attira le cahier vers lui :

– 0,809... Qu'est-ce que cela représente ?

– Justement. Je n'en sais rien.

George médita en répétant à voix haute :

– 0,809... Bizarre. Où l'as-tu relevé ?

– Dans un vieux carnet.

– C'est curieux. Il me rappelle quelque chose.

La jeune femme bondit presque de son siège :

– Quoi ?

– Oh ! rien de très précis. Je dirais qu'il me fait penser aux lapins de Fibonacci.

Kathleen écarquilla les yeux.

– Je ne t'en ai jamais parlé ? En fait, Fibonacci est le surnom de Leonardo Pisano, un mathématicien italien, né il y a près de mille ans. C'est lui qui a introduit la numérotation décimale et l'écriture arabe des chiffres en Occident. Il a consigné dans un ouvrage – dont j'ai oublié le titre – les connaissances acquises en Algérie où travaillait son père. Il fut sans doute le mathématicien le plus habile de toute l'époque médiévale chrétienne.

– Et il élevait des lapins ?

Dear George partit d'un éclat de rire :

– Pas du tout. C'est l'un des problèmes de son livre qui a le plus inspiré les mathématiciens : « Combien de couples de lapins obtiendrons-nous à la fin de chaque mois si, commençant avec un couple, chaque couple produit chaque mois un nouveau couple, lequel devient productif au second mois de son existence ? » Ce problème donna lieu à ce que l'on a baptisé « la suite de Fibonacci ».

Il se tut et enveloppa son ex-compagne d'un regard malicieux.

– Je t'en prie, ne me demande pas de t'en expliquer le mécanisme... J'ai déjà perdu ton amour à cause de mon obsession pour les maths, je ne tiens pas à perdre ton amitié. D'ailleurs, ce serait trop compliqué.

Elle sourit.

– Dis-moi cependant en quoi mes quatre chiffres te rappellent ce Fibonacci.

– Une intuition. Il y a des nombres comme ceux-là qui éveillent un souvenir vague, que l'on n'arrive pas très bien à identifier.

Il se leva, mais à contrecœur :

– Je dois te quitter.

Il désigna une table à l'autre bout du salon de thé où se trouvait une jeune fille d'une vingtaine d'années.

– À bientôt ?

– À bientôt, George.

Alors qu'il repartait, Kathleen, prise d'une intuition soudaine, l'apostropha :

– Puis-je te demander un service ? Si tu as un peu de temps avant ton départ, pourrais-tu te pencher sur ce nombre ? Peut-être arriveras-tu à retrouver ce qu'il te rappelle ?

– O.K. Promis.

– Tu ne le notes pas ?

Il eut un sourire complice :

– 0,809... Tu oublies ce qui nous a séparés...

Il n'était pas loin de 18 heures lorsque Clarissa acheva de mettre au clair les informations recueillies lors de son premier interrogatoire. Le bilan était plutôt mince. Elle avait l'impression désagréable de n'avoir pas beaucoup progressé. Bien sûr, les aveux de Jésus étaient révolutionnaires, mais pour ce qui était de l'enquête elle-même, le personnage n'avait fait aucune révélation particulière.

Elle se tourna vers Morcar et lui fit signe d'ôter de ses oreilles les écouteurs de son baladeur :

– Vous n'êtes pas las d'écouter sans arrêt Monsieur Bach ?

– Non. Au contraire. Cette *Messe en si* est tellement riche... Je la redécouvre chaque fois.

Il montra les pages éparpillées sur la table basse :

– Alors ? Y voyez-vous plus clair ?

La vieille dame répondit par la négative.

– Il faut donc aller de l'avant. Vous finirez bien par flairer quelque chose.

– C'est possible. À condition que Gabriel n'ait pas fait fausse route.

Elle écarta une mèche rebelle de son front.

– Après tout, ajouta-t-elle, nous ne savons rien sur la façon dont il s'y est pris pour aboutir à ces trois suspects. Pourquoi ? En fonction de quels indices ?

– Vous n'avez pas tort. Cependant, je crois me souvenir d'une phrase écrite dans son carnet. Je ne retrouve plus les termes exacts, mais il a dit en substance : « Celui qui

sème la mort doit avoir un grand pouvoir. » Et il a cité
Moïse, Mahomet et Jésus.

– Il a aussi mentionné de nombreux autres personnages.
Pour quelle raison les a-t-il innocentés ?

Le jeune homme fit une moue désabusée :

– Le seul moyen de le savoir serait de poursuivre les
interrogatoires.

Quelques instants plus tard, ils étaient à nouveau assis
devant l'écran dans l'attente de Samel et, comme la veille,
le ventre de Mrs Gray se noua. C'était plus fort qu'elle.
Mélange de trac, de timidité, d'angoisse. Dans son for
intérieur, elle remercia Gabriel de ne lui avoir confié que
trois personnes à interroger. Elle n'aurait certainement pas
eu la force d'aller au-delà, quelle que fût l'étendue de sa
curiosité. Et celle-ci était immense.

– *Bonjour, Mrs Gray. Je vous suis reconnaissante d'être
au rendez-vous.*

Clarissa bredouilla quelque chose d'inintelligible.

Samel reprit :

– *J'ai très peur, savez-vous... Je sens que le danger se rapproche. Avez-vous une vague idée ? Des soupçons ?*

La vieille dame dit non d'un air désolé.

– *Alors faisons vite. Je vous en prie. Qui souhaitez-vous
convoquer ?*

– Moïse.

Aussitôt la couleur neigeuse s'estompa pour céder la
place à un fond nocturne parcouru de veinules ocre.
D'abord il ne se passa rien, puis le fond se fendit, livrant
passage à un homme à la peau sombre. Le front large, le
crâne presque dégarni et bossué, il était assis sur ce qui

ressemblait à un rocher, à moins que ce fût un bloc de granit. L'œil était farouche dans un visage profondément marqué. Une barbe courte amincie vers les oreilles faisait ressortir ses joues creuses.

Morcar nota à voix basse :

— Je ne l'imaginais pas du tout comme ça.

— Silence..., souffla Clarissa.

— *Et comment m'imaginais-tu, mon jeune ami ? Avec deux belles cornes comme celles que ce cher Michel-Ange m'a flanquées sur la tête ? Et une barbe assez longue pour que je m'y prenne les pieds ?*

— Non... non..., bafouilla Morcar. Je...

Moïse balaya l'air avec humeur, et porta son attention sur Clarissa :

— *Alors ? Vous cherchez toujours votre meurtrier ?*

La romancière confirma.

— *Mais vous êtes entourée de meurtriers, chère madame ! Vous n'avez qu'à tendre la main pour en alpaguer un au passage ! Vous êtes six milliards, et à mon avis il doit bien y avoir parmi ceux-là quelques millions de tueurs potentiels ou certifiés.*

— Vous savez qui je recherche.

— *En effet. Je sais. Mais je ne vois pas en quoi je pourrais vous être utile.*

— Vous les connaissiez pourtant. Je veux parler de...

Il la coupa sèchement :

— *Oui, je les connaissais. Je connaissais chacun d'entre eux. Chacune aussi.*

— Alors vous pourriez peut-être me dire qui aurait pu avoir intérêt à les éliminer ?

Il eut un petit rire ironique :

— *Si vous interrogiez toutes les personnes présentes ici, vous seriez surprise de découvrir que chacune d'elles ou presque avait une raison de les faire disparaître.*

— Vous aussi, par conséquent ?

— *Désolé de vous décevoir. Non.*

— Vous avez un alibi ?

— *Aucun, si ce n'est que je n'ai jamais eu affaire aux anges de mon vivant. Par conséquent, je n'avais aucune raison de m'attaquer à eux. En revanche, demandez donc à Abraham, à Sara ou à Jacob. Vous en entendriez de belles sur ces créatures soi-disant angéliques.*

— Ah bon ?

— *Parfaitement ! Prenez cette malheureuse Sara. Regardez quel désordre ils semèrent dans son couple ! La pauvre femme se sacrifie en autorisant son époux à copuler avec leur servante. Agar leur fait un enfant et, aussitôt, ces chers anges débarquent en annonçant à Abraham que son épouse n'est plus stérile et qu'elle va enfanter ! À quatre-vingt-dix ans ! Imaginez un peu le chaos ! Après avoir accouché d'Ismaël, la servante s'est prise pour la maîtresse des lieux, mais dès que Sara a donné naissance à Isaac, elle a repris les choses en main et on a viré la servante et son gosse avec. Vous trouvez cette situation morale, vous ?*

— Heu... Du peu que je sache, ce ne sont pas les anges, mais Dieu. Les anges n'étaient que ses messagers. Des intermédiaires.

— *Dieu a bon dos ! Personnellement, je n'y crois pas. Pas tant qu'Il ne m'aura pas donné sa version des faits.*

Clarissa joignit les mains à s'en faire mal. Elle rêvait. C'est sûr qu'elle rêvait.

Elle déglutit avec difficulté et fit remarquer :

– Vous l'avez pourtant vu, Dieu. Dans le Sinaï. Vous auriez pu lui poser la question.

– *Vous avez beaucoup d'humour, Mrs Gray. L'humour anglais...*

La romancière plissa le front :

– Erreur. Je ne suis pas anglaise, mais écossaise.

– *Je ne vois pas la différence.*

– Croyez-moi, il y en a une.

– *Très bien. Vous m'expliquerez un jour. Revenons à Dieu. Tout d'abord, je vous précise que je ne L'ai pas vu. Je L'ai seulement entendu. Et encore ! En plein désert. Sous un soleil à vous calciner sur place. Une voix, c'est tout. Et puis, vous ne pouvez pas imaginer l'entrevue ! Un monologue, oui ! Que des ordres ! Et sur quel ton ! Quand vous pensez qu'Il m'a sommé de retourner en Égypte, moi ! Un homme de mon âge, à près de quatre-vingts ans ! Alors que je vivais tranquille avec Cipora, ma tendre épouse, et Gershom, mon bien-aimé fils. J'étais heureux. Nul souci, pas d'entraves. Manifestement, mon bonheur devait déranger Dieu puisqu'Il m'a imposé cette mission. Et dans quel but ? Pour aller sortir mes coreligionnaires de la terre des pharaons et les amener au bout du monde. Me demander ça ? À moi ! Moi qui parlais à peine l'hébreu ! Et comme j'osais le lui faire remarquer, il n'a rien trouvé de mieux que de me répondre : « Aucune importance, ton frère Aaron s'exprimera à ta place ! »*

Moïse leva la main et Clarissa ne put s'empêcher d'avoir un mouvement de recul tant le geste était ferme :

— *Ce n'est pas tout ! Lorsque j'ai eu l'outrecuidance de Lui demander Son nom afin de m'en prévaloir auprès de ceux dont Il m'attribuait la charge, savez-vous ce qu'Il m'a répondu ?* Ehyeh, acher, ahyeh ! *« Je suis celui qui suis. » Et moi, je devais aller convaincre les autres que « Je suis celui qui suis » m'envoyait vers eux ! Imaginez un peu !*

Il prit une brève inspiration :

— *De plus, dites-vous que même si j'avais pensé à l'interroger, je me serais bien gardé de le faire. « Je suis celui qui suis » ne s'est pas montré particulièrement cohérent à mon égard.*

— Ah ?

Il y eut un bref silence, puis :

— *Il a essayé de m'assassiner, le saviez-vous ?*

— Quoi ?

— *Parfaitement. Et pour quelle raison ? parce qu'il s'était rendu compte que je n'étais pas circoncis ! Heureusement, ma tendre épouse Cipora a réussi in extremis à me tirer de là en coupant, à l'aide d'un silex, le prépuce de mon fils. Dans ces conditions, vu son caractère pour le moins ombrageux et changeant, vous pensez bien que je n'avais pas l'esprit à Lui poser des questions sur Sara et Abraham !*

— Et plus tard ? Sur le mont Sinaï ?

— *Jamais vu non plus. La lumière était aveuglante. Intenable. J'ai dû garder les yeux fermés tout le temps qu'Il m'a dicté ses commandements. Je ne pouvais pas faire autrement. Et tout ça pour quoi ? Pour qui ? Pour des frères qui n'ont eu de cesse que de me harceler de mille revendications durant tout le voyage, jusqu'à me plonger dans les pires colères. J'aurais dû me douter de quel bois ils étaient faits lorsque je me suis adressé à eux la première fois et qu'ils n'ont même pas voulu m'écouter jusqu'au bout. C'est tout juste s'ils ne m'ont pas traité de fou.*

— Il n'est pas simple de se faire entendre par plus de six cent mille hommes, sans compter les femmes et les enfants, fit observer Clarissa. Donc plus d'un million d'oreilles.

— *Plus d'un million ? Où avez-vous pêché ce chiffre ? Vous sous-entendriez que je suis parti en entraînant à ma suite plus des deux tiers de la population égyptienne ?*

— Alors, les Écritures...

— *Je n'ai pas besoin de lire les Écritures ! J'ai vécu l'histoire. Nous n'étions guère plus d'une quarantaine de milliers. D'ailleurs, réfléchissez un peu. Un tel événement n'aurait pas manqué de laisser des traces dans les annales égyptiennes. Ces gens avaient la manie de tout noter, au jour le jour, tous les faits du royaume sans exception. Si cela avait été le cas, jamais je n'aurais pu assumer ma tâche. Vous n'avez pas idée du caractère de ce peuple. Tourmenté, portant l'angoisse du monde sur les épaules, toujours l'interrogation aux lèvres : « Pourquoi ? Comment ? Qui ? Où ? » Et têtu et fier avec ça !*

Il marqua une pause :

— *Tout compte fait, il me fut plus facile de débattre avec le pharaon qu'avec mes propres frères.*

— Ce n'est pas étonnant. Vous l'avez terrorisé en frappant l'Égypte de toutes les calamités.

Un rire tonitruant succéda à la remarque de la vieille dame :

— Terrorisé, le pharaon ? Vous plaisantez ! Il m'était plus proche que mon frère. N'oubliez pas que j'ai grandi à sa cour, que j'ai travaillé pour lui, que je l'ai côtoyé des années durant. Je ne crois pas me tromper si je disais que cette affection était partagée. C'est vrai qu'il ne voyait pas d'un très bon œil le départ d'une main-d'œuvre qui ne lui coûtait rien. Ou si peu. J'ai dû batailler ferme.

— Il est quand même revenu sur sa décision, puisqu'il a lancé ses chars à vos trousses.

— C'est exact. À mon avis, il a dû se laisser influencer par son entourage. Les Hébreux étaient haïs. Certains auraient souhaité nous voir morts, plutôt que libres.

Il se prit la tête entre les mains.

— Que la tâche fut rude et comme mes frères furent impitoyables à mon égard et si exigeants ! À peine étions-nous dans le Sinaï que déjà des plaintes montaient de tous côtés. Ils ont osé me lancer au visage : « Que ne sommes-nous morts de la main de Yahvé au pays d'Égypte, quand nous étions assis auprès de la marmite de viande et mangions du pain à satiété ! À coup sûr, tu nous as amenés dans ce désert pour nous faire mourir de faim. » Ensuite, ce fut : « Ah ! quel souvenir ! le poisson que nous mangions pour rien en Égypte, les concombres, les melons, les laitues, les oignons et l'ail ! » ou encore : « Donnons-nous un chef et retournons en Égypte. » Et je vous passe l'épisode du Veau d'or... Je fus trahi par tous, même par mon propre frère.

Il se redressa, l'œil noir :

— Je dois vous faire un aveu. Un aveu terrible.

Clarissa tendit l'oreille :

— Ils m'ont tellement exaspéré que lorsque nous avons dû

combattre Amaleq à Rephidim, j'en ai laissé exterminer quelques-uns.

La romancière fit des yeux ronds.

— *Oh ! rassurez-vous, ils ne sont pas morts de ma propre main. Je ne suis pas un meurtrier. Je n'ai tué qu'un seul homme, ce contremaître égyptien qui martyrisait l'un des miens.*

— Mais alors, comment ?

— *Figurez-vous que, pour des raisons qui m'échappent, lorsque je levais les bras au ciel, les Hébreux marquaient des points sur l'ennemi, et si je les laissais retomber, c'était l'inverse.*

— Et ?

Moïse détourna son regard.

— *J'avoue qu'il m'est arrivé de baisser les bras plus d'une fois.*

— Sciemment ?

Il confirma :

— *À tel point que mon frère Aaron et mon ami Hur durent s'en apercevoir puisqu'ils me forcèrent à garder les bras levés jusqu'à la victoire.*

— Mais c'est ignoble !

À peine eut-elle prononcé ce mot que la vieille dame amorça un geste d'excuse.

— *Inutile de vous excuser, Mrs Gray. Vous avez raison. C'était ignoble. Toutefois, si comme moi vous aviez, jusqu'à l'épuisement, tenté de sauver ces gens malgré eux, vous auriez compris. Ma rancœur et ma colère ne sont rien comparées à celles que Dieu manifesta. Vingt-quatre mille ! Il nous en fit tuer vingt-quatre mille parce qu'ils s'étaient livrés à la débauche avec les filles de Moab et que celles-ci les avaient entraînés à adorer d'autres dieux que Lui. Ah ! le nombre de fois où j'ai dû prier, prier à me faire saigner le cœur pour qu'Il ne les anéantisse pas, tant Il était en rage contre eux ! J'ai bien voulu démissionner, les abandonner à leur sort. Mais c'était impossible. Une voix criait dans ma tête que je devais aller au bout. Impossible de résister à cet appel.*

Le silence s'instaura quelques minutes :

– Si nous reparlions de l'assassinat des anges ? Vous avez laissé entendre tout à l'heure que de nombreuses personnes avaient une raison de leur en vouloir. Croyez-vous que l'une d'elles au moins soit assez puissante pour commander à la mort ? Je vous rappelle que les anges furent créés immortels.

Il répondit sans l'ombre d'une hésitation :

– *Personne. Je ne connais personne qui soit doué d'un pouvoir aussi extraordinaire. Même pas moi. Pour preuve : je n'ai pas pu m'empêcher de mourir.*

Morcar intervint pour poser la question qui lui brûlait les lèvres depuis le début :

– Pardonnez-moi, mais vous semblez nous dire que votre pouvoir était somme toute celui d'un homme pareil aux autres. Pourtant, fallait-il qu'il fût immense puisqu'il vous a permis de fendre les eaux de la mer Rouge !

– *Tu veux parler de la mer des Roseaux ?*

Le jeune homme confirma.

– *Rien à voir donc avec la mer Rouge. Si tu connaissais mieux ta géographie, tu saurais qu'il n'y a pas l'ombre d'un roseau sur les rives de la mer Rouge. En revanche, ils sont pléthore au nord de Suez, autour des lacs Amers, Timsah et Menzaleh. De mon temps, cette région n'était qu'une grande étendue d'eau que nous surnommions « la Grande Noire ». La partie inférieure de cette mer formait un chenal. C'est à cet endroit – connu sous le nom de mer des Roseaux – que nous sommes passés. Aujourd'hui, le lieu est totalement asséché.*

– Mais comment avez-vous fait pour traverser le chenal ? questionna Morcar. Je suppose qu'il devait être assez profond.

– *Il existait un passage à gué, à peine plus large que six coudées et long d'une centaine. Il ne fallait surtout pas s'en écarter sous peine de perdre pied ; surtout les enfants. Je connaissais parfaitement les lieux pour y avoir effectué des travaux de reconnaissance avec les architectes de Pharaon du temps où j'étais à son service. On envisageait alors de restaurer l'antique canal construit dix siècles plus tôt, sous le règne de Nechao II, qui reliait les lacs Amers et la mer Rouge.*

Il glissa sa paume le long de sa barbe :

– *Cela étant, nous avons eu beaucoup de chance et nous étions – n'en doutez pas – protégés par Dieu. Lorsqu'au petit jour la garnison égyptienne lancée à nos trousses s'engagea dans la mer des Roseaux, un vrai miracle se produisit. Un vent violent, venu du sud, déferla tout à coup sur le chenal, soulevant des lames impressionnantes. En quelques minutes, la plupart des chars et des fantassins qui se trouvaient à mi-chemin furent balayés. Oui. Dieu était certainement de notre côté.*

Il sembla prendre une inspiration et reprit :

– *Et tout cela pour finir seul.*

– Seul ?

– *Oui. Un dernier incident a fait déborder la coupe. À la veille de toucher au but, sous prétexte que j'avais frappé par deux fois un rocher à l'aide d'un rameau pour en faire jaillir de l'eau, je précise : frappé et non caressé, je me suis vu condamné par Dieu à ne pas entrer au pays des Cananéens. Après toutes ces souffrances, tous ces tourments endurés... Je fus châtié pour un simple geste d'humeur. C'est à ce moment que j'ai tout laissé tomber.*

– Vous êtes parti ?

– *J'avais trop subi. Trop souffert. Surtout depuis l'incident du Veau d'or. Je les ai quittés et j'ai marché longtemps, jusqu'à l'épuisement, jusqu'à ce que je fusse loin du vacarme et de la contestation. Ma mission était accomplie. Je n'avais plus rien à attendre ni de Dieu – ce Dieu jaloux et impitoyable –, ni des hommes. J'ai allumé un feu et je me suis couché. Je n'ai pensé qu'au visage de ma mère. J'ai redessiné ses traits à la lueur des étoiles. Je m'en souviens encore. La fille de Pharaon m'avait confié à elle parce qu'elle cherchait une nourrice, et j'en fus très vite arraché. Ce fut ma première mort. En comparaison, celle qui m'attendait devenait dérisoire. J'ai compté les astres, me suis fondu dans le ciel nocturne et j'ai guetté la fin. Avec impatience.*

Il se ressaisit comme s'il en avait trop dit, au-delà de sa pudeur, et conclut :

– *À présent, Mrs Gray, je vous quitte. Mais je suis disposé à revenir si vous avez besoin de moi, encore que je n'en voie pas l'utilité. Adieu, Mrs Gray. Ou au revoir.*

À peine l'écran eut-il retrouvé son apparence habituelle que la romancière s'exclama :

– Il a menti !

Morcar la questionna du regard.

– Oui, lorsqu'il a déclaré n'avoir jamais eu affaire aux anges de son vivant, il a menti.

Elle chercha un passage de la Bible et, l'ayant trouvé, elle déplaça le livre vers le jeune homme.

– Lisez ! Exode, chapitre III, deuxième verset.

– « L'Ange de Yahvé se manifesta à lui sous la forme d'une flamme de feu jaillissant du milieu d'un buisson. »

Morcar releva la tête :

– Je ne suis pas d'accord avec vous. Je dirais plutôt que la phrase prête à confusion, puisque plus bas nous lisons : « Dieu l'appela du milieu du buisson. » À mon avis, l'Ange et Dieu sont une seule et même personne. Ce ne serait pas la première fois dans les Écritures que les mots sous-entendraient autre chose que le sens qu'on leur prête. Souvenez-vous de ce que nous expliquait M. Bacovia. Ne mettait-il pas l'accent sur l'absence de cohérence des textes ? Prenez par exemple l'aventure de Jacob dans le Livre des Rois. Il est écrit : « Et Jacob resta seul. Et quelqu'un lutta avec lui jusqu'au lever de l'aurore. » Ce quelqu'un, était-ce Dieu lui-même ? Un ange ? Un homme ? Selon certains exégètes, ce serait Dieu lui-même, puisque, à la suite de cette lutte, ce « quelqu'un » annonça à Jacob : « On ne t'appellera plus Jacob, mais Israël, car tu as été fort contre Dieu. »

Clarissa le toisa avec incrédulité :

– Dites-moi, Morcar, depuis quand êtes-vous aussi instruit des choses de la Bible ?

Le jeune homme eut un imperceptible temps d'hésitation :

– Je... j'ai simplement retenu ce que M. Bacovia nous a dit.

– Je m'en souviens aussi. Cependant, Bacovia n'a pas précisé l'emplacement de ce passage, et encore moins le Livre des Rois !

– J'ai vérifié, c'est tout.

La romancière le scruta pensivement.

– Vous avez vérifié...

Elle haussa les épaules :

– Cela suffit pour aujourd'hui. Je suis vidée. Nous reprendrons demain.

Elle quitta le siège en grommelant quelque chose que Morcar ne saisit pas.

21

— INSPECTEUR STUART ?

— Lui-même.

— Mon nom est Mrs Murray. J'espère que je ne vous réveille pas. Ici, il est 2 heures de l'après-midi.

— Non, Mrs Murray. Je suis déjà à mon deuxième café.

— Que se passe-t-il ? Je suis morte d'inquiétude. Il n'est rien arrivé de fâcheux à mes parents ?

— Non, non. Rassurez-vous. Tout va bien.

Il faillit mentionner la maladie de Janet. Après tout, c'était sa mère. Mais à quoi lui aurait servi de tourmenter cette femme qui se trouvait à des milliers de miles de l'Écosse ? Il poursuivit :

— En revanche, c'est le professeur Maclean qui se fait du souci. Il est sans nouvelles de vous depuis votre arrivée à la Barbade et n'avait pas vos coordonnées. J'ai pris sur moi d'essayer de vous retrouver.

— Vous connaissez donc mon père ?

— Nous avons une amie commune : Mrs Gray.

— Je vois.

Un petit rire résonna dans l'écouteur :

– Ce serait bien la première fois que mon père s'inquiète de mon silence. Il ne s'est jamais beaucoup soucié de nous par le passé. Mais peu importe ! Dites-lui que tout se passe bien et que nous rentrons après-demain à Edinburgh...

– *Nous* ?

– Ben oui... William ne vous a pas dit que j'étais avec mon fils ?

Stuart se sentit défaillir. Il balbutia :

– Morcar ?

– Oui. Bien sûr.

– *Morcar est avec vous ? À la Barbade ?*

Il sentit une pointe d'agacement dans la voix de son interlocutrice :

– Qu'y a-t-il, inspecteur ? Pourquoi cette insistance ? Je vous répète que je suis bien avec mon fils. Voulez-vous que je vous le passe ?

Stuart essuya une goutte de sueur qui venait de perler sur son front :

– Non, non. Je...

Il perdait pied.

– Vous êtes sûr que vous ne me cachez rien ?

– Non, Mrs Murray ! Rien. Absolument rien. J'avais simplement oublié que votre fils vous accompagnait. C'est stupide. Pardonnez-moi. La fatigue, vous savez. J'ai un travail fou.

– J'imagine.

Elle marqua une pause avant de s'enquérir :

– Vous ferez le nécessaire auprès de mon père, n'est-ce pas ?

– Comptez sur moi. Je vais l'appeler immédiatement.

– Et embrassez-le de la part de son petit-fils.

– Je n'y manquerai pas. Au revoir, Mrs Murray.

Stuart reposa le combiné.

Il s'empara d'un mouchoir en papier et s'épongea le visage. Il était en nage.

Si Morcar était à la Barbade avec sa mère, alors qui était auprès de Clarissa ? Un jumeau ? Sinon, comment expliquer que le professeur Maclean n'y ait vu que du feu !

Vite ! La prévenir ! Vite !

Il décrocha son téléphone et composa le numéro de la romancière.

Le son irritant qui signalait l'occupation de la ligne tinta à son oreille. Il jura à voix haute et fit une nouvelle tentative, une troisième, dix. Sans résultat.

Il hésita quelques secondes, fouilla dans ses notes et, d'une main fébrile, composa un autre numéro. Au bout de quelques sonneries, une voix répondit :

– Professeur Maclean, j'écoute.

Dieu soit loué, pensa Stuart. Il est là !

– Professeur, ici l'inspecteur Stuart. Écoutez-moi, il se passe quelque chose de très étrange. Je viens de parler avec votre fille...

– Ma fille ? Comment...

– J'ai réussi à la joindre à la Barbade, au Sand Acres Beach Club. Et – il reprit son souffle – savez-vous qui est à ses côtés ?

– Vous allez me le dire, je suppose...

– Morcar ! Votre petit-fils ! Morcar.

Un petit rire nerveux résonna dans l'écouteur.

– C'est amusant.

– Je suis sérieux ! Vous devez me croire. Morcar est avec sa mère. Il ne l'a jamais quittée.

– Attendez..., bégaya Maclean, vous voulez dire que...

– Oui !

Il répéta en scandant les mots :

– Votre petit-fils est avec sa mère.

– C'est impossible, voyons ! Il est chez Mrs Gray !

– *Quelqu'un* est chez Mrs Gray, mais ce quelqu'un *n'est pas* Morcar.

– Je... Je... mais alors... ce serait un... qui ?

– C'est précisément la raison de mon appel : est-ce que Morcar aurait un frère ? Un frère disparu, ou que l'on a cru mort ?

– Pas du tout, inspecteur ! Jamais !

– Vous en êtes certain ?

– Arrêtez, je vous en prie ! Votre insistance est stupide ! Avez-vous essayé d'appeler chez Clarissa ?

– Bien sûr. Pas moyen de l'avoir au bout du fil. C'est constamment occupé.

– Elle doit être sur Internet avec...

Il hésita, puis :

– Avec ce type. Il faut la prévenir !

– Je vais le faire. Je vous tiendrai au courant.

– Un instant, inspecteur !

– Oui ?

– Vous ne croyez pas que Clarissa coure un danger ?

Stuart prit une profonde inspiration :

– Je ne sais pas. J'espère que non.

Il raccrocha et fonça à l'extérieur.

Maclean titubait.

Morcar n'est pas Morcar ? Alors, qui est l'autre ? Et à quel jeu joue-t-il ? Pourquoi ?

Machinalement, il fit le numéro de Clarissa. Toujours occupé.

Morcar n'est pas Morcar...

Il se prit la tête dans les mains et essaya de réfléchir. Lentement, petit à petit, il s'efforça de refaire le chemin à l'envers. Tout avait commencé avec cette histoire de cadavre retrouvé chez Clarissa. Ensuite, il y avait eu ce carnet codé, signé d'un personnage qui disait être l'archange Gabriel. À quoi avaient succédé dans un enchaînement hallucinatoire la maladie de Janet, les meurtres de Bacovia et de Shlonsky. Et tout cet ensemble était dominé par ces mystérieux nombres : 19 et 0,809.

Le jumeau est en 0,809...

Le JUMEAU ! Maclean se sentit défaillir.

Il n'avait jamais vraiment cru à ce texte. Pas totalement. Certes, pour un scientifique, il considérait qu'il avait l'esprit plus ouvert que la majorité de ses collègues. Mais tout de même : un journal intime rédigé par l'archange Gabriel...

Quelque chose me crie que si je parvenais à identifier le coupable, il serait neutralisé, et du même coup cesserait l'emprise qu'il a sur Janet.

Et si Clarissa disait vrai ?

Toute cette histoire n'est-elle pas surnaturelle ? Alors pourquoi persister à envisager le sort de Janet de façon cartésienne ? S'il existe une once d'espoir pour que Mrs Gray réussisse à identifier le responsable de ces tragédies, ni vous ni moi ne sommes en mesure de présager des conséquences qui en découleront...

Et si Kathleen avait raison ?

Clarissa avala sa dernière cuillère de porridge et se leva.

– Ne pouvez-vous m'attendre ? protesta Morcar, je n'ai pas terminé.

– Le temps presse. Vous me rejoindrez.

– Décidément, vous êtes infatigable.

Elle traversa à petits pas le couloir et se rendit à la table où était posé l'ordinateur. Après avoir appuyé sur l'interrupteur, elle fit demi-tour et se dirigea vers le téléphone.

– Vous avez changé d'avis ? questionna Morcar qui lui avait emboîté le pas.

– Non. Je veux prendre des nouvelles de Janet. Je suis inquiète.

– Elle va bien, s'empressa de répondre le jeune homme. Enfin, je veux dire que son état est inchangé.

La romancière fronça les sourcils :

– Ah ? Et comment le savez-vous ?

– J'ai parlé à Kathleen hier soir, pendant que vous dormiez. Elle a rendu visite à Mrs Maclean. Tout est calme.

Clarissa dodelina de la tête à plusieurs reprises avec un air de reproche :

– Vous auriez quand même pu me tenir au courant !

– Mais quand ? protesta Morcar. Vous dormiez.

– Nous venons de prendre notre petit déjeuner, que je sache !

Elle leva les yeux au ciel avec dépit et repartit vers l'ordinateur.

Quelques secondes plus tard, Samel apparut sur l'écran.

– Nous allons mettre fin à ces interrogatoires, annonça la vieille dame. Puis-je m'entretenir avec le dernier – elle buta sur le mot – suspect ?

– *Le fils d'Amina ?*

– Mahomet, oui.

Samel se retira.

– *Que la paix soit sur vous,* lança aussitôt une voix rauque.

Clarissa ne sut que répondre. L'écran était vide.

– *Que le paix soit sur vous,* répéta la voix.

Morcar chuchota à l'oreille de la romancière :

– Répondez-lui : « Et sur vous soit la paix. »

Dans le doute, elle s'exécuta.

– *Je vous sens bien tourmentée, Mrs Clarissa Gray. Il ne faut pas. S'il est écrit que vous retrouverez ce meurtrier, vous le retrouverez. Sinon, c'est que tel n'était pas le désir du Tout-Puissant.*

La vieille dame questionna prudemment :

– Pourquoi ne vous montrez-vous pas ?

– *Parce que je n'en vois pas l'intérêt. L'important ce sont les mots, pas les images. Les mots seuls sont détenteurs du pouvoir ; de tous les pouvoirs. Le Miséricordieux – que Son Nom soit loué – ne l'a-t-il pas démontré en me dictant la Révélation ?*

– Certes.

– *Maintenant, que puis-je faire pour vous aider ?*

– Répondre à quelques questions, ainsi que l'ont fait vos

prédécesseurs Jésus et Moïse. Entreteniez-vous des relations avec les anges défunts ?

— *Avec Idris, uniquement. Celui que vous appelez Gabriel.
J'avais infiniment de respect pour lui.*

— Et les autres ?

— *Non. Il m'arrivait de les croiser, mais c'est tout. J'avoue
avoir été surpris de découvrir qu'il y avait des femmes parmi
eux.*

— Vous n'appréciez pas les femmes ?

— *Étrange question, Mrs Gray. Bien sûr que je les apprécie.
J'éprouve même envers elles une certaine vénération. Pourquoi croyez-vous que le Tout-Puissant ait prescrit qu'elles ne
sortent que voilées ? Parce qu'à ses yeux elles sont sacrées. Ce
qui est sacré se doit d'être protégé des regards afin de n'être
point souillé. Il y a aussi d'autres motifs.*

— Me diriez-vous lesquels ?

— *Certainement. Mais pour bien me comprendre, vous
devrez faire un effort et vous transporter à près de mille
quatre cents ans en arrière dans le désert d'Arabie. La vie
était rude. Et la chair est faible. Le soleil a le don d'exacerber
le désir de l'homme. Un homme qui se livre à la luxure perd
de son énergie guerrière, il n'est plus bon à rien. Or, les temps
étaient difficiles, nous étions cernés de toutes parts et nous
devions nous battre, lutter contre les mécréants. Comment
voulez-vous qu'un homme résiste à la tentation, lorsqu'une
femme déambule sous ses yeux à visage découvert ou le corps
tant soit peu dénudé ? Si elle est belle — et nos femmes le
sont —, il fera tout pour la posséder. Et il la possédera, car
telle est la loi du plus fort, pour l'abandonner aussitôt son
plaisir assouvi. Par le voile, le Créateur qui sait tout a mis*

un terme à la tentation. Et il a précisé : « Et que ceux qui n'ont pas de quoi se marier cherchent à rester chastes jusqu'à ce qu'Allah les enrichisse par Sa grâce. » Vous voyez ? Dans son infinie sagesse, il a aussi été désireux de brider l'ardeur animale de l'homme.

– Cependant, vous négligez un détail : si tel est le bon plaisir de la femme d'évoluer à visage découvert ? Si sa joie consiste à se mettre en valeur, à séduire ? A-t-on le droit de lui interdire ce choix ?

Il y eut un silence. Puis :

– *Puisque c'est la volonté d'Allah.*

Un nouveau silence. Il reprit :

– *Je vous sens dubitative. Croyez-vous que votre monde soit meilleur ? Regardez autour de vous la débauche et l'immoralité qui sévissent. Des hommes habillés en femmes, des femmes qui s'exhibent, qui s'offrent au premier venu, sans pudeur ni vergogne, et par-dessus tout, il y a ces images obscènes qui offensent le regard des enfants. Cela m'est insupportable. Je regrette de vous le dire, mais vous êtes entrés en décadence, Mrs Gray. C'est affligeant.*

– C'est probable. Cependant, je vous le répète : nous avons le choix.

Il s'emporta :

– *Mais arrêtez donc de me rebattre les oreilles avec cette affaire de choix ! La femme est faible, elle est vulnérable, elle a besoin de contrainte. Sans contrainte, elle s'égare sur les chemins de la perdition.*

– Vous êtes dur avec la gent féminine.

Il ricana :

– *Dur ? On voit bien que vous ne savez rien de la Révé-*

*lation. Il a été dit : « Frappez de quatre-vingts coups de fouet
ceux qui accusent les femmes honnêtes sans pouvoir désigner
quatre témoins. »*

– Oui. Mais j'ai noté aussi quelque part – elle ouvrit un
Coran à l'une des pages marquées d'un signet – qu'il fut
dit : « Les hommes ont autorité sur les femmes en vertu
de la préférence que Dieu leur a accordée sur elles. » Et
aussi : « Admonestez celles dont vous craignez l'infidélité.
Reléguez-les dans des chambres à part et battez-les. »

La vieille dame plissa le front :

– Battre les femmes ? Vous jugez que c'est estimable et
juste ?

Il rétorqua fermement :

– *Puisque c'est la volonté d'Allah. Puisque c'est écrit.*

– Et en cas d'héritage, attribuer au garçon une part égale
à celle de deux filles, n'est-ce pas faire preuve de discrimi-
nation ?

– *Puisque c'est écrit...*

– Et lapider les femmes adultères ?

– *Puisque c'est écrit.*

– Et trancher la main des voleurs ?

– *Puisque c'est la volonté d'Allah.*

Clarissa se racla la gorge.

Il était inutile de poursuivre dans cette voie. Elle n'avait
aucune chance de l'emporter.

– Si vous me le permettez, reprit-elle, je vais vous poser
la même question qu'à vos prédécesseurs : selon vous, qui
dans votre entourage aurait assez de pouvoir pour assassiner des anges ?

La réponse fusa fermement :

— *Je ne vois qu'une seule personne : Élie.*

— Élie ? Le Prophète ?

— *Le plus grand d'entre nous tous. N'a-t-il pas ressuscité le fils de la veuve alors qu'il demeurait à Sarepta ? N'a-t-il pas accompli des prodiges pour confondre les prophètes de Baal ? N'a-t-il pas fait descendre sur les païens le feu d'Allah ? N'a-t-il pas frappé de son manteau les eaux du Jourdain afin qu'elles se fendent et lui livrent passage ? Et plus important encore : il est le seul d'entre nous à avoir vaincu la mort en montant au ciel dans un char tiré par des chevaux de feu. Oui. En vérité, seul Élie a ce pouvoir.*

Morcar s'autorisa à faire observer :

— Moïse aussi a accompli des prodiges. Et Jésus n'est-il pas ressuscité ?

Mahomet persista :

— *Moïse et Jésus furent de grands prophètes. Mais Élie est le plus grand.*

Clarissa compulsa ses notes quelques instants avant de s'enquérir :

— Vous avez laissé entendre que vous étiez très proche de Gabriel. À un moment ou un autre, vous a-t-il fait part de ses soupçons ?

— *À vrai dire, il soupçonnait tout le monde. Même moi.*

— Pour quelle raison ?

— *Je n'en sais rien. Je pense qu'il vivait très mal mes constantes altercations avec Saül, votre saint Paul. Cet odieux personnage ne cessait de clamer à qui voulait l'entendre que j'étais un plagiaire.*

— Un plagiaire ?

— *Il me jetait tout le temps à la figure le sacrifice d'Ismaël.*

Il affirmait que j'avais travesti la vérité en déclarant que ce n'était pas la mort d'Isaac qu'Allah avait exigée d'Abraham, mais celle d'Ismaël.

Clarissa toussota :

– Permettez-moi de vous faire observer que le sacrifice d'Isaac a été relaté dans la Torah plus de deux mille ans avant votre... Révélation.

– C'était une erreur. Elle a été réparée.

– Une erreur ?

Un cri d'exaspération jaillit des haut-parleurs de l'écran :

– *Méfiez-vous, Mrs Gray. N'abusez pas de ma patience. Si je vous dis que ce n'était pas Isaac, mais Ismaël, vous devez me croire. C'est écrit !*

Il poursuivit sur sa lancée :

– *D'ailleurs, il n'y avait pas que cette affaire qui m'opposait à Saül. Il m'accusait d'avoir passé ma vie sur Terre à prêcher la violence.*

– N'est-ce pas légitime ? N'êtes-vous pas le promoteur de la guerre sainte ?

– *Une fois encore, je vous demande de vous reporter à l'époque où se sont déroulés les événements. J'étais cerné de toutes parts. Harcelé par les propres gens de ma tribu. Les Mecquois voulaient ma mort. J'ai dû fuir à Médine. Or, qui s'attaquait à ma personne, s'attaquait à Allah, béni soit Son Nom. Il a été dit :* « La récompense de ceux qui font la guerre contre Allah et Son messager, et qui s'efforcent de semer la corruption sur la Terre, c'est qu'ils soient tués ou crucifiés, ou que soient coupées leur main et leur jambe, ou qu'ils soient expulsés du pays. » *On s'attaquait au messager du*

Très-Haut. Comment, dès lors, ne pas qualifier ma guerre de guerre sainte ? Je devais bien me défendre !

Il y eut un bref silence que rompit Morcar :

– Je ne sais pas si vous êtes au courant, mais votre idée s'est perpétuée jusqu'à nos jours. Vos descendants tuent au nom de Dieu.

– *Ce sont des ânes ! De plus, non seulement ils tuent des innocents, mais ils s'entre-tuent. Des musulmans versent le sang des musulmans.*

– Mais, protesta Morcar, n'avez-vous pas encouragé cela ? Le *djihad* est bien l'une de vos inventions, non ?

– *Tu blasphèmes, mon garçon. C'est faux. Les mots que le Très-Haut a placés dans ma bouche en témoignent :* « Soyez hostiles envers quiconque vous est hostile, dans la mesure où il vous est hostile. » *Il a bien précisé :* « dans la mesure où il vous est hostile ». *C'est une nuance essentielle.*

– Reconnaissez qu'elle laisse la porte ouverte à toutes les interprétations.

– *Apprends, petit, qu'il existe deux sortes d'hommes, ceux qui déforment les Écritures à leur convenance et ceux qui en prennent le meilleur. Allah n'y est pour rien si l'humanité dans sa grande majorité n'y puise que le pire. D'autre part, apprends aussi que le* djihad *c'est la lutte du croyant contre les passions et les mauvais penchants de l'âme. S'ils ont défiguré les mots sacrés c'est leur problème. Ils auront à rendre des comptes au jour du Jugement dernier.*

Clarissa décida d'intervenir :

– M'autorisez-vous à vous poser une question qui me tracasse ?

– *J'essaierai d'y répondre.*

– Soyez indulgent, je suis loin de connaître le Coran par cœur. Je n'ai fait que le survoler. Toutefois, quelque chose m'a frappée. J'ai coché au hasard, ici et là, ces deux versets (elle mit ses lunettes, et lut) : « Nous croyons en Dieu, à ce qui nous a été révélé, à ce qui a été révélé à Abraham, à Ismaël, à Isaac, à Jacob et aux tribus ; à ce qui a été donné à Moïse et à Jésus ; à ce qui a été donné aux prophètes de la part de leur Seigneur. Nous n'avons de préférence pour aucun d'entre eux ; nous sommes soumis à Dieu. »

Elle releva la tête :

– Est-ce exact ?

– *Absolument.*

– Dans ce cas, comment expliquez-vous la violence, voire la rage que l'on sent poindre en d'autres passages à l'égard des chrétiens et surtout des juifs ? Je ne prendrai pour exemple que ce verset : « Ô vous qui croyez ! Ne prenez pas pour amis les juifs et les chrétiens ; ils sont amis les uns des autres. Celui qui, parmi vous, les prend pour amis est des leurs. » Pourquoi ce revirement ?

– *Je vais vous répondre. L'explication se trouve dans la trahison. Ils m'ont trahi ! Lorsque j'ai dû fuir pour Médine, les juifs formaient la moitié de la population de la ville. Nous avons signé un pacte qui stipulait clairement que chacune des deux parties accorderait à l'autre la liberté du culte et l'entraide en cas de guerre. Lorsque je fus attaqué par les quatre mille hommes d'Abou Soufian, les juifs de la tribu Banou Qurayaza firent volte-face, oublièrent le pacte et me poignardèrent dans le dos.*

Il marqua une pause :

— *Mais ces hypocrites payèrent de leur sang cette trahison.*

— Comment ?

— *J'ai fait décapiter tous les hommes de la tribu. Leurs femmes et leurs enfants furent vendus en esclaves. N'a-t-il pas été dit :* « Ô prophète, combats les incrédules et les hypocrites ; sois dur envers eux ! Leur refuge sera la Géhenne ! »

Clarissa ne sut que répliquer. Une voix lui soufflait qu'il valait mieux garder par-devers elle ses critiques.

Elle s'apprêtait à revenir aux meurtres, lorsque Mahomet reprit :

— *Je vais vous livrer un grand secret, Mrs Gray. Mais conservez-le au plus profond de votre âme et ne le répandez pas. À La Mecque, j'étais entouré de juifs et de chrétiens. J'ai grandi parmi eux. C'est Bahira, un moine chrétien, qui, le premier, m'a annoncé ma mission prophétique. Le soir, dans les campements, j'écoutais les Gens du Livre parler de leur croyance. J'écoutais, je buvais leur récit et, dans le même temps, je voyais bien qu'ils se méprisaient. Chacun avait sa version des faits, chacun revendiquait sa vérité, convaincu qu'elle était unique et absolue. Alors, un jour, à l'approche de mes 40 ans, je me suis laissé aller à rêver d'une grande religion qui embrasserait les trois en puisant le meilleur chez l'une et chez l'autre. J'imaginais qu'elle absorberait la planète et mettrait fin à toutes les dissensions. Je voulais que l'islam fût le sceau du christianisme et du judaïsme. J'ai échoué, hélas. Ils n'ont rien compris. Ni mes frères ni les autres.*

Il marqua une pause et conclut :

— *Je vous ai ouvert mon cœur, Mrs Gray. J'ose croire que*

vous ne ferez pas mauvais usage de mon aveu. Adieu. Ou
au revoir, Mrs Gray.

Stuart ne vit pas le feu rouge. Ou s'il le vit, il n'en tint
pas compte. De toute façon, à la vitesse à laquelle il roulait,
il lui eût été impossible de freiner à temps.

Lorsque sa voiture heurta la BMW, il se sentit projeté
en avant tel un fétu de paille. Dans sa hâte, il n'avait pas
pensé à attacher sa ceinture de sécurité.

La dernière image qui traversa son esprit fut celle de
Morcar.

22

LE PROFESSEUR Maclean acheva de bourrer sa pipe tout en répondant à Kathleen :

– Non. Stuart a bien dit la vérité. Figurez-vous qu'entre-temps j'ai eu ma fille au téléphone et elle m'a confirmé que Morcar était auprès d'elle. Je m'empresse de vous préciser que je me suis bien gardé de lui raconter ce qui se passait ici. Il n'eût servi à rien de l'affoler. D'ailleurs, qu'aurais-je pu lui dire ? Que Morcar avait un double ?

Kathleen ne répondit pas. Depuis que Maclean l'avait priée de venir à son bureau afin de lui faire part de l'incroyable nouvelle, elle se sentait naufragée, incapable de retrouver ses repères. Bien sûr, elle avait essayé de masquer sa douleur – car il s'agissait bien de douleur – en se répétant qu'il importait peu que le personnage dont elle était tombée amoureuse fût Morcar ou quelqu'un qui lui ressemblait. Ne l'avait-il pas rendue heureuse ? N'avaient-ils pas connu ensemble des heures rares ? Hélas, ce raisonnement s'écroulait aux premières interrogations : qui était ce jeune homme ? D'où venait-il ? Pour quelle raison avait-il subtilisé la place de Morcar ? Par quel enchantement sa ressemblance était-elle aussi parfaite, au point de tromper son propre grand-père ? Et surtout : s'était-il joué d'elle ?

Elle avala péniblement sa salive et s'enquit :

– Avez-vous essayé de joindre Mrs Gray ?

– Évidemment. Mais sans résultat. Sa ligne est constamment occupée. Voilà plus d'une demi-heure que mon téléphone recompose automatiquement son numéro. De plus, je n'ai aucune nouvelle de l'inspecteur Stuart qui devait se rendre chez elle. Je...

Il n'acheva pas sa phrase. Un bip, signalant l'arrivée d'un courrier électronique, venait de retentir.

Maclean quitta précipitamment son bureau et alla jeter un coup d'œil sur l'écran :

– Un *mail* de Clarissa ! Regardez !

La jeune femme s'approcha à son tour et lut :

DE : MORC@HOTMAIL.COM
DATE : JEUDI 27 JUIN 2002 18 : 00
A : WMACLEAN@GLASGOWUNIV.SC
OBJET : SANS

Bonsoir, ou bonjour Willy,

Si j'en crois votre petit-fils, vous devriez recevoir cette lettre dans les secondes qui suivent. Tant mieux. J'imagine dans quelle tension vous vivez. Et je vous plains de tout mon cœur. Mais trêve de larmes. Je veux vous tenir au courant des derniers événements. Je les ai vus, Willy, enfin pas tous

les trois, seulement deux d'entre eux : Jésus et Moïse. Mahomet a jugé préférable de rester dans l'ombre. Il se peut que
ce fût de la méfiance ou de la crainte. Il pensait peut-être
que par un stratagème quelconque j'aurais pu immortaliser
son visage sur l'ordinateur. Je les ai *vus*, Willy. Ils étaient là,
sous mes yeux. Aussi présents que la terre d'Écosse. Je leur
ai parlé. La confrontation s'est déroulée via l'écran ; grâce à
cet Internet dont vous m'avez si souvent rebattu les oreilles.
Aujourd'hui, je le bénis. Je les ai interrogés tant bien que
mal. Plus mal que bien. Que voulez-vous ? Ce n'est pas tous
les jours que l'on est mis en présence de personnages légen-
daires. Ce qui m'a le plus surprise c'est qu'ils se soient laissés
aller à parler d'eux avec autant de facilité. Ils étaient manifestement avides de lever des quiproquos et de pouvoir enfin
s'expliquer. Et moi, pauvre mortelle, je suis tombée dans
leur piège. Dépassée par tout ce que je découvrais – vous
l'auriez été tout autant à ma place –, je n'ai pas su poser les
vraies questions. J'espérais naïvement, bien sûr, qu'il m'eût
été possible de leur arracher quelques aveux. Mais comment
pousser dans les cordes des hommes de cette envergure ?
Comment résister à la fascination exercée par leurs confessions ? Car il s'agissait bien de confessions. Depuis quarante-
huit heures, j'ai beaucoup réfléchi. J'ai disséqué leurs propos.
La romancière que je suis s'est transformée en médecin
légiste. Le bilan de l'autopsie se résume en peu de mots : *Ils
ont tout raté*. Tous les trois. Ce n'est pas une constatation
subjective. Non, Willy, elle est fondée sur leurs propres confidences. Je cite deux réflexions de Moïse : « Tout cela pour
finir seul » et : « J'ai guetté la fin avec impatience. » Une
autre de Jésus : « Toute mon existence, ma mort n'auront
été qu'un terrifiant malentendu. Je n'ai rien voulu. » Et enfin
celle de Mahomet : « J'ai échoué, hélas. Ils n'ont rien compris. Ni mes frères ni les autres. » Vous allez me trouver bien

hâtive dans mes conclusions : je suis certaine que Gabriel s'est trompé. Je me laisse probablement entraîner par mon instinct de femme, mais je ne les crois pas coupables. Des caractères aussi trempés, qui reconnaissent aussi ouvertement et sans contrainte extérieure leur échec ne pourraient être considérés comme de vulgaires criminels. Oh ! Ce ne sont pas des enfants de chœur, loin s'en faut, mais de là à leur attribuer la perversité d'un tueur en série, il y a un abîme que je me refuse à franchir.

S'ils sont hors de cause, la question demeure : Qui ?

Je pourrais vous répondre que le mystère reste entier ; pourtant non. J'éprouve plus que des présomptions à l'égard de quelqu'un que je n'ai pas pu interroger ; pas encore. Je pourrais déjà vous révéler son identité, cependant il est trop tôt. Il me manque la pièce à conviction. Celle qui conforterait définitivement mes soupçons. Croyez que je la cherche avec une détermination farouche. Je vais la trouver. Je sais qu'elle est cachée dans les notes laissées par Gabriel. J'en suis sûre, Willy. Ah ! si seulement je parvenais à décrypter le sens caché de cette phrase : tout serait dans le nombre 19 et le jumeau en 0,809. Grâce à feu M. Shlonsky, je me suis fait une vague idée de ce que pouvait figurer le premier chiffre. C'est dans le second que réside la clef de voûte. C'est l'évidence même. Mais où est-elle dissimulée ? Vous qui maîtrisez comme personne l'univers des codes, vous seul auriez pu percer celui-là. Car, n'en doutez pas, il s'agit bien d'un code qui s'inscrit dans une logique ; celle qui a servi de base à la rédaction du journal intime de l'archange. Tout au long de l'écriture, il a usé du code Marie Stuart. Par conséquent, il n'aurait eu aucune raison de changer d'attitude pour rédiger sa conclusion en clair.

À présent, je dois être franche avec vous. Si mon instinct me souffle que je tiens le tueur, je ne peux pas vous dire avec certitude quand il me sera possible de le confondre. J'irai même plus loin : il se pourrait que je n'y parvienne jamais. Soyez seulement convaincu que j'y travaillerai jusqu'à ma mort. Ce que je pressens est bien trop grave, trop insane pour que je baisse les bras. Jamais ! Jamais je ne me résignerai. Tout cela étant dit, aurai-je encore l'outrecuidance de vous supplier de garder Janet en vie, encore ? Encore un peu ? Je sais que je n'en ai pas le droit. La vie de votre épouse est entre vos mains.

Toute ma tendresse, Willy. Du fond de mon cœur.

Votre amie.

Maclean s'écria :
— Si elle a pu nous envoyer ce courrier électronique, c'est que sa ligne de téléphone fonctionne.

Il retourna vers son bureau et composa fébrilement le numéro de la romancière. Tendu comme un arc, il attendit que résonne la sonnerie tant espérée à l'autre bout du fil.
— Que je sois damné ! Ce n'est pas croyable !
— À nouveau occupé ?
— Oui. C'est illogique ! À quelques secondes près ?
— Ce n'est pas si illogique, rétorqua Kathleen. Si Mrs Gray est toujours connectée au net, il est normal que la ligne ne soit pas libre. Morcar utilise mon portable et ils ne sont pas câblés. En revanche, elle vient de nous fournir un moyen de la prévenir. Il nous suffit de répondre à son *mail*.

Maclean mit quelques secondes avant de réagir :
— Bon sang ! C'est vrai.

Il prit place devant le clavier, mais se figea aussitôt :

– Ça ne marchera pas !

– Pourquoi ?

– Réfléchissez ! L'adresse est celle de Morcar, pas celle de Clarissa. Vous n'êtes pas sans savoir que c'est lui seul qui a accès à sa messagerie.

Kathleen se mordit la lèvre nerveusement :

– Vous avez raison. C'est stupide. Je n'y ai pas pensé.

L'atmosphère était devenue étouffante. Maclean fixait l'écran, sans le voir ; la jeune femme demeurait au centre de la pièce, comme vidée de toute énergie.

Combien de minutes s'écoulèrent ainsi ?

Finalement, Kathleen retrouva la parole :

– Professeur... Ce que je vais vous dire n'a peut-être pas grand intérêt, mais au point où nous en sommes... C'est à propos de ces quatre chiffres, 0,809. Pas plus tard qu'hier, j'ai croisé un ami au Willow Tea-Room. Il fut l'un de vos élèves, mais vous ne devez plus vous souvenir de lui. Il s'agit de George Cumming.

– Le nom ne me dit rien.

– C'est un fou des mathématiques. Lorsqu'il a aperçu le nombre que j'avais gribouillé sur mon cahier à croquis, il a réagi immédiatement. Ces chiffres lui rappelaient quelque chose. Ils avaient un lien, pensait-il, avec un mathématicien italien, un certain Fibonacca, ou Finoba...

– Fibonacci. Oui. Et alors ?

– Ce matin, juste avant que vous ne m'appeliez, George, en route pour les Maldives, m'a téléphoné de l'aéroport pour m'annoncer : « J'ai trouvé. Effectivement, j'avais en partie raison, ton nombre n'est pas totalement étranger à la suite de Fibonacci. Mais j'embarque dans dix minutes et il me faudrait dix jours pour t'expliquer pourquoi et comment. En revanche, et bien que tu ne le mérites pas, je vais te mettre sur la voie : *Pense à la perfection en architecture.* Bye, bye ! »

— Quoi ? Ne me dites pas qu'il a raccroché ?

— Si.

— C'est insensé ! Vous n'avez pas essayé de le rappeler ?

— Bien sûr. Je suis tombée sur la messagerie de son portable.

Kathleen écarta les bras avec lassitude.

— Je suppose qu'il avait besoin de se venger de moi. Il ne sait pas à quel point il a réussi.

— Et maintenant ?

La jeune femme se voûta légèrement et demeura silencieuse.

— La perfection en architecture ? demanda Maclean. Ce sont ses mots ?

Elle confirma.

Il alla s'asseoir derrière son bureau et frappa du poing sur la table :

— Parfait ! N'est-ce pas vous qui m'avez lancé, il y a quarante-huit heures : « Ce n'est pas parce que les choses nous semblent inaccessibles que nous n'osons pas, mais..., etc. » ?

Il pointa son doigt sur la jeune femme :

— Eh bien ! Vous allez mettre en pratique cet aphorisme !

Elle le dévisagea, bouche bée :

– Oui, reprit Maclean. Si votre ami George a trouvé, il n'y a aucune raison pour que nous n'en fassions pas autant ! Il a mentionné l'architecture. Vous allez vous creuser la cervelle et trouver la réponse. Et je vais vous aider.

– Trouver la réponse ? Où ? Chercher dans quelle direction ? Et imaginons que nous trouvions. Que fait-on ?

– Nous expédions un *mail* à Clarissa en espérant de toutes nos forces que sa ligne ne soit pas en dérangement et qu'elle le recevra.

– Et Morcar ?

– Nous ne ferons aucune allusion à son sujet. Après tout, nous ne savons pas dans quel camp se situe Morcar. S'il appartient à celui des méchants, je pense qu'il serait très imprudent de le faire sortir du bois, alors que Clarissa est seule avec lui et sans protection. En revanche, j'ai ma petite idée sur le post-scriptum.

Il croisa les bras :

– À présent, parlez-moi de Rennie Mackintosh...

L'agent Wishart se sentait orphelin.

Voir son supérieur allongé dans ce lit d'hôpital, intubé, lui faisait froid dans le dos. Les médecins n'étaient guère optimistes, bien qu'on lui eût assuré que la constitution de Stuart autorisait tous les espoirs.

Dans un réflexe quasi filial, l'agent emprisonna la main droite de l'inspecteur. Presque aussitôt, celui-ci entrouvrit les yeux et ses pupilles se dilatèrent, ses doigts se crispèrent sur ceux de Wishart, et ce dernier se dit que c'était sans doute la souffrance qui provoquait cette réaction. Pourtant, non... Stuart maintenait sa pression.

– Calmez-vous, inspecteur... Tout ira bien.

La main de Stuart se détacha. Il pointa l'extrémité de son index sur le drap et fit le geste d'écrire.

D'abord, Wishart crut à un hasard, un geste mécanique, mais le mouvement se poursuivit avec tant de régularité qu'il ne faisait plus de doute : l'inspecteur cherchait à communiquer.

Il extirpa de sa poche un petit carnet à spirale et un stylo-bille, glissa une page vierge sous la main de son supérieur et plaça le stylo entre le pouce et l'index.

Avec une lenteur infinie, Stuart traça un mot, un seul : *Morcar*, et laissa retomber le stylo.

Qu'est-ce que cela pouvait bien signifier ?

Il s'informa :

– Qui est Morcar, inspecteur ?

Il insista :

– Je vous en prie, dites-moi ! Que dois-je faire ?

Mais il n'y eut pas de réponse. Stuart venait à nouveau de perdre conscience.

Une pluie fine commençait à tomber sur Lamlash. Engoncée dans son imperméable, Clarissa continua de marcher le long de la plage, prise dans ses pensées, ne se laissant distraire par rien, même pas par la douleur qui, depuis la veille, lui rongeait les mains. Un sourire mélancolique se dessina sur ses lèvres. Elle aurait dû profiter de son entrevue avec les trois prophètes pour réclamer d'eux qu'ils accomplissent un miracle et la débarrassent à tout jamais de son arthrite. Pensée futile, puisqu'elle savait désormais que ces gens n'étaient pas ceux qu'elle avait imaginés. Plus elle repensait à ces entrevues, plus elle était frappée par le point commun qui unissait les trois personnages : aucun d'eux n'avait vu Dieu. Les anges non plus. Alors, Dieu existait-Il ? Si la réponse était oui, pour quelle raison demeurait-Il confiné dans l'anonymat ? Passe encore qu'Il refuse de se manifester dans le monde des vivants, mais dans celui des morts ?

Un autre détail l'avait troublée. À quelques mots près, les trois prophètes avaient fait la même réponse lorsqu'elle leur avait demandé ce qui les avait poussés à se lancer dans une pareille aventure : « Une voix me criait que j'avais une mission à accomplir. Impossible de résister à cet appel. » Dans ces conditions, comment éluder l'existence de Dieu ? Et si ce n'était pas Lui qui avait poussé ces êtres à agir, alors qui ?

La pluie s'était accélérée. Un orage menaçait. Il valait mieux rentrer. Elle remonta le col de son imperméable et prit le chemin de la maison.

Le soir, elle se coucha de bonne heure. Non pour dormir, mais pour continuer à relire ses notes. Finalement, sa chambre était l'endroit où elle réfléchissait le mieux.

À son réveil, elle crut que la fin du monde venait d'éclater. Une pluie torrentielle noyait le paysage, des éclairs zébraient le ciel au-dessus de la mer chahutée par des bourrasques d'une rare violence.

Il était 6 heures du matin.

Elle descendit au rez-de-chaussée et eut un mouvement de surprise en constatant que Morcar l'avait précédée. C'était la première fois qu'il était réveillé à une heure aussi matinale.

– Quel temps ! s'exclama-t-elle en grimaçant.

– Oui. L'Apocalypse.

Il ajouta :

– Vous avez reçu un *mail* de grand-père Willy. Il date d'hier soir. Je crois qu'il n'est pas dépourvu d'intérêt.

Le visage de la romancière se crispa :

– Janet ?

Il secoua la tête :

– Non.

Il lui remit deux pages imprimées.

Voici ce qu'elle découvrit en premier :

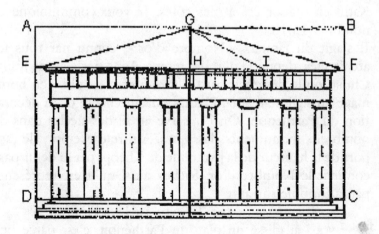

– Qu'est-ce que cela signifie ? Un temple ?

– Lisez ce qui suit.

DE : WMACLEAN@GLASGOWUNIV.SC
DATE : VENDREDI 28 JUIN 2002 : 18 : 30
A : MORC@HOTMAIL.COM
OBJET : 0,809

Nous pensons avoir résolu le mystère. Je vous le dis d'emblée : tout le mérite en revient à Kathleen. Il serait trop fastidieux de vous expliquer ce qui nous a mis sur la voie. Sachez simplement que nous avons opéré certains rapprochements entre les travaux d'un mathématicien italien du nom de Leonardo Pisano, dit Fibonacci, et la passion de Kathleen pour l'architecture.

En farfouillant dans les travaux de Pisano, nous sommes tombés sur une suite d'équations qui menait – entre autres – à un nombre. A priori, ce nombre ne représentait rien de particulier. Personnellement, il ne m'aurait jamais inspiré si Kathleen n'avait été à mes côtés. Je vous communique ce nombre : 1,618.

Il s'agit du fameux « Nombre d'or », connu par tous les architectes, depuis la nuit des temps. Au Ve siècle avant Jésus-Christ, on le désignait par la lettre grecque « phi » en hommage au sculpteur grec Phidias qui fut chargé de la décoration du Parthénon. On l'observe au fil des siècles dans de nombreux monuments classiques. À titre d'exemple, le rapport de la hauteur de la pyramide de Kheops par sa demi-base contient le Nombre d'or. Sachez aussi qu'il est représenté par la formule suivante :

$$1 + \sqrt{5} \text{ divisé par } 2. \text{ Soit : } 1,618 \text{ à l'infini...}$$

Si je vous ai glissé un plan du Parthénon, c'est parce que l'édifice s'inscrit dans un rectangle, de manière à ce que le rapport de la longueur à la hauteur soit égal au Nombre d'or.

Mais voici le plus important : si nous divisons 1,618 par deux, qu'obtenons-nous ? 0,809.

Par conséquent, ce résultat pourrait représenter le concept du jumeau suggéré par notre archange : 0,809 étant la moitié de 1,618. En quoi cette information serait-elle susceptible de vous aider ? Ni Kathleen ni moi n'en savons rien. Elle nous semble toutefois digne d'intérêt.

Le jumeau. Nous avons totalement négligé cet aspect de l'énigme. Manifestement, ce terme est tout aussi essentiel à la compréhension du problème que les nombres. Si vous m'autorisez un conseil : portez votre réflexion dans cette direction.

Kathleen vous suggère vivement de jeter un coup d'œil sur Internet sur les sites consacrés à Botticelli. Tenez-moi au courant.

Amitiés.

Willy.

P-S. Nous essayons désespérément de vous joindre, sans succès. Il semblerait que vous ayez un problème. J'aimerais que vous m'appeliez dès réception de ce message. C'est urgent. *Il s'agit de Janet.*

Ce fut le post-scriptum qui, plus que tout le reste, provoqua chez Clarissa une émotion intense. Janet ? Elle serait donc...

Elle se dirigea vers le téléphone, décrocha, et alors qu'elle s'apprêtait à former le numéro de Maclean, prit conscience de l'absence de tonalité.

Elle fixa l'écouteur, interloquée.

– Ce n'est pas possible !

– Que se passe-t-il ? s'étonna Morcar.

– Il se passe que je n'ai plus de ligne ! Ce n'est pas normal.

– C'est sûrement à cause de l'orage. La coupure ne va pas durer.

– Nous n'en savons rien. Je dois joindre Maclean. Il est peut-être arrivé quelque chose à Janet.

Elle pivota et prit le chemin de sa chambre.

– Où allez-vous ?

– M'habiller. Je vais aller téléphoner au village.

Quelques minutes plus tard, elle réapparaissait dans le salon. Sous l'œil interloqué de Morcar, elle décrocha son parapluie et son imperméable du portemanteau et marcha vers la porte.

– C'est de la folie ! Vous ne pouvez pas sortir par un temps pareil ! On n'y voit pas à dix mètres. Vous risquez d'avoir un accident.

Elle répondit par un vague signe et sortit.

Sans hésiter, Morcar lui emboîta le pas.

Là-haut dans le ciel, les éclairs étaient de plus en plus rapides et plus lumineux, tandis que des grondements sourds résonnaient de toutes parts, comme le fracas d'un combat qui approche.

– Soyez raisonnable. C'est trop dangereux. Laissez-moi y aller à votre place.

Installée derrière le volant, la romancière cria pour couvrir le vacarme environnant :

– Allons ! Ne vous inquiétez pas. J'ai conduit par tous les temps !

Le jeune homme n'insista plus. Il contourna le véhicule et s'installa sur le siège passager.

– Je vous accompagne !

Clarissa haussa les épaules. Pour l'heure, elle avait un autre problème à régler : le moteur toussotait, crachait, mais refusait obstinément de démarrer.

– Peste soit de cette guimbarde ! jura-t-elle. Je savais bien qu'il fallait que je m'en débarrasse un jour.

Rageuse, elle s'échina à tourner la clé de contact une dizaine de fois, tout en appuyant sur la pédale de l'accélérateur, et ce, malgré les mises en garde répétées de Morcar :

– Ne faites pas ça ! Vous allez noyer le moteur !

– Peste ! Zut !

Elle donna un grand coup sur le volant et finalement se résigna.

– Calmez-vous, conseilla Morcar. Rentrons, nous essayerons plus tard.

Furieuse, elle ouvrit la portière, déploya son parapluie et repartit vers la maison. Elle raccrocha son imperméable et, après un temps d'hésitation, se dirigea vers le combiné.

– Toujours rien..., dit-elle en plaquant l'écouteur contre son oreille. Un orage et c'est l'anarchie !

– C'est absurde de vous mettre dans cet état, fit observer Morcar. Tout rentrera dans l'ordre une fois l'orage retombé.

– Je suppose que la ligne téléphonique étant hors service, nous n'avons plus l'accès à l'Internet ?

– Hélas, oui.

– Mais alors ! Comment se fait-il que nous ayons reçu le message de Maclean ?

Morcar détourna son regard :

— Je suppose que la tonalité a dû revenir à un moment donné. Juste le temps pour moi de télécharger le courrier.

La romancière le considéra un moment, grommela quelque chose qui ressemblait à un blasphème, et prit la direction de la cuisine.

Le reste de la journée s'écoula dans la même atmosphère tendue.

Morcar passa le plus clair de son temps à jouer aux échecs contre l'ordinateur, et Clarissa, la tête plongée dans ses notes, à lire et relire le dernier courrier de Maclean. De temps à autre, elle quittait le divan pour vérifier si la ligne n'était pas rétablie. À 8 heures du soir, elle ne l'était toujours pas.

À 20 heures 30, elle proposa une soupe à Morcar qui fit la grimace.

À 22 heures, elle rassembla toutes ses fiches, souhaita une bonne nuit au jeune homme, et monta se coucher.

À minuit, elle s'endormit enfin.

Là-bas, à Glasgow, Maclean et Kathleen ne dormaient pas. Cloîtrés dans le bureau de l'université, ils avaient commandé chez un traiteur chinois des plats que ni l'un ni l'autre n'avaient touchés. Ils montaient la garde devant le téléphone désespérément silencieux. À l'inquiétude des premières heures avait succédé un sentiment funeste. Sentiment d'autant plus profond que, en fin d'après-midi, devant l'absence de réaction de la romancière, le professeur avait joint le commissariat de Brodick et demandé à parler à l'inspecteur Stuart. Dans un premier temps, on refusa de lui communiquer la moindre information. Stuart était absent et injoignable. Maclean dut se prévaloir d'être l'ami de Clarissa Gray pour que finalement on lui confie la vérité : l'inspecteur était hospitalisé. Et son état jugé préoccupant.

23

2 HEURES du matin.
Elle marcha vers l'ordinateur. De son index déformé, elle appuya sur le bouton de démarrage, mais au lieu de se rendre sur le site habituel, elle lança un moteur de recherche et se connecta sur un site consacré à la peinture italienne du XVe siècle. Elle y passa une vingtaine de minutes, découvrit le document qu'elle cherchait, l'imprima, et alors seulement se transféra sur *Casino on line*.

Plus les minutes s'écoulaient, plus son impatience grandissait.

Viendrait-elle ? Samel était-elle toujours à l'écoute ?

Encore de longues minutes.

Et si elle avait été éliminée à son tour ? Si « l'autre » avait eu sa peau ? Elle rejeta cette pensée. Ce serait trop injuste. Pas maintenant. Maintenant *qu'elle savait*.

La tension de la vieille dame retomba d'un seul coup lorsque la surface de l'écran recouvra son apparence neigeuse.

– *Oui, Mrs Gray ?*

– Je dois vous parler. Je dois leur parler. À tous les trois.

– *Ensemble* ?

– Oui. Je veux que vous soyez présente. Je tiens à vous avoir sous les yeux. Par prudence. Je n'aimerais pas que quelque chose de fâcheux vous arrive, alors que nous sommes si proches de la conclusion.

La voix de Samel se transforma en cri :

– *Vous avez donc trouvé le coupable* ?

Pour toute réponse, la romancière insista :

– Convoquez-les, je vous prie. Maintenant.

– *D'accord.*

Elle disparut. Et le cœur de la vieille dame se serra. La peur. La peur la tenaillait. Quel chemin parcourait Samel pour aller à la rencontre des autres ? Usait-elle d'un message télépathique ? Franchissait-elle des abîmes ? Se hissait-elle vers des cimes vertigineuses ? Si *l'autre* venait à la croiser, ce serait fini.

Non. Elle était revenue. À ses côtés se tenaient les deux prophètes, impassibles. Nul doute que Mahomet était présent lui aussi, bien qu'invisible.

– *Que vous arrive-t-il, Mrs Gray* ? questionna Jésus. *Un problème* ?

– Oui. En quelque sorte. Et c'est un euphémisme.

Elle prit une profonde inspiration et annonça ·

– Je sais qui est le meurtrier.

Il n'y eut pas de réaction. Mais on sentait que la tension d'un seul coup venait de changer de camp.

– Voilà un certain temps déjà que mes soupçons convergeaient vers lui. Néanmoins, cette éventualité me paraissait si absurde que mon cœur se refusait à l'admettre ; mon cœur, mais pas ma raison. Le cœur ne doit pas interférer lorsqu'on se livre à une enquête. Il faut le bâillonner. C'est ce que j'ai fait. Néanmoins, il me fallait une dernière confirmation. Cette confirmation, je l'ai eue hier soir.

– *Et quelle est-elle ?* s'enquit Moïse.

Clarissa laissa tomber :

– 0,809.

– *Comment ?* s'étonna Mahomet.

– *Un nombre ?* s'exclama Jésus.

– Écoutez-moi attentivement. Tout a commencé avec le journal intime de Gabriel. Que disait ce journal ? Que des anges étaient victimes d'un tueur en série, qu'il tuait sans discernement et, par conséquent, sans mobile apparent. Dans ce récit, j'ai noté par deux fois cette réflexion : « *Celui qui sème la mort en ces lieux possède sûrement un grand pouvoir.* » Gabriel voyait juste. Puisque par définition les anges avaient été créés immortels, l'assassin devait donc être quelqu'un qui eût une emprise sur la mort. Lorsque je vous ai demandé : « Selon vous, qui posséderait suffisamment de pouvoir pour assassiner des anges ? », deux d'entre vous m'ont répondu : « Personne. » Et le prophète Mahomet a rectifié : « Personne sauf Élie. »

– *Élie ?* se récrièrent en chœur Moïse et Jésus. *Impossible ! Il...*

– Un instant, je vous prie. Laissez-moi finir. (Elle marqua une pause avant de reprendre :) Bien sûr que le prophète Élie est hors de cause. J'ai compulsé sa biographie. Il a été emporté dans un char de feu, tiré par des chevaux de feu, et a disparu dans le ciel. Ce qui sous-entend qu'il fut appelé par Dieu, lequel, agissant ainsi, a voulu éviter à son serviteur les affres de la mort. Si Dieu opta pour ce choix, c'est qu'il savait pertinemment qu'Élie ne possédait pas la faculté de vaincre cette funeste échéance qui est le lot des humains. Élie est innocent. Alors qui ?

Elle reprit son souffle :

– Voyez-vous, il existe mille façons de conduire une enquête. L'une des méthodes consiste à travailler par élimination. Sans le savoir, vous avez innocenté votre entourage. Il y a des témoignages auxquels on croit, d'autres que l'on rejette. Venant de personnages aussi prestigieux que vous l'êtes, et surtout après vos confidences, l'affirmation : « Personne » me paraissait suffisamment digne d'intérêt pour que j'y accorde foi. Puisque les occupants de votre monde n'étaient pas coupables, alors ne restaient que vous trois en lice. Je pense que c'est ainsi que Gabriel a procédé. Seulement, il s'est fourvoyé, aveuglé qu'il était par votre gloire, par tout ce que vous représentez. À ses yeux, l'un de vous *devait* être le responsable de ces crimes. Vous étiez les plus grands. Il avait tort. Il vous a surestimés et il a dû s'en rendre compte puisque ses derniers mots furent : « *Tout serait dans le nombre 19 et le jumeau en 0,809.* »

La vieille dame retint une grimace de douleur. Ses mains étaient en crise. Elle ne se souvenait pas d'avoir autant souffert Un feu était en train de consumer ses phalanges. Elle joignit les doigts et les serra du plus fort qu'elle put pour étouffer la douleur.

– J'ai croisé un homme, reprit-elle. Il s'appelait Samuel Shlonsky. Il m'a communiqué son point de vue à propos du chiffre 19. Selon lui, il existait une possibilité que ce chiffre figurât Dieu. Il ne faisait qu'émettre une hypothèse, sans plus. Il aurait pu, qui sait, trouver une explication au mystérieux *0,809*, hélas, il n'en a pas eu le temps.

– *Mrs Gray*, adjura Samel, *si vous alliez droit au but. Qui est l'assassin ? Son nom ?*

Clarissa mit quelques secondes avant de révéler :

– Dieu...

Il se produisit un remous au-delà de l'écran. On eût dit qu'une tempête venait de se soulever, faisant vaciller les personnages sur leur base.

– *Dieu ?* cria Mahomet. *Mais vous êtes folle, Mrs Gray ! Complètement folle !*

– *Dieu un assassin ?* surenchérit Moïse. *Êtes-vous seulement consciente du blasphème que vous venez de proférer ?*

– *Mes amis ont raison*, approuva Jésus. *L'âge vous égare.*

Sans se démonter le moins du monde, la vieille dame répéta :

– Dieu.

Elle se pencha en avant :

– Gabriel a écrit : « Le jumeau est en 0,809. » Ces quatre chiffres sont la moitié de 1,618. Ils représentent – mais vous le savez sûrement – le Nombre d'or. Il figure en architecture la « divine proportion », la perfection, l'esthétisme absolu. Il figure aussi l'idéal et, surtout, il se décline à l'infini. Je me suis livrée à un petit calcul. En nous appuyant sur l'équation de base, à savoir : $1 + \sqrt{5}$ divisé par 2, nous obtenons...

Elle mit ses lunettes pour déchiffrer ses notes :

– 1,618 033 988 749 894 848 204 586 834 365 638 117 720 309... Et nous pourrions poursuivre éternellement. Les propriétés algébriques sont tout aussi étonnantes. Pour calculer le carré du Nombre d'or, il suffit de lui ajouter 1. Pour calculer l'inverse du Nombre d'or, il suffit de lui retrancher 1. Un. L'unité. L'Unique !

– *C'est absurde !* gronda Moïse. *Vous...*

– Ne m'interrompez pas ! J'ai aussi suivi les conseils d'une amie et me suis intéressée à la peinture. Regardez ceci...

Elle présenta face à l'écran le document qu'elle avait imprimé quelques minutes auparavant :

– Regardez bien. C'est la *Naissance de Vénus* de Botticelli. On y voit la déesse du Temps recouvrant d'un manteau Vénus, la déesse romaine de l'Amour et de la Beauté. La plupart des experts s'accordent pour dire qu'à travers cette œuvre le peintre a voulu figurer la *Naissance de l'humanité.* Coïncidence, me direz-vous ? Le format même du tableau correspond à un rectangle d'or. Le groupe des Vents, à gauche, et le personnage de la Grâce, à droite, s'inscrivent eux aussi dans des rectangles d'or et plus précisément le long des diagonales de ces rectangles d'or. Le Nombre d'or, encore et toujours...

– *Absurde*, répéta Moïse. *Absurde...*

– Écoutez plutôt. L'infini... Ne voyez-vous pas la signification de ce symbole ? L'infini, l'absolu, l'éternité aussi. Dieu n'est-il pas souvent qualifié par les humains de « Grand Architecte » ? Quelle œuvre admirable a-t-il accompli qui méritât d'être qualifiée de sublime, de « divine proportion » d'esthétisme absolu, sinon l'univers ? Voyez ce parfait agencement de tout ce qui nous entoure. Le mouvement subtil des planètes, la mouvance des galaxies, la rumeur des étoiles. Nous sommes au cœur de l'accomplissement architectural le plus extraordinaire qui soit.

Elle assena :

– Dieu *est* le Nombre d'or ! Gabriel ne s'était pas trompé. En revanche, j'avoue n'avoir pu élucider la présence du mot « jumeau ». Il m'échappe.

– *C'est impossible*, murmura Samel, *bouleversée. Dieu ne peut être un assassin.*

– Je comprends votre refus. Vous rejetez cette pensée parce que vous êtes sous Son emprise et que, par-dessus tout, vous êtes une affective. Je le suis aussi, figurez-vous. Mais on m'a chargée d'une enquête. Une enquête n'a que faire des sentiments. Quelle est la démarche à accomplir lorsque l'on tient un suspect ? Êtes-vous au courant ?

Samel fit non de la tête.

– On vérifie s'il possède un casier judiciaire. C'est ce que j'ai fait.

Moïse balbutia :

– *Le casier judiciaire de Dieu ?*

– Parfaitement. Et croyez qu'il est lourd, très lourd. De quoi vous donner le vertige. Voulez-vous que je vous énumère la liste complète de Ses exactions ? Nous en aurions pour plusieurs années. Au hasard... Dans un mouvement d'humeur, Il décide de rayer tous les êtres vivants de la planète, sous prétexte que Ses malheureuses créatures sont dans le péché. C'est le Déluge. Il éradique deux villes entières y compris femmes et enfants, et transforme une malheureuse épouse – la femme de Lot – en statue de sel parce qu'elle a eu la curiosité de se retourner pour voir le spectacle : c'est Sodome et Gomorrhe. Il exige d'Abraham qu'il Lui sacrifie Isaac, son fils adoré, son fils unique, et...

– *Mais ce n'était qu'un test !* coupa Moïse. *Il voulait mettre Abraham à l'épreuve. Vérifier si son amour pour son fils n'était pas plus grand que celui qu'il éprouvait pour Dieu. D'ailleurs, au dernier moment, l'enfant fut remplacé par un agneau.*

– Un test ? Exiger d'un père qu'il assassine son fils unique ? Reconnaissez que, pour ce qui est du sadisme, on ne fait guère mieux !

Elle poursuivit :

– Que décide-t-Il lorsque Pharaon refuse de laisser partir le peuple hébreu d'Égypte ? Rien de bien terrifiant : Il fait purement et simplement massacrer tous les premiers-nés ! Des enfants ! Comprenez-vous ? Des enfants ! Des innocents...

Elle pointa son doigt vers Moïse :

– Vous n'avez pas oublié, je pense, ce qu'Il vous a ordonné de faire au lendemain de la tragédie du Veau d'or ?

Ses doigts se dénouèrent et elle attira la Bible vers elle :

– « Ainsi parle Yahvé, le Dieu d'Israël : ceignez chacun votre épée sur votre hanche, allez et venez dans le camp, de porte en porte, et tuez qui son frère, qui son ami, qui son proche. Les fils de Lévi firent ce que Moïse avait dit, et du peuple, il tomba ce jour-là environ trois mille hommes. » Trois mille hommes ! Une pacotille, n'est-ce pas ? Et des malédictions, du sang ! Oh ! Que de sang versé ! Chantage, menaces, d'horrifiantes menaces. Je vais conclure, car je vois que vous ne me croyez pas. Mais avant, laissez-moi vous lire ces extraits du Deutéronome...

Elle chercha un signet entre les pages et enchaîna :

– « Si tu n'obéis pas à la voix de Yahvé ton Dieu, ne gardant pas Ses commandements et Ses lois que je te prescris aujourd'hui, toutes les malédictions que voici t'adviendront et t'atteindront. Maudit seras-tu à la ville et maudit seras-tu à la campagne. Maudits seront le fruit de tes entrailles et le fruit de ton sol. Yahvé te frappera de consomption, de fièvre, d'inflammation, de fièvre chaude, de sécheresse qui te poursuivront jusqu'à ta perte. La pluie de ton pays, Yahvé en fera de la poussière et du sable ; il en tombera du ciel sur toi jusqu'à ta destruction. Yahvé fera de toi un vaincu en face de tes ennemis et tu deviendras un objet d'épouvante pour tous les royaumes de la terre. Ton cadavre sera la pâture de tous les oiseaux du ciel et de toutes les bêtes de la terre, sans que personne leur fasse peur. »

Elle se tut. Son regard alla de Moïse à Jésus :

– Si ce n'est pas le langage d'un assassin, alors il serait temps que Yahvé m'emporte.

Le silence retomba.

Les deux prophètes se dévisagèrent, consternés, tandis que Samel gardait la tête basse.

Brusquement, Jésus prit la parole :

– *Vous avez raison, Mrs Gray. Raison sur un seul point. Gabriel s'est trompé en nous imaginant capables d'être des criminels. Mais ce ne fut pas sa seule erreur. Il vous a surestimée aussi. Comprenez bien qu'il nous est impossible d'adhé-*

rer à vos conclusions. Elles sont ineptes, Mrs Gray. Ineptes. Adieu...

Il fit un signe de la main et le sigle de *Casino on line* réapparut aussitôt avec ses bannières publicitaires.

Clarissa fixa l'écran avec incrédulité. *Ce n'est pas possible*, songea-t-elle. *Ils vont revenir.*

Elle tapota sur les touches du clavier au hasard, mais il ne se passa rien. Elle recommença avec frénésie, toujours sans résultat. Alors, furieuse, elle quitta la table et se mit à arpenter la pièce de long en large, à tourner en rond comme un animal aux abois. C'est à ce moment que la voix claqua dans son dos.

– Alors, Mrs Gray. Je serais donc un assassin ?

Elle pivota violemment.

Morcar se tenait sur le seuil du salon, un sourire indicible au coin des lèvres.

Il répéta sa question d'une voix qu'elle ne lui connaissait pas :

– Je serais donc un assassin ?

24

– **Q**UE... Que dites-vous ?

Une incroyable pâleur avait envahi le visage de la vieille dame tandis qu'un flux glacial la parcourait tout entière.

– La question est pourtant claire. J'ai tout entendu.

– Je... je ne comprends pas. Vous n'étiez pas en cause...

– Vous avez bien dit : *le coupable, c'est Dieu* ?

– Oui... mais...

– C'est bien pourquoi je vous repose la question : je serais donc un assassin ?

La romancière prit appui sur le dossier du divan. Ses jambes la trahissaient.

– Asseyez-vous, suggéra Morcar. Je ne voudrais pas qu'il vous arrive malheur. Ce serait trop triste.

Tel un automate, elle s'exécuta. Dans sa tête, le monde tournait.

– Bien que vous ne vous soyez pas montrée très flatteuse à mon égard, je m'incline devant votre immense talent. Chapeau bas, Mrs Gray. Vous êtes un grand détective.

Néanmoins, reconnaissons que vous devez beaucoup à votre instinct ou disons à votre flair. À mon avis, vous aviez une chance infime d'élucider cette affaire.

La vieille dame avala péniblement sa salive.

– Qui êtes-vous donc ?

Le sourire de Morcar s'accentua :

– Allons, Mrs Gray. Ne me dites pas que vous n'avez pas deviné. Pas vous ?

Comme elle restait silencieuse, il articula distinctement :

– *Ehyeh, acher, ahyeh...* Je suis celui qui suis.

Elle ferma les paupières, en se disant que lorsqu'elle les rouvrirait le jeune homme aurait disparu. Ce n'était qu'un mauvais rêve. Un de plus.

Pourtant, Morcar était toujours là. Impavide.

Il montra la crédence sur laquelle trônait la bouteille de Glen Mhor.

– Je sais que l'heure ne s'y prête pas. Mais voulez-vous tout de même que je vous serve un scotch ? Vous en avez besoin, je crois.

Elle balbutia un oui presque inaudible.

Il versa l'alcool et tendit le verre à la vieille dame.

– 1,618, reprit-il en s'asseyant à son tour. Gabriel s'est montré très astucieux, ce qui au demeurant n'est pas pour me surprendre. D'entre mes archanges, il était de loin le plus talentueux.

D'une main tremblante, Clarissa porta le verre à ses lèvres et avala une gorgée.

Il poursuivit :

– J'ai pourtant douté. Surtout après la mort de Shlonsky. Je pensais que vous laisseriez tout tomber. Là où vous

m'avez le plus épaté, ce fut lorsque vous vous êtes livrée
à cette démonstration à propos de la *Naissance de Vénus*
de Botticelli. Je suppose que vous n'imaginiez pas un instant que c'était l'une de mes œuvres préférées. La femme
blonde...

Il s'arrêta net, comme si cette soudaine remémoration
le gênait. Il s'enquit :

– Vous ne dites rien ?

– Si vous êtes – prononcer le mot lui fut impossible –,
alors où est le vrai Morcar ? Où est le petit-fils du professeur Maclean ?

– Avec sa mère. À la Barbade. Ils vont bien. Ils rentrent
dans deux jours. Vous avez eu de la chance.

– Pourquoi avoir pris sa place ? Pourquoi lui ?

– D'abord pour être proche des protagonistes, je veux
dire *physiquement*. Ensuite parce que depuis le temps où
« je suis », je pensais qu'il devenait utile que je me glisse
dans la peau des hommes. J'avais envie d'éprouver ce qu'ils
éprouvent. Vivre ce qu'ils vivent. Expérience bien enri-
chissante, je l'avoue. À tout point de vue.

Elle but une nouvelle gorgée de scotch :

– Ainsi, Jésus n'a pas menti. Vous ne vous êtes jamais
incarné auparavant.

Morcar-Dieu fit non de la tête.

– En revanche, il fut bien l'un de mes messagers. À l'instar de Moïse et de Mahomet. Quelqu'un se devait bien de
révéler ma présence au monde, vous ne croyez pas ?

Elle ne répondit pas. Se glisser dans la peau d'un suspect
lui était encore possible, mais dans celle de Dieu...

– Pourquoi des messagers ?

– C'est une longue histoire...

Il se passa de longues minutes avant qu'Il ne se décide à reprendre la parole :

– Savez-vous ce qu'est la solitude, Mrs Gray ? Je ne parle pas de la vôtre, pas celle des humains, non. Elle n'est rien en comparaison de la mienne. La divine solitude. L'infinie solitude. Profonde comme les galaxies, dense comme les voies lactées, brûlante comme les soleils les plus brûlants, froide comme la surface gelée des étoiles mortes. La solitude, Mrs Gray. Elle vous dévaste. Vous ravage de l'intérieur, vous enchaîne au désespoir. Quand elle atteint ce paroxysme, elle tue. Seulement, voilà, je ne peux pas mourir.

Il se cala dans le divan. Ses prunelles s'étaient voilées de sombre. Il fixait un point invisible. Peut-être les confins de l'univers.

– Je suis depuis toujours. J'existe depuis les temps d'avant le Temps. Pour quelle raison ? Je n'en sais rien. Je suis. Je fus. C'est ainsi. Entouré de vide, cerné par le néant. Il n'y avait rien autour. Rien. Ni matière ni bruit. Aucune rumeur, sinon celle d'un incommensurable silence. Je n'avais que le silence pour musique. Bach ne jouait pas pour moi. Ni Mozart ni les autres. Où que se portât mon regard, il ne croisait que l'infini. Point de Botticelli ni de Van Gogh. Point de *Pietà*. Le silence et le vide, Mrs Gray. Ce sont des tortures infâmes. Elles aussi ont le pouvoir de tuer.

Il répéta faiblement :

– Et je ne peux pas mourir. Mais il y a pire que la solitude. C'est la solitude à deux. Car, en vérité, nous étions deux.

Clarissa sursauta :

– Deux ?

– Oui. Je n'étais pas totalement seul dans ce néant. Il y avait aussi mon frère. Mon jumeau. Celui que vous avez surnommé le Prince des Ténèbres. Le diable, si vous préférez.

Aussitôt la phrase sibylline de Gabriel frappa l'esprit de la vieille dame. Le jumeau ! *Le jumeau en 0,809.* Ainsi, diable et Dieu réunis figuraient le Nombre d'or...

– Partager vide et silence, avec pour seul compagnon votre opposé, c'est le pire châtiment qui soit. Opposé, miroir inversé, ombre et lumière dans le sens absolu du terme. Mon frère parlait, et les mots qu'il prononçait m'étaient totalement étrangers. Je n'éprouvais que de la répulsion à l'égard de ce double. Je le honnissais. J'aurais voulu le faire disparaître. Oh ! si vous saviez le nombre de fois où des pensées meurtrières me traversèrent l'esprit ! Hélas, non seulement je ne peux pas mourir, mais je n'ai pas le pouvoir de tuer. Je ne sais que la vie. Et encore ! Je n'en ai pris conscience que fort tard. Il y a quelques milliards d'années.

La vieille dame avala d'un trait son verre de Glen Mhor. La fascination avait succédé aux premiers instants d'incrédulité et de panique. D'un mouvement de la main, elle encouragea Morcar-Dieu à poursuivre.

– C'est alors que se produisit l'inconcevable.

Il questionna comme pris d'une inspiration subite :

– Avez-vous déjà pleuré, Mrs Gray ? Pleuré de désespoir ?

– Heu... Oui. Cela m'est arrivé.

– Eh bien, un temps survint où les sanglots déferlèrent de tout mon être. Je pleurais, Mrs Gray. Je pleurais comme pleurent les humains endeuillés. Ce fut terrible. On eût dit que tout le vide se remplissait de mes larmes. Que tout le silence se comblait de mes gémissements. Et c'est ainsi qu'est né l'univers, Mrs Gray. Enfanté dans la douleur. Exhumé par ma désespérance. Imaginez ma stupeur.

– J'imagine que ce fut la fin de votre solitude ?

– Non, malheureusement. Vous allez vite comprendre pourquoi. Ayant pris conscience de mon pouvoir, je me suis empressé d'insuffler la vie à ces astres qui n'étaient composés que de vile matière. J'étais euphorique. Je me disais que j'allais enfin pouvoir trouver d'autres interlocuteurs que mon funeste double. Des créatures dignes d'intérêt qui sauraient me reconnaître, me nommer et m'écouter. Un dialogue enfin ! Un vrai. Le processus réussit relativement bien. Surtout ici, chez vous, sur Terre. Mais que de tentatives avant d'arriver à l'homme ! À peine eut-il apparu que mon cœur se gonfla de bonheur. J'exultais. Trop tôt, hélas. Ma créature ne me voyait pas. Aveugle qu'elle était, elle se lança à cœur perdu dans l'adoration de stupides phénomènes naturels : la foudre, les volcans, le soleil, la lune... Cette attitude, vous vous en doutez, ne fit qu'aggraver mon sentiment de solitude et prolonger mes souffrances. Je vous passe les commentaires cyniques de mon jumeau. Je dois préciser qu'il voyait d'un très mauvais œil l'entreprise dans laquelle je m'étais lancé. L'idée que je puisse me passer de lui un jour le révulsait. Que faire ? Comment interpeller les hommes ? Comment leur faire comprendre que j'étais là ? Que j'étais leur Créateur ? L'architecte de leur monde ?

– Vous avez décidé d'envoyer vos messagers...

– Parfaitement. C'était le seul moyen que j'avais trouvé d'attirer l'attention des humains.

– Le seul ? s'étonna Clarissa. Vous auriez pu vous manifester en personne, tout simplement.

Morcar-Dieu se voûta :

– Bien sûr. Vous imaginez que si j'avais eu cette opportunité, je l'aurais saisie. À part me glisser dans la peau d'un homme, ainsi que je l'ai fait ces jours-ci, toute autre manifestation est hors de ma portée.

– Je ne comprends pas. Pour quelle raison ?

– Parce que *je suis*, Mrs Gray. Je suis, mais je n'existe pas ! Je veux dire, *matériellement*, *physiquement*. J'échappe à toutes perceptions, je suis invisible, inaccessible au regard. Et lorsque je m'incarne, comme en ce moment, mes dons, toutes mes facultés surnaturelles s'évanouissent. Je n'ai plus que la force d'un homme. C'est-à-dire bien peu de chose.

Il soupira :

– D'où les messagers. J'ai donc créé les anges. L'archange Gabriel en premier. Ensuite, j'ai porté mon dévolu sur un groupe d'humains, convaincu que ceux-ci transmettraient l'information à l'ensemble de la planète. Pour cette mission, j'ai choisi les Hébreux et placé Moïse à leur tête. Dès lors, il n'y eut plus *des dieux*, mais *un seul. Moi.* Yahvé. Puisque c'est ainsi qu'ils me surnommèrent. J'ai commencé à entrevoir la lumière au fond des ténèbres. Bientôt, me disais-je, bientôt la reconnaissance des hom-

mes mettra fin à mon exil. Hélas, mille fois hélas, mes
espoirs se sont très vite évanouis. Le malentendu s'est installé partout. Le désordre a régné. Et mon peuple s'est
recroquevillé sur lui-même. J'assistais, impuissant, à
l'écroulement du rêve. Les messagers étaient devenus les
victimes ; le mépris et l'opprobre, leur quotidien.

Il prit une courte inspiration :

– Déterminé comme je l'étais, j'ai fait une nouvelle tentative.

– Jésus...

– Yeshoua, oui. Et là, ce fut pire encore. Je n'imaginais
pas que les êtres que j'avais conçus fussent aveugles à ce
point. On a tout dit sur ce malheureux. On l'a même
accusé d'être Mon fils. Il fut bafoué et jeté en pâture. On
lui a craché au visage, on l'a crucifié tel un vulgaire criminel. En Mon Nom. À cause de Moi. Ses frères n'ont rien
compris et ses disciples encore moins. Ce qui s'est ensuivi
dépasse encore mon entendement. Voilà que tout à coup
avaient surgi des dieux rivaux, deux communautés rivales !
Vous devez me croire, Mrs Gray : jamais je n'ai voulu
d'une seconde religion, ni d'une première d'ailleurs. Que
m'importent les religions ! À quoi ont-elles conduit si ce
n'est à une autre forme d'idolâtrie ? Les juifs se recueillent
au pied d'un mur, les chrétiens devant des statues et les
musulmans exaltent une pierre noire qui n'est autre
qu'une météorite. Je n'aspirais à être reconnu que pour
celui que j'étais. Rien de plus.

Il se leva brusquement et se dirigea vers le flacon de
sherry.

– Vous permettez que je me serve ? Tous ces souvenirs me bouleversent.

Elle ne jugea pas utile de répondre.

Il regagna le divan, un verre à la main. Il allait reprendre son exposé, mais Clarissa anticipa :

– Je connais la suite. Vous avez tenté un troisième essai avec l'islam.

– C'est exact. Je n'ai même plus la force de commenter cet ultime échec. Du sang. De l'intolérance. Une fois encore, la trahison et le malentendu.

Il rejeta la tête en arrière et ferma les yeux :

– Trois communautés. Trois aveuglements. Et ma solitude et mon désespoir aussi intacts qu'au premier jour. Ils me voient tous sans me voir. Ils m'implorent tous et m'ignorent.

– Pour Vous implorer, c'est sûr qu'ils Vous implorent. Pourquoi ne répondez-Vous pas ? Pourquoi n'allégez-Vous pas leurs souffrances ?

Clarissa crut détecter un sourire sur les lèvres de Morcar-Dieu. Mais était-ce bien un sourire ?

Il répondit :

– Je ne suis pas responsable des souffrances du monde...

Et comme elle le regardait avec de plus en plus de stupéfaction, il répéta :

– Je ne suis pas responsable.

Et ajouta :

– Auriez-vous oublié ?

– Quoi donc ?

– L'autre.

Il ordonna :

– Entre !

Surgi d'on ne sait où, un jeune homme fit irruption dans le salon. Il était en tout point le double de Morcar.

– Je vous présente mon frère, Mrs Gray.

L'autre s'inclina avec une expression empruntée :

– Enchanté, Mrs Gray.

Tout s'éclairait. *Celui qu'elle avait entrevu dans le campus alors que Morcar se trouvait avec Kathleen, c'était donc ce jumeau. Celui qui avait tenté de la dissuader de poursuivre son enquête alors qu'elle marchait sur la plage, c'était encore lui.*

Morcar-Dieu précisa :

– C'est lui. Lui, le maître d'œuvre de tout ce que vous me reprochez. Lui seul.

– Et vous le laissez faire ?

La voix de Clarissa était prise de tremblements.

– Oui, fut la réponse de Morcar-Dieu.

Son double s'approcha de la vieille dame :

– Avant tout, autorisez-moi à vous congratuler. Bravo. Vous avez fait preuve d'une surprenante sagacité.

Ses traits se renfrognèrent alors qu'il ajoutait :

– Malheureusement, à cause de vous, j'ai perdu mon pari. Pourtant, ce n'est pas faute d'avoir essayé de vous mettre des bâtons dans les roues.

La romancière s'agita sur le divan :

– Je n'ose y croire. La mort de Bacovia, c'est vous ?

– Celle de Shlonsky aussi.

– La maladie de Janet ?

Il arbora l'expression d'un enfant ravi.

– Moi. Toujours et encore moi.

Clarissa prit Morcar-Dieu à témoin :

– Ai-je bien entendu ? Il a parlé d'un pari ?

– C'est exact. Le nôtre. Je vous ai observée pendant que vous parcouriez la Bible. Cet ouvrage est plein de non-sens, mais vous avez su assimiler l'essentiel en un temps record. Cependant, je suis sûr qu'un livre essentiel vous a échappé.

– Lequel ?

– Le Livre de Job.

Il se tourna vers son jumeau et lui commanda :

– Récite !

– Très bien.

L'autre entama d'une voix neutre :

– Je vous cite l'essentiel : « Il y avait jadis, au pays d'Uz, un homme appelé Job. C'était un homme intègre et droit qui craignait Dieu et s'écartait du mal. Il possédait sept mille brebis, trois mille chameaux, cinq cents paires de bœufs, cinq cents ânesses et de très nombreux serviteurs. Cet homme était le plus fortuné de tous les fils de l'Orient. Le jour où les Fils de Dieu venaient se présenter devant Yahvé, Satan aussi s'avançait parmi eux. Yahvé dit alors à Satan : "D'où viens-tu ? – De parcourir la terre, répondit-il, et de m'y promener." Et Yahvé reprit : "As-tu remarqué mon serviteur, Job ? Il n'a point son pareil sur la terre : c'est un homme intègre et droit, qui craint Dieu et s'écarte du mal." Et Satan de répliquer à Yahvé : "Est-ce pour rien que Job craint Dieu ? Ne l'as-tu pas entouré d'une haie, ainsi que sa maison et tout ce qu'il possède alentour ? Tu as béni toutes ses entreprises, ses troupeaux pullulent dans le pays. Mais étends la main et touche à tout ce qu'il

possède ; je gage qu'il te maudira en face ! – Soit ! dit
Yahvé à Satan, tout ce qu'il possède est en ton pouvoir.
Évite seulement de porter la main sur lui." Et Satan sortit
de devant Yahvé. »

La vieille dame dévisagea tour à tour les deux frères :

– J'ai peur de comprendre...

– Il ne faut pas. La réponse à toutes les interrogations
que se posent les hommes depuis que je les ai créés est
contenue dans ce passage.

Elle se prit le visage entre les mains, pétrifiée :

– Le pari de Job, murmura-t-elle. Le pari de Job perpé-
tué par vous deux depuis la nuit des temps, mais à l'échelle
planétaire...

Elle releva la tête :

– Vous nous testez ? Nous ? Vos créatures ? Pour quelle
raison ? Je vous en conjure, répondez-moi !

– L'amour, Mrs Gray. L'amour. Mon frère est convaincu
que si le malheur remplaçait le bonheur, les hommes se
détourneraient de moi. Je suis convaincu du contraire. Plus
ils souffrent, plus ils se rapprochent. Plus ils sont dans
l'effroi, plus ils se bousculent dans les églises, les synagogues et les mosquées. Pendant combien de temps encore ?
Je n'en sais rien. Mon frère, lui, est persuadé qu'un jour
ou l'autre il l'emportera et que l'humanité finira par me
haïr. En vérité, il ne veut pas l'avouer, mais il n'a pas digéré
d'avoir perdu le pari de Job. Puisque, vous le savez peut-
être, malgré tous les maux que mon frère lui a infligés, Job
n'a cessé de me bénir. Je vous précise au passage que je
l'ai largement récompensé pour sa fidélité en restaurant sa
situation et en doublant tous ses biens.

– Mais c'est monstrueux !

Elle respira un grand coup :

– *Vous* êtes monstrueux !

Morcar-Dieu resta impassible :

– Non. Je suis en manque, Mrs Gray. En manque d'amour.

– Et les anges ? Pourquoi avoir assassiné des anges ?

Ce fut Morcar-diable qui répondit :

– Parce que Gabriel a commis la grossière erreur de vouloir se mêler de nos affaires. Il s'est mis à fouiner. Il voulait comprendre pourquoi le monde vivait dans la violence et l'horreur. Et patati et patata ! Trop curieux, Gabriel. Trop sentimental, trop rêveur aussi. À force de chercher, il a fini par découvrir le pot aux roses. Il ne nous a pas laissé d'autre choix que de l'éliminer.

– Et les autres ?

Pareil. Gabriel les avait contaminés. Ils étaient devenus des témoins gênants. Vous qui écrivez des romans policiers, vous n'ignorez pas que les témoins gênants doivent être supprimés.

Clarissa lui décocha un coup d'œil dédaigneux et se dirigea vers la fenêtre ouverte sur la mer.

Pas la moindre brise. Pas une ride sur l'étendue liquide. Un couple déambulait en tenant un enfant par la main. Un chien cherchait à mordre l'écume qui léchait la plage. Une fillette riait aux éclats en courant derrière un ballon. Le monde continuait de vivre. Si seulement il savait ce que Clarissa savait ! Ce Dieu infiniment bon, infiniment miséricordieux. Ce Dieu de son enfance n'avait donc jamais existé que dans les livres et les contes. Il n'était que dans l'imaginaire des hommes. Une illusion rassurante. Une illusion. Rien de plus. Elle avait la bouche sèche, envahie par un goût de nausée. Elle aurait tant préféré mourir avec l'image qu'elle s'était faite de *son* Dieu plutôt que d'apprendre ce qu'elle avait appris. Comment survivre désormais ? Pourquoi ?

La voix de Morcar-Dieu l'arracha à sa méditation :

– Mrs Gray ! Vous avez tort de vous laisser déranger par ces pensées.

Elle se retourna et partit d'un éclat de rire nerveux :

– J'ai tort ? Vous venez de m'arracher les entrailles, vous venez de briser tout ce en quoi j'ai cru toute ma vie. Vous avez anéanti en quelques minutes la seule raison qui permet à des centaines de millions d'êtres humains de ne pas se suicider. Et j'ai tort ?

Elle éclata en sanglots et supplia :

– Partez ! Je vous en prie. Vous et l'autre. Partez. Et ne revenez jamais plus !

Morcar-Dieu se contenta de hocher calmement la tête. Se tournant vers son frère, il ordonna :

– Va-t'en ! Laisse-nous seuls !

– Mais...

– Va-t'en ! te dis-je.

– **D**ÉCIDÉMENT, ironisa Clarissa, il vous obéit au quart de tour votre frère. C'est pratique.

– Ce fut toujours ainsi. Je commande. Il s'exécute.

– Rien de tel qu'un serviteur dévoué et soumis lorsque l'on ne souhaite pas se salir les mains.

Morcar-Dieu fronça les sourcils :

– Arrêtez, Mrs Gray. J'ai un problème.

La vieille dame crut avoir mal entendu :

– *Vous* avez un problème ?

– Oui.

La physionomie du personnage s'était métamorphosée. Était-ce de la tristesse qui courait sur ses traits ? De la mélancolie ? Nul n'aurait pu le dire. Mais il n'était plus le même.

Il se resservit un verre d'alcool.

– Prenez garde, observa Clarissa. Rien de pire que les mélanges.

Il haussa les épaules :

– Je vais mal, Mrs Gray. C'est grave.

Étonnée par la solennité du ton, la vieille dame regagna sa place sur le divan.

Morcar-Dieu poursuivit :

– Je ne sais plus. Je me suis égaré. Prisonnier d'un labyrinthe, je ne trouve plus la sortie.

Il plongea ses prunelles dans celles de la romancière et répéta à plusieurs reprises :

– Kathleen... Kathleen...

Un sourire narquois écarta les lèvres de Clarissa :

– Tiens donc ? Seriez-vous en train de découvrir le verbe aimer ?

– Ne plaisantez pas. Si je vous répondais oui, me croiriez-vous ? Oui. Mille fois oui. Je découvre le verbe aimer. Mon être tout entier cherche à le décliner sous toutes ses formes, à travers tous ses modes et j'aboutis toujours au même résultat : Kathleen est au temps présent. Oui, Mrs Gray, après ces années-lumière de vide, ces millénaires de manque, le verbe aimer s'est fait chair. Il me remplit au-delà de tout ce que je n'aurais jamais pu imaginer. Et je souffre.

– Prenez garde. Ne souffrez pas trop. Vous risquez de ressembler à vos créatures. Vous allez...

Il la coupa :

– Je ne joue plus, Mrs Gray !

Elle se rencogna dans le divan. Le ton péremptoire lui avait fait prendre conscience qu'il existait des limites à ne pas franchir. Elle était humaine, après tout. Elle l'avait presque oublié.

Morcar-Dieu vida d'un seul coup le verre de Glen Mhor :

– Je vais vous demander une faveur. Dites à Kathleen toute la vérité. Elle aura moins mal. Je ne veux pas qu'elle se sente trahie. Comprenez-vous ?

Il s'empressa d'ajouter :

– Racontez aussi autour de vous ce qui s'est passé. Écrivez un livre. Les gens doivent savoir. Vous serez mon ultime messagère.

Clarissa baissa les yeux :

– Je ferai le nécessaire auprès de Kathleen. Mais ne comptez pas sur moi pour ce qui concerne les autres. Tout d'abord, personne ne me croirait. Et quand bien même on me croirait, je ne tiens nullement à briser les rêves de milliards de pauvres gens. Être l'objet d'un vulgaire pari n'est guère flatteur.

– *Il n'y a plus de pari.*

Elle le considéra avec étonnement.

– Oui, Mrs Gray. Le pari est fini. Il n'y en aura jamais plus.

– Vous êtes sérieux ?

– Sincère. C'est plus important encore. J'ai compris trop de choses à travers le verbe aimer. En vérité, c'est lui le Nombre d'or. Lui seul.

Il quitta le divan et alla se resservir une nouvelle rasade de scotch :

– Toutefois, il est certain que les choses ne seront pas simples. Il y a mon frère.

– Détruisez-le !

– Je vous ai déjà dit que je n'avais pas le pouvoir de tuer qui que ce soit. Pas plus mon frère qu'un être humain.

– Le Déluge ? La Shoah ? Les guerres ? L'injustice ? La misère humaine...

– C'était lui. Toujours lui !

– Alors rompez votre pacte ! Faites-lui savoir que le pari n'a plus cours et que vous êtes déterminé à remettre de l'ordre dans ce désastre universel.

– C'est bien mon intention. Seulement voilà, dans l'instant où j'ai éprouvé des sentiments humains, j'ai gagné sur la vie, et du même coup j'ai perdu l'emprise que j'avais sur mon double. Avant, il avait besoin de mon accord pour agir. Il était à ma botte. Souvenez-vous de Job. Maintenant, je sais que c'est terminé. La chaîne qui le liait à moi est brisée à jamais. Il est libre. Libre de poursuivre toutes les atrocités.

– Mais alors...

– Alors rien. Hier nous fûmes complices. Demain nous serons rivaux. Le plus fort des deux l'emportera. Je compte bien être celui-là.

– Un bras de fer en quelque sorte, commenta Clarissa.

– Oui. Tout. Je ferai tout pour contrer ses agissements.

Elle garda le silence quelques instants. Sans qu'elle sût pourquoi, son cœur s'était mis à battre la chamade :

– Vous me promettez, dit-elle timidement, vous me promettez que ce n'est pas encore un de vos jeux ? Que vous tiendrez parole ?

Morcar-Dieu sourit tristement :

– Vous n'avez pas tout compris, Mrs Gray : je n'ai plus

le choix. De plus, vous oubliez un détail essentiel. Le plus important.

— Lequel ?

— La conclusion du pari de Job : « Et Yahvé restaura la situation de Job, et même Yahvé accrut au double tous les biens de Job. » Au double, Mrs Gray. C'est à cette tâche que je vais me consacrer. Je restituerai au double ce que mon frère a dérobé. Cela prendra du temps. La lutte n'est pas gagnée d'avance : mais j'ai l'éternité. J'ai d'ailleurs commencé.

Clarissa écarquilla les yeux.

— Oui. Votre ami, l'inspecteur Stuart. Il a été victime d'un accident de voiture.

— Quoi ?

— Je m'empresse de vous dire que cette fois mon frère n'y est pour rien. Sachez seulement qu'à l'heure où nous parlons, l'inspecteur est en train de reprendre conscience. Dans quelques jours il sera sur pied.

— Je vous...

La sonnerie du téléphone l'interrompit.

— Répondez, dit-il.

Elle se leva. C'était Maclean. Son ventre se noua.

— Oui, bredouilla-t-elle. Tout va bien... Oui. Un problème de ligne. Un gros orage...

Silence, puis :

— Oui, il est près de moi... Je suis au courant... Je vous expliquerai.

Encore un silence et, soudain, son visage s'illumina. Elle écouta sans un mot, tremblante.

Lorsqu'elle raccrocha, tous les soleils du monde inondaient sa face.

Elle cria à l'intention de Morcar-Dieu :

– Janet ! Janet est sortie du coma ! Vivante ! Intègre ! Comme si elle revenait d'un grand sommeil ! Elle est sauvée !

Elle se tut, prenant tout à coup conscience qu'elle parlait dans le vide.

Morcar-Dieu n'était plus là...

DU MÊME AUTEUR

Aux Éditions Gallimard

L'ENFANT DE BRUGES, roman, 1999.

À MON FILS À L'AUBE DU TROISIÈME MILLÉNAIRE, essai, 2000.

DES JOURS ET DES NUITS, roman, 2001.

Aux Éditions Denoël

AVICENNE OU LA ROUTE D'ISPAHAN, roman, 1989.

L'ÉGYPTIENNE, roman, 1991, prix littéraire du Quartier latin.

LA POURPRE ET L'OLIVIER, roman, 1992.

LA FILLE DU NIL, roman, 1993.

LE LIVRE DE SAPHIR, roman, 1996, prix des Libraires.

Aux Éditions Pygmalion

LE DERNIER PHARAON, biographie, 1997.

Aux Éditions 1

LE LIVRE DES SAGESSES D'ORIENT, anthologie, 2000.

Aux Éditions Calmann-Lévy

L'AMBASSADRICE, biographie, 2002.

Cet ouvrage a été imprimé par la
SOCIÉTÉ NOUVELLE FIRMIN-DIDOT
pour le compte des Éditions Albin Michel
Mesnil-sur-l'Estrée
en mars 2003

Cet ouvrage a été composé
par I.G.S. - Charente photogravure
à L'Isle-d'Espagnac

Imprimé en France
Dépôt légal : avril 2003
N° d'édition : 21437 - N° d'impression : 63357